Diepsee

'n *Keur uit die verhale van*
E. Kotze

saamgestel deur
Suzette Kotzé-Myburgh

TAFELBERG

Tafelberg
is 'n druknaam van NB-Uitgewers,
'n afdeling van Media24 Boeke (Edms.) Beperk,
Heerengracht 40, Kaapstad
www.tafelberg.com

© 2014 E. Kotze

Omslagontwerp: Michiel Botha
Omslagfoto: Willie Kotze
Geset in 11 op 17pt Bembo deur Nazli Jacobs
Gedruk in Suid-Afrika

ISBN: 978-0-624-07384-0 (Tweede sagteband uitgawe 2015)
ISBN: 978-0-624-06988-1 (Eerste sagteband uitgawe, tweede druk 2015)
ISBN: 978-0-624-06989-8 (ePub)
ISBN: 978-0-624-06990-4 (Mobi)

Inhoud

Voorwoord

As kind in Namakwaland had ek min leesgoed, maar darem elke week *Die Huisgenoot*. Dis waar ek Sussie Kotze se verhale in my vroeë tienerjare leer ken het. "Winters en tant Fien", "By Franken se pan" . . . En dan die onvergelyklike "Halfkrone vir die Nagmaal". Ek onthou tot vandag toe die gevoel wat daardie verhaal in my losgemaak het, hoe dit dae lank in my gemoed bly draal het. Eers 'n hele paar jaar later, op universiteit, het ek agtergekom dat die gelyknamige bundel die Eugène Marais-prys gewen het. En dat André P. Brink in sy resensie in *Rapport* geskryf het: "Liewe Here, maar dis 'n mooi boek!"

Sussie se verhale speel meestal in 'n baie spesifieke ruimte af, naamlik die Weskus, ook bekend as die Sandveld. Geografies gesproke is die Weskus die hele strook land wat aan die see grens van noord van Kaapstad tot aan die Oranjerivier, maar die Weskus waaroor sy skryf, strek rofweg van Velddrif en Laaiplek, verby Lambertsbaai, tot by Doringbaai neffens Strandfontein. Hier begin die Namakwalandse Sandveld, sodat daar 'n baie groot ooreenkoms is tussen die taal van die Weskus en dié van die groter Namakwaland, oftewel die Hardeveld.

Vir vele mense is streektaal hoofsaaklik 'n kuriositeit; skrywers wat dit gebruik, word maklik in 'n boksie genaamd "kontreiverhale" geplaas. Maar afgesien van die dialektiese kenmerke is dit die áárd van

hierdie Afrikaans wat uitstaan: die unieke uitdrukkings en die beson-
derse grinterigheid van die taal wat 'n dorre, harde, ongenaakbare
wêreld moet verbeeld. Om nie te praat van die terloopse, onderbe-
klemtoonde humor nie. In elke vertelling slaan dit uit soos die helder-
rooi spatsels van 'n vygiebos, want die mense van hierdie streek is
gebore storievertellers – hulle kan jou laat lag sonder om 'n spiertjie
te vertrek.

Haar seeverhale is Sussie se belangrikste bydrae tot die Afrikaanse
letterkunde. Die bekroonde digter en literêre kenner Petra Müller het
by geleentheid gesê dat sy die skrywer is wat omtrent eiehandig ge-
sorg het dat 'n seewoordeskat in Afrikaans behoue bly – ons taal stam
immers uit dié van 'n seevarende nasie. Woorde soos "kenter", "loom",
"halfsee", "bonks", "banklêer", "seebaard" en "bokstang" staan vandag
opgeteken danksy haar boeke.

'n Mens moet Sussie se verhale fyn lees, want dis fyn geskryf – só
fyn dat die haastige of ongeduldige leser maklik die waarde daarvan
kan miskyk. Dis stories oor mense wat die spreekwoordelike sout van
die aarde is – of dan silt, soos in een van haar verhaaltitels. Eenvoudige
mense, arm mense, mense wat almaardeur vorentoe beur en plan-
maak om te oorleef. Dis die geboë rug van die soutraper, die bloed-
bevlekte hande van die snoekvanger, die sonverbrande arms van die
wasvrou met haar gesig diep in die kappietuit versteek, die stoïsynse
oë van die ouvrou wat taks om taks siekte en dood moet aanskou.

Sussie Kotze se werk is 'n kosbare skat vir Afrikaans en vir ons let-
terkunde, en hierdie bundel wil bydra tot die waardering en behoud
daarvan.

SUZETTE KOTZÉ-MYBURGH

Halfkrone vir die Nagmaal

Daar was onteenseglik tekens van voorbereiding vir die Nagmaal: die rol rokgoed uit die plaaswinkel, die nuwe velskoene, die sambok en die uitgekeerde bokkapater.

En die Vrydagmiddag was daar twee bokke in die kampie onderkant die huis – een vir die Nagmaalbasaar, een vir slag.

Die Nagmaalbok sou moes oorstaan tot die volgende naweek wanneer hy saam met buurvee aangejaag word dorp toe, die slagbok is dieselfde aand nog keelaf gesny.

Frits was toevallig by die huis. 'n Kwaai see het die kreefvangers laat oplê en hy het kom kos haal en skoon klere.

Toe sy pa die bok slag, het hy 'n blik onder gehou om die bloed op te vang. Hy het nog 'n nuwe rol snoeklyn gehad.

Die bloed het hy oornag laat staan om goed te stol. Die volgende oggend is hy af strand toe waar hy die lyn 'n paar maal deur die nat seesand sleep om die wollerigheid wat 'n nuwe lyn aan hom het, af te maak. 'n Tydsame werk, maar hy het die hele Saterdag voor hom gehad.

Die lyn gaan span hy tussen die pale van die bokkamp. Toe vat hy 'n stuk ou lap en druk dit in die dik dooiebloed en met die bloedlap bewerk hy die lyn, smeer hy die bloed goed in totdat die vesels deurtrek is daarvan. Daarna rol hy dit in 'n stewige rol.

'n Snoeklyn wat jy bloed, hou soveel langer. Hy is wel 'n bietjie glad aan die begin, maar ná 'n paar maal se werk met hom kom hy reg. Jy vang ook beter met hom; 'n snoek sien altevol maklik 'n wit lyn in die water en dan kom vat hy nie die bokstang nie. Dit het ou Dampies hom van snoek geleer.

Hy maak 'n vuurtjie onder sy ma se driepootpot met 'n bietjie water in die boom. Bo-op sit hy droë takkies en daarop die gebloede lyn toegedraai in bruinpapier.

Hy hou 'n flou vuurtjie aan die gang onder die pot en die stoom trek deur die doringtakkies en sweet die bloed in die lyn in. Toe hy tevrede is dat dit goed deurgesweet is, haal hy die bolling lyn uit en hang dit oor die draad waaragter die bok staan.

Dis 'n vier jaar oue bokkapater, 'n mooi bok wat maklik sy neëntig pond sal uitslag.

Dis sy pa se bydrae tot die gemeentebasaar: die bok. Sy pa is ook nog 'n sambok aan die vleg. Hy is bekend vir sy swepe en peitse en sambokke. Hy vleg met twaalf rieme asof dit speletjies is, sestien ook. Die basaarsambok kry 'n handvatsel van gevlegte ystervarkpenne. Die son blink op die patroon waarin wit en swart deurmekaar loop, wit oor swart en swart oor wit. En Frits dink: Verlede jaar was dit 'n riempiesmatstoel, die jaar tevore 'n olienhoutkierie, vanjaar die sambok. Elke jaar stuur sy pa 'n stuk handwerk vir die dorpsbasaar sonder dat hulle ooit self gaan.

Hulle kan nie Saterdag dorp toe ry en Sondag wéér nie. Hulle het hul wyksbasaar twee keer in die jaar op 'n plaas in 'n waenhuis en dis genoeg.

Hulle sal wel Sondagoggend Nagmaal toe gaan en dan middag hou op die kerkwerf, eet van die kos wat sy ma voorberei en saamneem, die middag Nabetragting toe gaan, en dan dadelik inspan en ry sodat hulle nog voor sononder by die huis is om te melk en die diere te versorg. So is dit elke jaar.

Ander mense ry Vrydag al. Hulle gaan in ruskamers tuis en kuier oor en weer, hou basaar in die kerksaal: koektafels en lekkergoed en poeding. Buite bie die mans op slaggoed en handwerk, skiet skyf. En die meisiekinders loop rond met mandjies roosknoppe en angeliere wat hulle vir trippens een op jou baadjie vassteek.

Hy was eenmaal saam met Meester op so 'n basaar terwyl hy nog op skool was, verlede jaar Augusmaand. Sy ma het Meester se wasgoed gewas en hy het die bondel heeljaar lank gedra, huis toe en terug skool toe. Toe nooi Meester hom saam.

Maar hy kon niks koop nie, net kyk. 'n Mens moet geld hê. Jy betaal vir elke skoot wat jy skiet. Hy kon maklik 'n blik lekkers gewen het as hy net 'n trippens gehad het. Maar hy het toe nie.

Hy het wel die vorige week 'n vrag berghout vir Meester opgekap, maar die halfkroon moes hy net so in sy pa se hand gee.

Dit is die beleid; hulle eet en drink uit die huis en hul klere is skoon en heel.

Maar hy bring nou halfkrone huis toe, genoeg vir Nagmaal én basaar.

Sy snoeklyn het droog geword. Dit kraak onder sy vingers as hy daaraan druk. Hy neem die rol om dit te gaan bêre in die uitgewaste suikersak waarin hy sy seegoed hou.

Sy ma is in die kombuis. Sy het gebak: bruinbrood en beskuit met rosyne en kaiings. Die kombuis stoom van gebreekte beskuit.

Sy het die warm broodkorsie vir hom afgesny en smeer dit met vet en heuning. Sy skink vir hom 'n beker karringmelk. "Snoektyd is mos verby, vir wat bloed jy dan nou die lyn?" vra sy.

"Binne- of buitenstyds, ons dra mos altyd ons goed saam," sê hy en lek die soet heuningstroop van sy vingers af. "Ma moet maar dié week 'n groot brood insit, ons loop môrenag vir die Wes."

"Die Wes?" Die verskiete blou van haar voorskoot en die grys van haar rok word herhaal in haar oë en hare.

"Dis bokant die Grootrivier, Ma, in die Suidweswaters. Daar is baie kreef."

"Maar dis mos ver, Frits, sal 'n brood dan genoeg wees? Jy kan mos nie 'n week lank op kale smeerbrood kreef vang nie!" Daar is nie eens 'n rafeltjie wildsvleis of 'n stukkie droëwors om by die brood saam te gee nie.

"Toe maar, Ma, Dampies kook vir ons. Die skipper sorg altyd vir uie en aartappels en die ou maak 'n lekker vissop."

"Koppe en grate," sê sy en rig gekwelde oë op hom. "Jy is nie daarop grootgemaak nie. Jy sal verswak."

Daar gaan nie 'n maaltyd om dat sy 'n stukkie kos in haar mond steek en nie aan haar stomme kind dink nie, wie weet waar in die koue en nat tussen mense met ander maniere van doen, en hy so jonk nog ...

As teenmaatreël kook sy die bokafval.

Van vroeg die Sondagoggend af is die afval op die vuur. Etenstyd is dit sag en lymerig gestowe. Hulle eet vaalafval en bruinbrood geweek in sous. Daar is klein stukkies opgesnyde long tussen die pens en pootjies om die kos te rek vir die baie monde wat moet eet. Hulle suig die beentjies af en vee die sous met die brood op.

Sy pak vir hom sy see-sak: growwe brood toegebind in 'n geruite doek, 'n klont plaasbotter in 'n stroopblik, koffie en suiker en 'n blikkie salf – sinksalf en harmansdrup wat sy self gemeng het vir die seerplekke. Sy weet hoe 'n kreef 'n mens kan stukkend steek.

Frits rol sy komberse op, en klere vir die natwordslag. Hy pak alles in die suikersak: bloedlyn, kos en klere.

Dan groet hy.

"Loop jy dan nou al?" vra sy pa.

"Ja, Pa," sê hy, "ons moet nog die bakkies afdra. En aas vat."

Hy swaai die sak oor sy rug en vat sy kierie. Dis 'n gewoonte; mens weet nooit wanneer jy 'n slang of 'n ding op die lyf loop nie. Sy pa het hom geleer hoe om 'n slang dood te gooi. Sy pa stuit vir niks, hy het eenmaal in die veld die stiebeuel van die saal afgeruk en 'n slang daarmee doodgeslaan toe hy niks anders byderhand gehad het nie. Hy het by sy pa geleer.

Dis by die agt myl Baai toe. Met die wapad tien myl, maar hy stap met die voetpad tussen die duine deur. Die wit gousblom begin toevou weerskante van die paadjie. As die son eers loop draai het, kom daar 'n klimaat oor die duine wat die blomme laat toetrek. Mens proe dié tyd van die jaar die bittergousblom in die melk, in die botter op die brood.

Op die kruin van die eerste hoë duin gaan hy staan om die see te bekyk. Dit het mooi afgekom. Aan die bamboes wat hoog teen die strand opgespoel lê, kan hy sien waar die branders loop draai het. Met die stormweer kon die skuite nie uitgaan om aas te vang nie. Vrydag sou daar 'n skuit uit die Bo-baai gekom het met masbanker.

So nie, het die skipper gesê, sal hulle self 'n plan moet maak om aas in die hande te kry. Hulle kan nie langer op die wal lê nie, hy wil onderwêreld toe loop.

Dis ver. 'n Goeie vyftig uur se loop. Twee dae en twee nagte. As hulle drie-uur vannag hier wegkom, kan hulle Dinsdagoggend gelyk met ligdag daar wees. Dinsdag vang hulle dan heeldag en die aand kan hulle oppak en draai. Woensdag, Donderdag kom hulle dan . . .

Hy self was nog nie verder as Jakkalshok teen die kus op nie, maar hulle vertel hom daar is sulke dik kreef in daardie wêreld. Sommer nou het jy 'n skuit vol gevang.

Hul skuit dra sewe-en-sestig kis. Met ses bakkies is dit elf kis vir 'n bakkie, na gelang jy werk. Hy en Dampies is saam in 'n bakkie. Hulle kan maklik hul veertien kis vang. Hy kan almal onder stof werk as hy net eers die slag het. Hy sal kreef vang tot die bloed uit sy hande loop. Vrydagaand sal hy by die huis kom en sy geld in sy pa se hand sit en hy sal sê: Pa, ek wil asseblief vir Pronk hê, Pronk stap en word spekvet in die vleikamp, g'n mens ry hom ampers meer nie (sy pa het te swaar geword vir 'n perd se rug), Pa sal seker nie omgee as ek dorp toe ry vir die Nagmaal nie, Pa . . . En sy pa sal sy hande sien en weet dat hy daarvoor gewerk het.

As hulle net met die aas regkom.

Jy moet aas hê om kreef te vang. Visaas. As die Bo-baaier nie uit-gekom het nie, sal hulle eers vis in die hande moet kry.

Maar jy moet 'n kreefstertjie hê om vis mee te vang.

Hulle sal moet sukkel vir 'n krefie.

Kreef byt nie aan enigiets nie. Hy byt aan hotnotsvis en snoek en aan masbanker.

Kreef sal vleis ook vat, sweer Dampies. Hy het al gesien hoe lyk 'n man wat 'n paar dae verdrink was. Die ou het een uit die water ge-haal eenkeer. Die lyk was bloedrooi soos die kreef aan hom gehang het. 'n Kreef is die vark van die see. 'n Vark vreet enigiets, sy eie kleintjies ook as dit daarop aankom.

Vleis . . .

Hy slaan die toppe van die slaaibosse met sy kierie uit sy pad uit. Die sak skawe agter sy blad, duin op en duin af. Hy betrap hom daarop dat hy vinniger stap as wat nodig is; eintlik hoef hy nie voor skemer onder by die afdraplek te wees nie.

Duskant Malkoppan loop die duine dood en sluit die voetpad by die wapad aan. Maar Frits hou strandlangs. Die witstrand word rotsagtig. 'n Gebroke rotsrif loop 'n ent weg die see in en krom dan weer binnetoe. Dit lyk asof 'n groot hand deur die rif gevat het soos 'n mens 'n stuk deeg sal vat en afknyp en eenkant toe stoot. Die afgemaakte stuk is die eiland waaragter die skuite lê, in die holte van die elmboog.

Laatmiddag gier die meeue oor die water en sit die ou swartvoëls sieklik op die klippe. Daar speel 'n rob agter die breek. Met sononder kom die voëls uit alle rigtings eiland toe: malgasse en pikkewyne, swartvoëls en seeduikers, in 'n menigte en lawaaierig. Hulle sirkel 'n paar maal oor die baai en kry dan hul sit tussen die klippe.

Die skuite lê almal voor anker. Daar's nie 'n mens te sien nie. Behalwe Dampies wat agter 'n bos langs die sinkhuis op die strand sit en vuur maak. Die droë doringbos brand hoog en die koffiewater sing. Frits sit sy pak langs die huis neer.

Dis nie vir hom nodig om te vra of daar aas uit die Bo-baai gekom het nie. As dit so was, sou die plaat bakkies nie nou nog hoog en droog tussen die muisbosse gelê het nie, dan sou almal aan die gang gewees het.

Vier van hul eie bakkies is reeds gelaai. Die orige twee, waarmee hulle later moet deurroei skuit toe, lê agter die sinkhuis.

Hulle wag vir die donkerte. Hulle sal hier om die vuur sit tot hy doodgaan en by die koue as wag dat die maan ondergaan, en hul mense sal een vir een afkom ná twaalf.

Dis so afgespreek, dis Vrydag reeds uitgepraat. As daar nie aas kom nie, sal twee van hulle deurroei eiland toe in die donker en 'n paar voëls in die hande probeer kry – Dampies, wat die eiland ken, en hy, wat knaphandig met 'n kierie kan gooi.

Hulle kan met die voëlvleis vir 'n krefie traai, en as hulle eers 'n kreefstertjie het, vir hotnotsvis, dan het hulle 'n begin.

Hy hurk teen die vuur en eet van die brood wat sy ma vir hom ingepak het. Daar is ook 'n bottel melk waarvan hy drink.

Die donkerte kom geleidelik oor die see aan. Die voëls het tot rus gekom. Dis stil op die eiland.

Dis te betwyfel of 'n kreef aan 'n swartvoël gaan vat, sit en mymer Dampies. Hy sal eerder aan pikkewyn byt. Maar die pikkewyne sit dieper op die eiland, meer na die agterkant toe, en hulle kan so 'n bek opsit. "Ons kan nie bekostig om gevang te word nie."

Hulle moet versigtig wees. Die eiland is staatseiendom en dis tronk-sake.

Dampies het een jaar help ghwano raap. Rob geslaan ook. Dit klink wreedaardig as hy vertel hoe die robkalfies se koppe pap geslaan word en van die gebulk – maar 'n mens moet lewe.

Om middernag trek Dampies die rieme dat daar skaars 'n rimpeling op die water wys. Terwyl die res van die bemanning op die skuit wag, beweeg hulle in die rigting van die punt waar daar 'n opklim-plek vir die eilandwerkers aangebring is. Daar maak hulle die bakkie vas.

Dampies stap voor met sy kort snoekkierietjie. Trap versigtig, waarsku hy, daar is 'n moeserigheid aan die trappies. Die voëls moe-nie skrik nie. Hulle klouter skuins teen die rotse uit, hou links om 'n groot klip. As iemand van die wal af lig, sal hy hulle nou nie kan sien nie. Mens moet maar net bid dat daar nie 'n opsigter op die eiland slaap nie.

Frits vat sy knopkierie vas. Dis die eerste maal dat hy met 'n ongeregtigheid te doen het. Hy is bang.

Maar hy moet ook lewe.

Hy moet geld verdien ... halfkrone wat hy in sy pa se hand kan gee ... daar is agt halfkrone in 'n pond, tien trippense in 'n halfkroon. Wat is 'n swartvoël nou werd? Skaars die kieriehou wat jy hom gee. En so 'n danige sonde kan dit nie wees nie ... skipper is kerkraad ...

'n Klip rol onder sy velskoen.

Daar kom 'n beroering onder die voëls, 'n geruis van vlerke. "Nou!" sê Dampies. "Voor die hele kaboedel opvlieg. Slat!" Hy lig sy arm en slaan. Die kieriehoue val, 'n swartvoël skreeu, spartel. Hy gooi na een in die vlug. Nog een val. Dis soos 'n hoenderkamp waarin die muishonde gekom het. Dit raas en fletter. Hy slaan wild in die bondel. "Blikskottel, demmit, ga!" Iets smeer deur sy gesig.

Hulle maak bymekaar. Nege. Dis genoeg. Hulle gly agter mekaar aan teen die skuinste af met hul hande vol. Dan is hulle in die bakkie en roei hulle terug skuit toe.

Toe dit lig word daardie môre, trek hulle ver.

'n Bakkie word laat sak en hulle trek die swartvoëls vel-af. Dis 'n walglike besigheid. G'n wonder kreef byt langtand aan hulle nie, soos so 'n voël darem kan stink! Kry jy die stank ooit weer uit jou hande uit? En dan eet party mense nog, vee net effens aan die broek af en vat die kos volhand. Frits spoeg oor die boeg.

Hulle trek die voëls uitmekaar en stamp die vleis effens, maak dit dan aan die aastoutjies vas en laat sak die nette. Hulle moet 'n paar maal roei en laat sak voor hulle 'n kreef het. Hulle kry net die ene-tjie.

By die Twins is daar 'n knol waar altyd volop hotnotsvis en jako-pewers hou. Daar kan hulle 'n vissie probeer trek, maar eintlik is dit nog te gou, want dan lê daar nog 'n dag en 'n half se loop voor voor-dat hulle by die Wes se kreef uitkom. Dis 'n vraag of die vis so lank goed sal hou. Want dis nou die verskil tussen fabrieksaas en vars vis; die fabriek s'n kom uit die yskamer, kliphard gevries, en dan laai jy nog blokke ys by om dit koud te hou. Vars vis is 'n ander saak.

Dit kan lol.

Help ook nie hulle probeer vang by Port Nolloth nie; die kreef-vangers daarlangs maak skoon, dis nie die moeite werd nie. Nee, buig of bars, hulle moet op Wes toe.

Hulle vang 'n paar jakopewers, kry 'n paar krewe, gaan wei-wei verder. Die traaibakkies sleep 'n spoor agter die skuit aan en Dam-pies sit knaend voor op die kop die see en fynkam met sy skerp oë.

Maar dis eers die volgende dag dat hulle die voëls sien: malmok-kies wat op die water sit en malbare en sterlinkies wat aas. Die mal-gasse val. Dis komplect soos wanneer hulle op 'n skool snoek werk.

Dit ís snoek.

Die manne begin lyn werk. Frits het sy rol lyn in drie gemaak en sit haaiveldollie en bokstang aan. Terwyl die skipper stadig heen en weer laveer, gooi hulle hul lyne af en kry 'n klompie snoek, vyf, ses op 'n slag.

Dan meteens, is hulle in 'n skool snoek, is die water aangemaak met snoek en kan hulle skaars voorbly met uittrek. In 'n ommesien-tjie vang hulle by die driehonderd, 'n taamlike klas, maar oneetbaar maer. Maar dit maak nie saak nie, hulle wil eintlik net die koppe hê, die bloederigheid lok die kreef. Jy kan 'n snoekkop tot drie keer laat sak voor jy 'n nuwe moet aansit.

Om die bloed nie te verloor nie, hou hulle die snoek vir eers heel. Hulle pak dit in mandjies in die ruim. Nou het hulle oorteveel aas.

Dié nag gaan hulle Alexanderbaai se ligte verby en twee uur later gooi hulle anker in die wal.

Met ligdag kom hulle weer aan die gang.

Die snoekkoppe is dodelik. Met die eerste probeerslag het hulle 'n sak vol kreef. Ná slegs drie rondtes loop die ou groot-groot manne-tjiekrewe van die bakkie af.

Mens moet dit sien om dit te glo. Daar is skaars tyd vir eet. As jy eet, verloor jy. Dis vol maak en aflaai en vol maak ... Frits se broek is halfmas nat. Hy staan tot by sy knieë in die kreef wat rondom hom flap. Hy sien omtrent nie 'n kleintjie nie. Sterte so lank soos sy voorarm en knypers dié dikte. Die bloed loop uit sy hande. En hulle skuim om die bekke! Dis 'n voorteken, sê Dampies. As 'n kreef se bek so skuim, gaan dit kwaaisee word. Dis nie sommer bygelofies nie. Die smoetweer is verby.

Dis op die middag.

Hulle het die ruim vol gemaak en sit die hetjies op. Hulle kan nog op dek laai. Hulle werk 'n klompie kreef op die hetjies en laai die eerste twee bakkies. Die bankies en laaitjies kom uit en die volgende twee bakkies word binne-in hulle gelaai. Die kreef werk hulle weers-kante onder die bakkies in, hulle maak van 'n kant af vol.

Drie-uur het hulle 'n dekvrag en steek hulle kop in die wind vir die huis. 'n Uur later begin gee die weer sulke swart koppe in die weste. En kort voor sononder moet hulle begin stadig loop, so groot is die dooiesee. Toe waai die suidwestewind dat hy huil.

Dié wat kan, maak beurte om te stuur, manne soos die skipper en Dampies wat verstand het van die see, wat weet van kop-aan hou en wat dwarsseë kan lees.

Die ander manne los mekaar af by die dekpomp wat die water uit die ruim en masjienkamer moet hou. Frits pomp water.

Hy is taai. Hy is van kleins af taai gemaak. Hy het bees opgepas van sy vierde jaar af, sy pinkie se kop met die sekel afgesny voor sy sewende jaar. Hy was nege toe hy vir die eerste keer skool toe is en was net mooi sestien toe hy vir ses klaar het. Toe moes hy op die oesland gaan inval, kromstaan vir daler 'n dag van ligdag tot donkeraand.

Ná die oestyd het hy 'n verdienste op die see kom soek. Snoektyd het hy snoek gevang vir trippens een; een uit die drie afgegee vir bakspaar. Later Bo-baai toe op 'n groot skuit om vir die fabriek te vang, vier oulap een, maar dan moet jy kop afsny en pens uithaal en sout.

Toe het die snoek se kuite bebroeid geraak en dit was winter. Die wyfiekreef het nog eier gehad. In dié tyd het hy geleer om kreefnetsakke te brei en om nette te bas, hy het geleer om 'n netsak hoepel om te sit, hoeveel maste op 'n simsteek kom, hoeveel vaam tou vir elke net, hoe jy die hanepoot knoop, hoeveel aastoutjies aan 'n hanepoot, hoe lank jou bottou kom. Hy het die skuit help regmaak, die ou kalfaatsel met 'n knipmes uit die nate gekrap en nuwe met 'n beitel ingekap, ysterwerk skoongekap en ou verf afgebrand, papegaai afgemaak en geskilder.

Toe het hulle begin kreef vang. Hy het 'n skof gekry van bakkie opdra. Sy rug het breed geword en sy arms seningrig, sy lyf fors van mannewerk.

Die blare in sy hande word bloedblare. Hy voel die tamheid deur sy lyf sonder dat hy weet hy's moeg; hy ken nie vir moeg word nie. Hy hou aan met pomp. Dit help nie jy gaan lê nie, slaap slaap jy tog nie as die seë so rol nie.

Alles is buitendien deurnat; kooigoed en klere. Die brood word klam. Dit muf. Die blou skimmel staan op die geruite doek en hy moet die brood weggooi.

Hulle eet kreefkerrie, en toe die aartappels en uie gedaan is, eet hulle gekookte kreef. Kreef en pap. Dit val soos 'n klip in jou maag. Waar was sy gedagte dat hy nie van die snoekpense ingesout het nie? Al was hulle maer ... dis beter as niks.

Want die kreef word stink.

Die rook trek daaruit toe hulle Vrydagnag in die Baai aankom. Die yslike dekvrag kreef vrot. Dit word net so weggery doppiesveld toe, ver buite die dorp, waar die brommers daarop pak.

Hulle word wel daarvoor betaal. Frits weeg die hand vol geld wat die skipper Saterdagoggend vir hom aftel. Hy en Dampies het toe nie veertien kis gevang nie, maar wel vyftien.

In sy gedagte maak hy vlugtig somme. Soveel vir sy pa, soveel vir die huis. Hy koop gewoonlik 'n bietjie provisie by die plaaswinkel op Wolfhuis, maar dit beteken 'n yslike draai padlangs. Die Baai se winkels is wel effens duurder ...

Hy gaan binne en koop oor die toonbank: koffie en suiker, vuur-houtjies en kerse, 'n tol swart gare, peper. Dan kyk hy rond. Wat nog? Hy staan besluiteloos voor die verskeidenheid, dis 'n bietjie anders as Wolfhuis. Dan sien hy die tee. Sy ma sal bly wees oor die Engelse tee. Hulle brand vyeskille by hul pittekoffie en dit gee haar sooibrand. Hy koop ook kaas en rys. 'n Blikkie kondensmelk.

Met sy knipmes druk hy twee gaatjies in die deksel en suig sy mond vol. Hy gooi sy sak oor sy skouer. Dit sal toonnael trek kos as hy nog voor die middag by die huis wil wees. Hy sit af op 'n drafstap.

Die klam kooigoed in sy sak is swaar en hy trap diep weg in die los duinesand. Die sand val bo by sy velskoene in en skaaf sy voete. Is die sand swaarder as Sondagmiddag toe hy hier deur is? Weeg die winkelgoed soveel meer as sy ma se groot bruinbrood? Of voel dit maar so omdat hy lank laas goed geëet het? Dis ongelooflik dat kreefstert, wat so 'n kragtige kos is, 'n mens so flou kan laat voel.

Hy sleep homself teen die laaste steilte uit en sien dan hul huis op die gelykte tussen die twee koeltebome, die houthoop en die hoenders, die takkrale en bokkamp, die kafhok en tuinerye, die vleikamp waarin Pronk loop ...

Heuwel af gaan dit voorspoediger en dan is hy in die skaduwee van die kombuisdeur.

Sy ma keer brood uit. Toe sy opkyk, staan hy daar. "Frits!"

Met kwistige hand skud hy die sak op die kombuistafel uit. Kerse en gare, rys en kaas en tee.

Sy vang na haar mond. "Frits!"

Hy gooi die sak eenkant toe, die suur klere en die bedompige kombers. In die punt van die geruite kosdoek het hy sy geld geknoop. "Waar is Pa?"

"Jou pa is by sy rieme." By die paal waar hy sy rieme met 'n swaar klip opwen en loswentel en brei tot hulle sag is. "Jy is seker honger," sê sy.

"Honger ja, en vuil ook, Ma. Ek wil bad. Ek wil nog vanmiddag basaar toe gaan."

"Maar, Frits!"

"Ek sal self vir Pa gaan vra, Ma." Hy drink die soetmelk wat sy vir hom skink en vee sy mond met die agterkant van sy hand af. 'n Oomblik kry hy die wilde ruik, olierig en visserig, wat heelweek reeds aan sy hande kleef, en hy dink: Ek sal moet skrop.

Hy gaan maak 'n vuur en dra die seeppot vol water. Dan gaan soek hy sy pa.

Hy knoop die geld wat hy verdien het uit die kosdoek los en sit dit in sy pa se hand. By die vier pond in silwer en note.

Sy pa kyk na die geld en dan na hom.

Sy pa kyk na hom asof hy vra: Hoe kom jy aan soveel geld? Waar kom dit alles vandaan?

"Ons was die week in die Wes op, Pa," sê hy.

"O," sê sy pa asof hy alles verklaar het, en hy steek die geld in sy sak.

"Pa," sê hy, "kan ek vanmiddag vir Pronk kry, asseblief, Pa?"

Sy pa se velskoene het voor by die neus gaatjies in die sole waar die sand uitloop wat bo inval. "Om waarheen te ry?"

"Ek wil vir die Nagmaal dorp toe gaan, Pa . . ."

Sy pa draai die rieme op tot 'n stywe knoets. "Dorp toe? Om vir Pronk heelnag in die koud te laat staan?"

"Ek sal hom op stal sit by oom Daantjie-hulle. Tant Geesie het gesê net wanneer ek wil, kan ek by hulle kom oorbly, sy't oestyd so gesê, Pa."

"Op dié voorwaarde dan kan jy vir Pronk kry," sê sy pa.

"Dankie, Pa." Hy fluit vir die perd en vat hom stal toe, hy roskam hom en gee hom 'n bietjie hawervoer. Dan dra hy die sinkbad in buitekamer toe.

Sy ma kook 'n harpuisseep wat kapok maak soos dit skuim. Hy seep sy kop in en sy lyf, hy was die week se sout en sweet van hom af. Hy vat die skropborsel en skrop sy voete en naels. Hy spoel hom skoon af. Dan skud hy sy hare los en die druppels van hom af. Sy klere lê op die katel: Sondagsklere en 'n wit hemp. Sy beste skoene.

Hy kam 'n sypaadjie in sy hare. Hy skeer nog nie gereeld nie; daar is slegs die beduidenis van 'n snor op sy bolip, die res van sy gesig is blosend en glad.

Hy keer die badwater uit en dit loop oor die werf weg en sak in die sand in.

Nou is hy reg om te ry. Hy gaan saal vir Pronk op. Hy haak die halterriem om 'n paal en stap na die breiplek agter die kafhok.

In sy dorpsklere staan hy voor sy pa. "Is jy dan nog nie weg nie?" vra sy pa brei-brei.

"Nee, Pa, ek wil nou ry."

"Goed, Frits," sê sy pa sonder om sy oë van die rieme af weg te haal.

"Pa . . . dis basaar, Pa."

"O." Sy pa los die riembondel en die opwensel slinger los. Hy steek sy hand in sy sak. Hy voel met sy vingers tussen die silwer rond. "Hier," sê hy en lê 'n geldstuk in Frits se hand. Dan vat hy weer die riem en begin wen.

Frits kyk na die sjieling in sy oop hand waarin die bloedblare swart geword het. Die seesiekknop waarteen hy heelweek gesluk het, sit hoog in sy keel. Die moegheid wat hom langs pad oorval het, pyn deur sy lyf.

Dis nie reg nie, dink hy en maak sy hand toe en draai om.

Hy gaan saal die perd af en jaag hom terug in die kamp, gaan hang die saal in die buitekamer op. Hy trek sy klere uit en vou dit op en bêre dit in die trommel weg.

Dit was nie reg van sy pa nie. Wat maak hy met 'n sjieling op die basaar? Vier trippense. Dis skaars genoeg vir 'n koppie koffie en 'n pannekoek. En 'n angelier? Hoeveel skote met die windbuks? Hy sou so graag die blik lekkers ... of een van daardie dik koeke met 'n geel vulsel wat alkante toe uitpeul ... hy wou dit huis toe bring en op die tafel neersit en sê: Eet. Dat almal hul eenmaal versadig kan eet aan soetgoed.

Hy gaan lê op sy bed en maak sy oë toe.

Agter sy toe ooglede lê hy in 'n vreemde, grysvaal donkerte; dis soos 'n toemis wat oor hom rol. Hy vee oor sy gesig en aan sy boerseephande ruik hy swartvoël ... hy hoor hulle skreeu in die donker en die gulsige meeue wat op die weggooisnoeke toesak, hy sien hulle ruk en pluk aan dieselfde tros derms, gryp en vlug met 'n bekvol aas. Hy ruik die kreef. Die dekvrag mannetjiekrewe skuim en stink en die brood is draderig van blouskimmel.

'n Naar hongerkol vul sy maag. Hy draai hom op sy sy. Dit was nie reg nie, dink hy. Ek moes geweet het dis verkeerd. Dis nie soos Pa my geleer het nie.

Die katel kraak toe hy hom lig en onder die komberse inkruip. Sy ma se gansveerkussing is sag onder sy kop en die matras is met vars strooi gestop.

Sy ma sien die perd sonder saal in die kamp wei toe sy met 'n beker koffie omstap na die breiplek toe. "Is Frits dan toe nie met Pronk weg nie?" vra sy aan haar man.

Hy suig die swart koffie deur sy snor en kyk na die perd asof hy hom daarvan wil vergewis dat dit Pronk is. "Ek het gesê hy kan die perd maar vat. En ek het hom geld gegee," sê hy. Dan kyk hy in die rigting van die toe buitekamerdeur. "Maar ek het gedink hy het die rus nodiger."

Toe maak hy die rieme los en rol die doeksagte bondel op.

Sy neem die beker by hom en gaan terug kombuis toe om die aandmaal te gaan berei. En hy gaan kry die trekgoed gereed vir die Nagmaalkerk.

Winters en tant Fien

"Skêr, skêr," dreig tant Fien met haar plesierige Koekenaapstem, "as hul vir my koning maak, laat hang ek jou op!"

Haar ou horing van 'n neus wip en haar oë dop dak toe. Lag-lag hang sy die skêr op.

Met dieselfde stem sê sy vir Ma: "Aai, Betta, ek wil baie graag vir jou die laslappies uitknip, maar hierdie skêr kou, jy kan op hom Kaap toe ry en terug. Hoekom moet 'n mens so sukkel, jy het mos darem vir Coen wat 'n skêr kan slyp." Sy rol die bondel lappe inmekaar met máák-en-dóén-hande en trek haar koffiekoppie nader. Terwyl die lepeltjie vrolik rinkel en die anysbeskuit week, sê sy: "Aaaa-já, jy het darem nog vir Coen, Betta, maar 'n arme weduwee . . ."

. . . moet maar die beste van 'n sleg saak maak en verder sien en kom reg . . . Haar swaarkryjare het begin toe sy haar man afgegee het en sy die boerdery vingeralleen moes oorneem.

Ek sit onder die kombuistafel met 'n roksak propvol rosyntjies, te bang ek byt dalk 'n pit raak, en luister hoe sy daardie riviererf plathardloop. Sy ploeg en ghrop, baal en pars, sy haal haar liggaam uitmekaar om oral by te wees. Sy laat dit borrel en kook. Maar wonderlik genoeg, ruik jy nie een maal lusernstof of sien jy 'n sweet-druppel tap nie – dis net moskonfyt en rosyntjies wat jy proe, en persketameletjie.

En tant Fien sit kersregop op een van ons groen houtstoele, met pienk wange en blink oë. Haar bolla is los bo-op haar kop gedraai en met 'n hoedespeld met 'n sierknop vasgesteek. Haar kolletjiesrok sit ruim oor haar groot krop wat uit haar middellyf uit opstoot tot by haar keel. Daar is 'n Moeder-speld in die V van haar hals vasgesteek. Sy stryk met haar hand oor haar kussingbors en pik 'n beskuit-krummeltjie van haar skoot af op. "Aaag-ja!" smag sy. "Die liewe lewe."

Sy het by alles 'n jongetjieskind alleen grootgemaak. Sy het 'n man van hom gemaak.

Die stoom staan by die keteltuit uit en deur die rooster van die swart stoof val daar 'n kooltjie wat vir my met 'n rooi oog loer voor-dat 'n asvelletjie oor hom toegaan.

"Maar nou voel ek ek raak klaar, Betta. Ek sê vir Erwee, jy sal daar-aan moet dink, Ma kan nie vir altyd vir jou sorg nie . . . hoewel 'n jong vrou haar sit en opstaan sal moet ken om my twee skoene op daardie werf vol te staan . . . maar my gesondheid is nie meer elke dag daarna nie, Betta . . . my twee ou bene . . ."

Sy versit en kruis haar vaal lisle-bene onder die tafel. Sy dra uit-getrapte nommernegeskoene met 'n vlegwerkie oor die voet.

". . . die rumatiek vreet my by tye op, Betta. Ek sê vir Erwee, nou moet ek 'n slag by die seewater uitkom, dis mos al wat help as die pyne my so vat, warm seewater. Ek dink sterk daaraan om vir my 'n plekkie by die see te kry, 'n kleinerige huisie miskien. Naby die kerk en dokter – hoewel hulle ook maar moet raai wat jy makeer. Ek glo in my eie rate." Sy vrywe oor haar voorbors. "Al wat my pla, is die allenigheid . . . in die nag. 'n Mens kan net 'n toeval kry en wie kom kry jou môreoggend daar lê? Ek kry mos partykeer so 'n benoud-heid en dis nie altyd dat vlugsoutwatertjies help nie. Maar wat, 'n mens kan 'n kind ook vra om by jou te kom slaap."

"Ja-nee," sê Ma en steek nog 'n houtjie in die stoof, "of anders sal tante maar moet uitkyk vir 'n flukse wewenaar, wat."

"Hieee!" lag tant Fien. "Hee, mens, waaraan raai jy my dan nou? Mý portuurs skarnier g'neen meer nie, wat moet ek met húlle maak?"

"Mens weet nooit, tante; tant Fien is dalk net die olietjies wat nodig is om die ou skarniere weer reg te maak."

Tant Fien kyk stip na Ma. "Olie sal ek hom kan olie, Betta, maar verder bodder ek nie met 'n mansmens nie. Ek meen, jy kan hom bring dat ek hom deurkyk . . . !"

En met dié kyk sy onder die tafel in waar ek kleingetrek sit, en sê, asof sy hoeka van my weet: "Hûtse, Sus, julle moenie vergeet van tannie se water nie, en onthou die stene in die vuur. Brand die vuur al? Ons moet netnou die kuite op die rooster gooi, gaan kyk of die koletjies al uitgebrand is, gaan roer die spannetjie daar buite om . . . anders kry jy nie vir Erwee nie!" En haar ogies dop dak toe dat net die witte wys. "Toe, ek drink net my koffie dan kom ek self kyk."

Jy sal dit nie glo nie, maar tant Fien het 'n rug en niere, bloeddruk en 'n keel, 'n maag en gal en bene.

Vir haar bene is daar net een raat en dis warm seewater. Ons dra dit in 'n voetwasbadjie van die see af aan, stort-stort partymaal en baklei-baklei, want dis nie lekker om nat te stort nie. Maar dis beter om nat te word as om jou hand tot by die elmboog in die pekelbalie se sout, vetterige water te steek om mootjies uit te haal. Daarom baklei ons daaroor ook. En wie by tant Fien moet slaap. Wie haar plek vir haar moet gaan warm lê. Jy hoef nie skottelgoed te was nie, maar jy moet vroeër kooi toe gaan.

Dis elke winter se ding.

Net soos die snoek begin loop, kom tant Fien met haar rumatiek.

Dis soos 'n warm oostewind wat by ons inwaai en 'n mens se hare gedurig so lig-lig.

Ma keer die vrykamer om en ons hark die werf en wit die klein-huisie uit. Poenjap bring die kort trapleertjie en was die kombuis-mure af; die ruite word blinkgevryf, die tafeldoeke kraakgestyf. Die moskalbas word uitgehaal, ons kneus 'n handjievol rosyntjies en die huis is vol van die soet anysgeur van bolletjies.

Pa koop snoek om winddroog te maak – daar is 'n balie mootjies in die pakkamer. 'n Vrag vyehout word in die agterplaas afgelaai en daar brand elke aand 'n vuur in die hoek om die stene warm te maak.

Ons krap twee bakstene toe onder die as. Saans ná ete dompel ons hulle in die badjie seewater en dra dit binnetoe sodat sy haar voete daarin kan hou.

Die vuur brand reeds en onder die afdak sit Essie en Boetie en kyk hoe Poenjap snoek vlek. Hy het 'n paar van die ou groot banklêers wat een-een loop, huis toe gebring. Sy mes sê sjips deur die sagte rug-vleis en met een trek val die snoek oop. Hy skraap die binnegoed eenkant toe, trek nog 'n haal teen die graat af en smeer 'n hand vol growwe sout in die naat. Boetie soek die kuite en lewers uit. Die wit skotteltjie is amper vol. Poenjap sny die vlerkies af. Dan maak hy die koppe skoon. Dis vir kerriesop. Hy haal die kiewiete uit en sny die wange en tande weg en druk die oë uit. Essie hou die blinkkom.

"Hoe lyk dit hier?" Tant Fien het Ma se voorskoot oor haar kop, want dit motdou ligweg, en sy snuiwe die vuur en die kuite en die bewerkte koppe. Net een snuif en toe is dit soos paraffien wat jy oor die hout omkeer, dit raas in die skoorsteen op. "O nee, my tate," en Poenjap moet opsy staan en sy vlekmes afgee, "van snoekkop moet jy nog leer, wat van die neusgaatjies? Daar kom jy nie verby nie, kom laat ek jou wys – jy het mos seker al gesien hoe bewerk 'n mens 'n afvalkop!"

Poenjap kan solank die gevlekte snoek in die sink pak en die sement kom afspuit.

En Boetie en Essie moet die badjie vat en gaan water haal. Kyk waar sit die son al. Ek brand die rooster skoon.

Die kuite sis en spat en skiet oop toe Pa en oom Poon Slagter gelyk om die huis kom.

Oom Poon is 'n boer wat 'n slaghuis op die dorp het en Vrydagaande bring hy altyd ons naweekwors self huis toe. Omdat hy alleen op Skimmelkop bly, kry Ma hom jammer en gee sy vir hom 'n vars brood.

Tant Fien is aan die heen en weer tussen die kombuis en die braaiery toe Pa-hulle om die hoek kom.

Met Ma se bont voorskootjie oor haar kop, steek sy in haar spore vas. Deur haar vaalgedoude brilglase kan sy oom Poon nie mooi eien nie. En oom Poon lyk maar oes in sy vetterige hoedjie en grou kakiehemp. Hy's nog in die klere waarin hy geslag het, velskoene en bokkniebroek met 'n bloedsmeer hier en daar.

"Tant Fien ken mos vir Poon?" vra Pa.

Tant Fien onthou seker laas jaar se lekker karnaatjieribbetjie. "Nou toe nou, Poon!" en sy kyk van onder af in sy gesig op. "Hene, maar jy's vergaan, man. Is jy siek?"

"Nee, Fienie," sê oom Poon, "ek lyk maar so – dis van sukkel daar op Skimmelkop." En hy gee 'n droë hoesie voor hy sy voete afvee en agter haar instap kombuis toe.

En sukkel die sukkel oom Poon, want die reën het die pan laat oorstoot en sy patatland versuip en hy verwag 'n groot skade as die patats gaan vrot. Hy kom juis hoor of Ma dalk 'n blik patats wil hê, hy begin Maandag uithaal. "Ek sê nie jy moet vat nie, Betta, want hulle sal nie hou nie, maar 'n blik . . ."

Maar tant Fien is nie een vir bietjies nie. "Ag nee wat, Poon, vir wat sal die patats nou vrot? Ons kan hul op die agterstoep uitpak dat die son hul kry, en hul soet trek. Ek sê jou wat, bring vir ons 'n sakkie patats dat ons patat en snoek kan eet."

"Nou maar as jy so sê, Fienie. Aankomende week as ons lewe en gesond is . . ." Oom Poon se stem is hoog en kermrig en sy oë hang droewig. Hy slurp sy koffie op en soek sy hoed onder die stoel.

Ma nooi hom om eers saam te eet. Die kos is so te sê gaar. Sy water die mootjie af en maak kerrie oor die koppe, laat dit nog 'n rukkie deurkook terwyl ons tafel dek en die kinders was.

Daar is triepa wat Ma van die vlerkies en lewers gemaak het en brosgebraaide kuite en kerriesop en soutvis.

Daar is vars brood en 'n glaspot met donkerbruin druiwekonfyt wat na gemmer ruik en wat tant Fien uit die rivier uit saamgebring het om saam met die mootjies te eet.

Sy hou van die sagte pensies en eet die lewers uit die triepa. Die kuite kraak onder haar tande.

Oom Poon sit en kou langtand aan 'n droë stuk dikvis.

Tant Fien stoot die konfytpot oor die breedte van die tafel aan. "Gooi korreljêm oor, Poon, as die vis te sout is. Ons hanepoot was vanjaar so soet dat hy in jou keel kriewel."

Oom Poon keer met albei hande. "Dankie, Fien, maar dis sooibrand vir my. Ek neem nooit soetigheid nie."

"Nou maar wat dan van 'n kuitjietjie," en sy steek 'n dik kuit vas en sit dit in oom Poon se bord. "En 'n skeppie van die lewers, ek sê hul smeer 'n mens so lekker. Eet, mens, dat jy krag in jou liggaam kry. Ek sê altyd, as ek voel daar kom 'n ding aan, eet ek hom weg. Ek maak hom so skrik dat hy net daar slap draai."

Sy sit 'n kaalgeëte graat in my bord. Sy weet ek hou daarvan om die tepeltjies tussen die litjies uit te kou.

Oom Poon kyk moedeloos na die kos in sy bord. "Maar ek sit klaar met 'n brandsmaak in my mond, Fien," kerm hy.

Ek kan sien dat tant Fien nog iets wil sê, maar dat sy haar aan tafel bedink.

Later, toe oom Poon reeds weg is, en sy regop voor die stoof sit met die pak rokke tot bokant haar knieë opgetrek en haar voete in die badjie seewater, sê sy vir Ma: "Dit sal my min verwonder as daardie man op 'n dag net so omslaan, Betta. Hy is ellendiger as wat hy dink."

Sy vryf haar voete oor mekaar en spoel die water oor haar knieë. Hulle is wit en sag soos uitgerysde mosbolletjiedeeg, met fyn duikies in die binnevleise. Sy buk swaar oor haar krop en iemand moet haar voete kom afdroog en die pienk, uitgekamde skaapvelpantoffels help aantrek. Met die twee yslike suikerdonsvoete sit sy voor die stoof terwyl ons die badjie uitdra en omkeer.

"Nou," sê sy vir Pa, "kan jy vir ons elkeen 'n glasie van daardie boegoeport skink – vir ons mae. Dit voel mos vir my of ek half opgesit is."

"Ja, die kuite is ryk," sê Ma.

"Nee wat, ek voel maar al aand so, ek het ook mos maar die maag. Maar die port laat sak hom, daar is niks wat naby boegoe kom nie. Behalwe nou 'n doppie blits as jy dit het. Maar ek kon maar vir arme Poon ook 'n bietjie boegoebrandewyn ingejaag het vir daardie hoes van hom," verwyt sy haarself. "Hy hoes lelik, Betta." Maar daar is nou niks aan te doen nie.

Terwyl sy en Pa hul glasies port by die vuur drink, gaan ek solank inkruip om tant Fien se plek warm te lê.

Ek is al half aan die slaap in die middel van die groot verebed toe sy met die lampetbeker waswater inkom. Sy gooi die water in die geblomde porseleinkom en steun toe sy die beker neersit. Dan begin sy uittrek.

Sy lig haar rok oor haar kop en hang dit oor die stoelleuning. Dan die onderrok. Sy rol haar kouse af en skop die ou pienk selenees uit dat hy om haar enkels lê. Sy staan in haar borstrok, smal van heup met 'n bors wat net die middellyf begin en opstoot tot teen haar keel. Sy begin ryg die veters los. Deur my ooghare sien ek hoe sy skiet gee . . . en hoe sy sak. Die krop kom in drie lae los en val oor haar maag. Van haar middellyf af ondertoe is sy skielik rond soos 'n mootjievaatjie.

Sy klim in haar dik flennienaghemp in en woel en spoel onder die geel tent. "Aaa-ja!" sug sy toe sy klaar is, en maak haar hare los. Sy borsel 'n paar maal en vleg 'n los vlegsel. Sy rol 'n bondeltjie los hare om haar vinger. "'n Mens is nes 'n kat, in die somer verhaar jy en in die winter kry jy 'n nuwe pels." Sy stryk die jong haartjies van haar voorkop af weg. Dan stoot sy haar tande vorentoe en laat plons hulle in die glas. Die mond wat heeldag gejil-en-joel het, sak weg tussen haar kake dat daar net 'n verplooide gaatjie sit − soos 'n bysteek in 'n kafferwaatlemoen.

Dan kniel sy.

"Slaap jy?" vra sy later en druk 'n pepermentjie in my hand.

Haar lyf is groot en sag en sonder bene langs my in die bulsak, so saf en pap soos 'n reusekuit . . .

Ek het 'n nagmerrie en Ma sê dis van al die rosyntjies en droë-perskes.

"Ons eet 'n bietjie geil," sê tant Fien, maar sit darem kaiings by die smoorsnoek en bestel 'n ekstra vetstertjie by die skaapboud.

Sy kuier lekker. Saans sit ons tot laat nog en amandels kap voor die vuur solank sy haar voete baai. Soggens gaan ons saam wanneer sy see toe stap in haar wit skoene, met 'n sambreel oor haar kop. Want al is dit ook mistige weer, brand die seelug jou vel; hy brand jou éérs, son-der dat jy dit weet, as dit so toegetrek is. Sy tel vere op en kom draai dit in bossies. Dis handig om die asoondjie mee uit te stof, en al die plekkies waar jy nie met 'n lap kan bykom nie.

Sy laat vir Pa die skêre slyp en sommer die vleisbyl en die vleismeul se messie én siffie. Sy knip vir Ma lappies vir 'n kombers uit en voor 'n ent weg aan. Sy leer my hoe om te hekel.

Oom Poon bring die patats en 'n kannetjie melk. "Gaaf," sê tant Fien. "Betta, jy kan vir 'n verandering vir ons melksnysels maak. Dis nie so swaar nie. Poon, jy kom eet saam. 'n Bord warm melkkos kan jou net goed doen."

Ma maak die snysels en oom Poon kom.

Hy bring niertjies saam en vetderm.

"Poon, jou patat is nie onaardig nie," sê tant Fien. "As hulle nie later water trek nie, sal ek sê hul eet lekker." Sy skep van die lang suur-sous wat Ma by die niertjies gemaak het, oor die patat en gee vir oom Poon aan. "Jy kan self proe," sê sy.

Oom Poon se kopvel roer vorentoe en agtertoe en sy adamsappel rol op en af in sy keel.

"So nou, Fienie," keer hy, "jy sal dat daar fout kom."

Oom Poon is nie gewoond aan jakopewersop en smoorsnoek en bakpatats aand vir aand nie.

Hy eet byna elke aand by ons. Ons dek al sonder om te vra. Sy vetterige hoed hang agter ons kombuisdeur.

Party aande is tant Fien se badjie water al afgekoel, dan sit hy nog. Hy sit en hoes sy hoesie en drink 'n boegoeportjie saam met Pahulle en hy en tant Fien sit en ruil kwale en rate uit.

Vir 'n seer keel hoef jy nie verder as vyeranksop te soek nie – jy hou sommer heeldag 'n koutjie in jou kies, en vir seerbek trek jy 'n bladbok se velletjie af en maak hom sit oor jou lip, dan kan die oostewind maar waai, wat. Droeda trek jy vir hoes en kalmoes vir die maag.

Daar brand vier-vier kerse gelyk op die tafel en Ma se lappieskombers las aan. Want dis elke aand se sit. Tant Fien trek oom Poon soos 'n bakkie suikerwater 'n vlieg.

Baie aande weet ek nie eens sy kom kamer toe nie. Ek lê en luister nog na oom Poon se trekstem en droë hoesie en as ek my weer kom kry, is dit oggend.

Maar op 'n aand kom oom Poon nie uit nie.

En die volgende wat ons hoor, is dat hy siek is. Hy lê siek op Skimmelkop en die dokter was glad uit na hom toe. Dit moet ernstig wees.

Tant Fien kry dadelik haar medisynetrommel reg. "'n Mens moet seker maar gaan kyk hoe dit daar gaan, dis ons Christelike plig."

As Sus net kan saamry om die hekke oop te maak, ry sy sommer dadelik.

So ry ek dan met tant Fien saam Skimmelkop toe.

Onnodig, want die hekke lê almal oop. "'n Mens kan sien die man is siek, niemand gee om nie," sê tant Fien en laat my al die konsertinas toesleep en inhaak.

Die werf lyk ook so.

Voor die agterdeur staan 'n vyeboom waarin die hoenders slaap, en die makoue en eende wei tot in die agterdeur. Jy weet skaars waar om te trap. Die agterplaas is modderig van skottelgoedwater wat oor die onderdeur geskiet word en die stoep is weke laas gevee.

Ek is baie bly dat ons ons werf gehark en die kleinhuisie uitgewit het. Want: "O jirretjie," sê tant Fien en bekyk die wêreld deur haar kar se ruite, "hier lyk dit na doodgaan. 'n Mens kan hier 'n siekte opdoen." Trommel in die hand stap sy op haar tone tussen die misserigheid deur en vee haar voete 'n paar maal aan 'n dubbelgevoude streepsak af. Haar neus staan doer in die lug en haar mond trek vieserig.

Die kombuis is donker gerook en die agtuurskottelgoed staan nog ingepak, eergister s'n dalk ook. Die vloer is klei getrap.

Mietjie is daar om ons na oom Poon toe te neem.

Hy lê in 'n deurmekaargewoelde kooi, die komberse hoog opgetrek dat net sy kroonhare uitsteek. Sy oë is dik geswel en sy gesig rooi.

"Dis sommer die griep, Fienie, jy moenie gekom het nie, wanneer steek jy nie aan nie ..." En hy gaan aaklig aan die hoes.

"Dis inflammasie," sê tant Fien. "Jy was natuurlik ongerekend met die patatuithalery en nou het jy dit daarvan. Jy het die hoesie van jou te oud laat word." Sy bekyk die bottel medisyne wat die dokter daar gelos het. "Pure pepermentwater," sê sy. "Ons sal 'n pap moet maak vir daardie longe."

Sy laat Mietjie die vuur aanwakker en vra 'n ou laken om op te skeur. Sy werskaf 'n rukkie met haar botteltjies en blikkies en sif dan kamer toe met die mosterdpleister tussen twee borde om dit warm te hou. Sy buk oor oom Poon en lig hom met een hand orent en plak die pap agter sy blad. Toe hy weer teruglê en hard asemhaal, meet sy 'n lepel van die dokter se medisyne af en laat hom dit sluk, ook twee pille. "Kwaad kan dit nie doen nie en 'n mens moet maar goed hou met die mense ook, vir die dag dat jy regtig raadop is." Sy maak oom Poon toe, en daarna is dit sy en Mietjie in die kombuis.

Sy gooi die vensters oop. "Kom, my suster, kom maak skoon. Maak water warm en was die skottelgoed. Julle sêperyter ruik soos 'n suur kalbas en gooi jy tog nie die melk hierdeur nie?" Sy hou die melkdoek teen die lig. "'n Pottevadoek. Ek sal 'n nuwe maak en bring."

Sy laat die tafel afskrop en die vuurherd uitstof, sy laat vee die vloer en skrop die modder af, en tussendeur maak sy nuwe pappe wat sy om die beurt op oom Poon se bors en agter sy blad sit. Nie gelyk nie, dan trek jy die man se asem uit sy lyf uit, en dit lyk hoeka of dit nie baie sal kos om Poon dood te dokter nie.

Maar teen die latenstyd slaap oom Poon rustig. Daar kom iemand om vir die nag te bly en tant Fien is vir eers tevrede.

Die volgende oggend gaan koop sy 'n stuk melkdoek en kom soom om. Toe ry ons weer Skimmelkop toe. Oom Poon is soveel beter dat hy orent sit. Maar sy maak vir hom rou melk met eiergeel aan en 'n skootjie brandewyn, 'n druppeltjie terpentyn en soetolietjies.

Sy laat hom dit sluk.

En sy laat vir Mietjie huis skoonmaak. Sy laat skuur en sy laat vryf, sy gooi oop en trek weg. Dis spensrakke en gordyne en komberse, dis spinnerakke en dis stof en dis skimmel. Mietjie het sweetvlekke onder haar arms en tant Fien lyk soos 'n groot, vaal renoster wat 'n pad voor haar oopwerk. Sy laat die ganse en makoue en hoenders in 'n kamp jaag. Sy laat hark en sy laat vee. Sy laat die hout opmekaardra en 'n vuur maak. Sy rol moue op en vat voor.

Sy maak die slaghuis se naweekwors en sy kook seep van die konka kaiings wat al half goor geword het.

Sy ruk die werf reg terwyl oom Poon swak teen die kussings sit.

Later kook sy vir hom gortlym en maak melkpap. "Eet, Poon, dis lekker," en sy druk die kussings agter hom in.

"Fien," sê hy, "as jy vir my moet vra wat hóé smaak, weet ek nie. Ek proe lap. My mond is galbitter."

Sy staan hand in die sy voor hom. "Maar Poon, dan is dit gal wat jy het. Dit moet afgewerk kom. Wanneer laas het jy kasterolie gedrink?" Sy haal net daar die langnekbottel uit en meet in 'n eetlepel af. "Drink, Poon, dat die koors kan afwerk, dat jy gesond kan word," sê sy met haar hand stewig om sy agterkop.

"Ek gee tog nie meer om nie, Fien, ek het my tyd gehad," sê hy swak.

"Drink, Poon, dis maar net 'n bietjie olietjies, jy sal nie daarvan doodgaan nie. Maak oop!"

Oom Poon se oë rol soos 'n wilde perd s'n en hy sluk. Hy sluk die halfkoppie lemoensap agterna.

Ek kry die lepel om in die as te gaan druk en gril uit my tone uit vir die taai olieruik.

"Die kasterolie sal hom regruk," sê tant Fien toe ons die aand huis toe ry. "Hy sal miskien nog vir 'n dag of twee swak wees, maar hy sal regkom."

'n Paar dae later kom oom Poon hoed in die hand by ons kombuisdeur in. Sy wange is nog hol en sy oë sit diep agter in sy kop. Maar sy broek se plooie is ingepars en sy hemp is glad gestryk. Sy stem is egter nog dieselfde klaerige stem van ouds.

"Fienie," sê hy en sit met sy hoed op sy knieë voor die stoof, koulik. "Ek weet nie hoe ek moet dankie sê vir alles wat jy gedoen het met my siekte nie. Ek was glad skaam toe ek sien hoe jy gewerk het. Jy moet omtrent flou wees."

Tant Fien sit rustig by die tafel met die laslappies. Die hoedespeld se kop skitter in haar los gedraaide bolla en haar krop is soos 'n waterkussing tussen haar en die tafel.

"Nee, Poon, dit was vir my 'n plesier. En flou is ek nog lank nie. Ek ken werk en ek ken van regstaan. Dit was vir my net te naar om te sien jy's toegegroei daar op Skimmelkop. Wat jy kortkom, is 'n vrou daar op die plaas. Hoekom trou jy nie maar nie?"

Die naald flits deur die lappies.

Oom Poon sug diep en kyk by die kombuisvenster uit. Daar wil-wil 'n verwaarloosde laggie om sy mond kruip, maar toe kry die swaarmoedigheid weer die oorhand.

"Ai, ou Fienie, waar sal ek tog 'n vrou kry?" vra hy.

Tant Fienie vou haar hande en trek haar lippe styf. Haar smal voorkoppie plooi. "Poon, hoekom trou jy dan nie maar met mý nie?" vra sy doodernstig. Sy sit styf opgeryg en hou oom Poon stip dop.

Ek kyk vinnig na oom Poon. Sy oë rol daardie kasterolierol van die ander oggend toe tant Fien hom agter die nek beetgehad het. Maar nou is hy nie vasgepen in die kooi nie.

Dis die vinnigste opstaan wat ek nog gesien het. Hy vat sy hoedjie en sy stem is hoog en dun. "Maar Fienie, ek wil nou nie ondankbaar wees nie, maar jy kan mos nog nooit . . . jy sal jou mos morsdood kom werk daar op Skimmelkop . . . nee dankie, Fien."

Hy val oor sy eie voete by die deur uit en sy dagsê kom van buite af.

Ons hoor die hekkie klap.

"En nou?" vra Ma van binne af. "Hoe lyk oom Poon dan nou soos een wat die skrik op die lyf gejaag is?"

"As hy geskrik het," sê tant Fien met 'n skelm knipoog, "is ek bly. En as hy op loop gejaag is, hoop ek hy hol môre nog." Dan skop sy haar twee bene in die sonstreep reguit en trek 'n pynlike gesig. "Nee kyk," sê sy, "siek is een ding, en pyn 'n ander, maar ellendigheid is 'n sonde."

Sy steek haar hand voor by haar bors in en haal haar beursie uit. "Sus, my dingetjie," sê sy, "gaan koop vir tannie 'n blikkie brasso, asseblief tog, van die bloue, die witte beteken niks, en dan kom smeer jy my ou knieë in. Dit voel vir my hulle is die seewater ook al weer gewoond. En die seeklimaat is straf vir my rug. Aaag-já, so is dit . . ."

Sy kry daardie veraf Koekenaapkyk in haar oë.

Sy wonder hoe dit op haar eie werwe gaan.

In ons agterplaas het die houthoop klein geword.

En die snoekkuite is een van die dae ryp.

Ek byt diep in 'n plak perskesmeer en die soet lê heelpad op my tong.

Bloedige dag

Lya Solms skud die laaste stuk wasgoed met 'n driftige klapgeluid oop en pen die twee broekspype aan die draad vas. Dan buk sy en kantel die badjie blouwater in die gras om, gryp 'n stuk staalwol, skraap dit oor die seep en begin skuur die wateremmers en baddens met kort, haastige hale.

Sy hou die sonskaduwee dop wat om die watertenk se hoek kom. Sy het vanoggend vroeg, voordat sy plaas toe gekom het, haar eie bad wasgoed ingeseep en die suurdeeg net met meel deurmekaar gemaak en 'n bol gerol. Sy moet nog gaan knie.

"Wit en bont is op die bos," rym sy, "en hard en sag is in die pot," loop sy die tyd vooruit. Daar word agtermiddag geslag. In haar gedagtes ryg sy reeds die hamelskaap se binnevet van die derms af, ruik sy die bruingebraaide kaiings van die vetstert.

Die bloedige son brand haar tussen die blaaie. Dis 'n gruwelike dag. Met die draai van die somer kom daar soms sulke dae wanneer daar eintlik 'n swaelreuk uit die kliprantjies opslaan. Wanneer dit voel die duiwel krap vir oulaas kole uit voor die herfsgeel vlam in die bome. Glad nie 'n dag vir slag nie. Sulke dae dam die swoelte in die grasdak op en slaan snags binnetoe. Straks word die vleis bedompig. Maar daar is oesmense in die boorde wat rantsoen moet kry.

Lya sleep die blinkgeskuurde emmers deur die syferdam, keer hulle op die wasklip om en maak die blousellappie in 'n hoë mik sit. Dan

sluk sy die laaste bietjie afgekoelde middagkoffie weg, spoel die beker-
tjie uit en begin haar eie goed bymekaarmaak.

Eenkant in die son lê haar kinders: die klein-kind aan die slaap
onder 'n luier, en die lam enetjie met sy vuil gevreetjie. Hy loer vir
haar met helder wakker oë en lig sy lyf toe hy gewaar dis looptyd.
Sy maak die kleintjie in die abbakombers agter haar rug vas, tel die
lamme op haar arm en gaan sê vir die boervrou sy loop eers.

By die agterdeur kry sy haar wasgeld en 'n treksel koffie-en-suiker
deurmekaar in 'n vaalkardoes, 'n dubbele sny vis-en-brood daarby.
Die oorskietsplinter seep kan sy maar vat om haar eie goedjies mee
te gaan uitvryf.

"En onthou nou van die slagtery, kom maar deur as jy die veewag-
ter met die skaap op die werf gewaar," word sy herinner.

Met die uitgetrapte voetpad stap sy af rivier toe, oor die damwal
en anderkant teen die skuinste uit, verby die ry enerse lae rietdak-
huisies. Die Solmse woon in die heel laaste huis, langs die olien-
houtbos, effens apart. 'n Kamer en kombuis is dit, met 'n venster en 'n
deur en 'n skoorsteen. En 'n uitgetrapte stoep wat net hoog genoeg
is om die vark uit die agterdeur te hou.

Die skoorsteen rook en die bodeur is oop, dus weet sy die skool
is al uit.

Die opgeskote Mietjie het klaar geknie: 'n dubbele brood in 'n pa-
raffienblikpan.

"Ma," begroet sy Lya toe dié onder die lae kosyn inbuk en die lam
kind op die drumpel laat sak, "Lewies-goed het weer aartappels in
die as."

Lya gryp die houtriem agter die deur en slaan 'n lang hou oor die
tafel, maar die twee onkruide spat by haar verby en sy kry net 'n wind-

hou in. "Hoekom is julle so ongehoorsamig? Vanaand kan julle met jul bekke teen die wind sit!" Die boer is deesdae strik met die aartappeluithalery en staan self by om te kyk dat daar nie te veel raak gesteek word nie. Dis nie meer net vir loop haal nie.

En dit word al hoe moeiliker om die kinders elke aand dik te kry. Nié op geel skorsies en uitskottamaties nie.

Vanaand kan sy darem reken op die harslag. In die groot huis eet hulle mos nie long nie, en as sy die kop kap, val die koker ook nog haar kant toe. So prakseer sy terwyl sy die klein-kind losknoop en laat drink.

"Jy moet maak en winkel toe hol," sê sy vir Mietjie, "en vir my kom water dra. Ek weet nie of ons gespoel kom voor ons begin slag nie."

Die paar muntstukke wat sy met die was verdien het, lê op haar handpalm en sy stoot die kleingeld met 'n flitsbeweging van haar duim oop, oorlê dan prakties: Twee kerse, bottel lampolie, boksie mêtjies, pakkie twak, pakkie kerrie. Suiker? Maar nee, dan kom dit kort vir koffie, en die trekseltjie uit die plaaskombuis is mos darem soet gemaak. Nietemin is sy skielik watertand vir 'n lekker ding. Sy voer 'n kortstondige stryd, swig dan voor die versoeking. "Bring 'n pakkie tjips."

"En 'n muis vir my? Vir die loop?"

"Muis!" Die lam kind lig sy bolyf. Hy roei homself voort met sy elmboë en kom hang halfmas aan die tafelpoot.

"Bring maar twee muise. Maar jy moet maak en kom. Jakkie, sie jy die kleidjie los, as jy Ma se breekgoed daar aftrek . . .! Lewies, kom vat die kind!" Maar Lewies is weg en sy sit Jakkie by die deur uit tussen die hoenderkuikens. Sy kan dit nie waag om hom alleen in die huis te los nie, hy pluk alles om.

Wat sy het, het sy swaar bymekaargekry, en geld om ander te koop, het sy nie. Sal daar ook nooit weer wees nie. Hulle is arm. Jan Solms loop dik gelap en Mietjie se klere span, die jongetjieskinders se goed is gaar gedra. Hulle is deesdae aan alles kort: kooigoed en warmgoed, en agter met hul klops. Dis 'n treurigheid as jy daarmee agter is, as jy die dag moet rondval om jou dooies begrawe te kry.

Daar is nie ander genade nie, sy sal die naweek maar die kinders moet vat en gaan besemriet pluk. Hulle betaal nou ses sent vir 'n ordentlike bos en Mietjie pluk al fluks. Sy kan nog wasgoed ook vat en partymaal stuur missies Radyn van die bruin skool lap- en stopwerk.

Vir die afval se skraap word sy darem ook betaal.

Daar hang 'n donderweerbenoudheid in die lug en die wolke pak so wit soos blomkole oor die berg saam.

Lya staan teen die wasbad met 'n verwyt.

Dis sy wat die ongeluk oor hul huis gebring het. Dit was met Jakkie se kleinte. Sy het melkkoors gekry en moes hom hans grootmaak. Jan Solms het 'n varksog en jongetjies verruil vir 'n versie wat in die melk was en so het hulle genoeg melk vir die kleintjie en vir hulself gehad. Jakkie was rondvet van melkpap en hulle het dwarsdeur die winter snysels met kaneelsuiker geëet. Hulle het dit breed gehad daardie tyd.

Maar op 'n middag, toe die kind al 'n kruipkind was, staan sy voor die stoof die pot en roer toe sy iets agter haar hoor. Eers dag sy dis die kind onder die tafel, maar toe sy omkyk, sien sy dis 'n vrou, en toe sy weer kyk, sien sy die vrou se oë, en dis twee vlamme. En sy skrik en sy skree: "Jou mame se moer!" En met dié dat sy skree, kook die melkpot agter haar oor en toe sy weer kyk, is die vrou weg.

Dis die vuurgees, sê antie Kaatjie toe vir haar, en sy's nou kwaad, want jy't haar gevloek.

Op 'n middag toe die mansmense in die perskebome is en sy onder by die fontein met die wasbondel, maak die weer uier en las aan en raak aan die grom. Toe gee die wind een warreling en slaan daar 'n blits uit die lug uit en in die bloekom waaronder die koei op lyn staan. Net 'n vuurstreep en 'n swaelruik, toe staan die boom pikswart geskroei en lê hul melkkoei gaar verbrand.

Daarvandaan ry die ongeluk hulle.

Sy moes voetval vir 'n bietjie afgeroomde melk vir Jakkie. En die kind begin sommer agteruitgaan. Op 'n dag het hy net 'n koors en sy en antie Kaatjie staan bont, maar hy bly siek, tot hulle hom dokter toe vat en weg hospitaal toe. Toe hy terugkom, lyk hy soos hy vandag nog lyk, sy beentjies uitgeteer en hy sleep waar hy moet wees.

Sy kry swaar onder die vloek.

Sy staan en was met een oog op die plaaswerf.

Toe die slagtery begin, moet sy nog net spoel. "Ons sal nie nog vanaand daarby haal nie, vat maar in," sê sy vir Mietjie, "anners slaap die hoenders vannag daarop."

"Lewies," skree sy toe sy afsak rivier toe, "as ek skree, kom haal jy die harslag. En sôre dat daar water in die huis kom en kyk na die kinders!"

Sy's oorlams met 'n slagtery. Sy stook eers onder die swart driebeenpot met skraapwater en vat dan die slagding uit die mansmense se hande.

Die boervrou kom met 'n skottel vir die lewer en niertjies. "Vat jy maar die hart ook en die binnevette. Braai vir julle uit." En die lekkerlekker soetvleis.

Lewies kom haal die koerantpapierpak. "Loop gee vir Mietjie, sê sy moet solank opsit," sê Lya.

Kortendag hang die skaap. Toe pak sy die afval. Daar is niemand op hierdie plaas wat 'n afval uit Lya se hande kan kom vat nie. Maar vanaand sukkel sy.

"Ek sal nog 'n blyts moet kry," bely sy met 'n skaam gesig, verleë oor die oponthoud. "Hy maak swaar skoon."

Daar het mettertyd 'n weer aangegroei en die wind warrel kortkort onder die pot in. Sy druk die uitgebrande stompies dieper in en verskuif die blou skottel met die skoon pens en pootjies.

Af en toe blits dit. Maar ver weg. Die mense het uitgeval en staan en wag vir hul dop voor die wynkamer.

Die boervrou kom 'n slag kyk. "As jy nou met die kop klaar is, moet jy maar los tot môreoggend toe, dan kan jy mos maar kap en verder afwas."

Maar môrevroeg wil sy spoel en dan die kinders vat en kloof op om te gaan hoor of sy nie iewers 'n los werk kan kry nie – uie skoonmaak of twak ryg dalk ... Sonder om op te kyk of op te hou met krap, sê sy: "Nee wat, ek maak gou klaar, die kind het gedrink voor ek gekom het." Sy sukkel met die pluis wol tussen die ore, kry dan tog die oorhand en eindelik lê die kop by die res van die afval in die kom.

Sy keer die pot water oor die vuur uit en maak die messe bymekaar. Net toe sy die kom optel om kapblok toe te stap, slaan daar 'n donderslag wat die grond laat tril. Op die dreuning volg 'n rukwind wat die papier op die blok verflenter. Lya kap kort, haastige houtjies, elkeen sekuur waar sy hom wil hê. Sy kap die koker weg en vlek die kop oop, kap die holtes bokant die oë af en rond nog hier en daar af, haastig deeglik.

Iewers kletter 'n paar los sinkplate.

Dan volg daar 'n geskreeu. Die hel breek los. "Die weerlig het Jan Solms se huis aan die brand geslaan!" roep iemand. "Hardloop, Jan!"

"Lya!" skree die mense. "Jou huis!"

Sy staan met die skottel afval in haar hande en sy sien die donker rookwolk bokant haar huis, met hier en daar 'n oranje vuurstreep daarin. Dan jaag die wind die vlamme op en brand die dak hoog.

"My huis brand!" Lya gee 'n tree vorentoe, steek dan vas, trap rond met die afvalkom in haar hande. Die vuurtonge skiet in die lug op, vlamrooi teen die donker donderwolke. "My kinders, waar's hulle?"

Jan Solms steek kortpad tussen die nartjiebome deur.

Die plaasbakkie dreun met die vrag werkers en grawe agterop.

"Sit neer die kom en gaan kyk wat van jou kinders geword het. Hardloop, Lya!" skreeu iemand.

Sy voel skaars die gekrap van die wilde brame. Sy storm teen die rivierwal af en anderkant uit. Sy't eenmaal 'n kind gesien wat voor-oor in 'n kolebak geval het. En die bees onder die boom met die swart weerligmerk oor sy vel.

Een van die vroue het haar klein-kind. En die lammetjie hang aan Mietjie. Hy val na haar toe en sy gryp hom, kaalstert en bewend. Nie van koue nie, want die vuur skroei op 'n afstand. "Ma," skree hy, "Ma!" en hy klou met sy taai lekkergoedhande om haar nek. Sy ruik die skroei in sy kop toe sy hom teen haar aansus. Die vuur dreun in die dak. Alles aan die huis is oud en horingdroog en dit brand soos petrol. Die mansmense slaan die droë gras rondom plat sodat die vuur nie kan versprei nie.

Dan stort die dak stuk-stuk in. Wanneer die wind stoot, gloei die dakbalke in die donker en vonke skiet soos vuurwerk in die lug op. Te mooi.

Tante Raal sê: "Mietjie is nog met die twee kanne af water toe. En wat ek weer hoor, toe skree sy net en toe ek kyk, toe sien ek hoe gooi sy die kanne weg en sy hol en toe sien ek alles is onder rook. En ek skree vir haar: 'Gryp die kinders.' Ampers het ons vir Jakkie nie uitgekry nie, hy was agter in die kamer onder die kooi in. Dit het min geskeel of Mietjie het hom nie daar uitgekry nie, want die vuur was toe al by die deur."

Mietjie gaan hard aan die huil.

"Bring die suikerwater, sy het sleg geskrik."

"Hulle kon algar doodgebrand het."

In die nagloed van die vuur staan die geraamte van hul lantern op die lae muur tussen die slaapkamer en kombuis.

Van alles wat in die huis was, is dit die enigste ding wat sy kan eien. Verder het alles uitgebrand. Lya staan sonder taal.

Haar kinders is veilig, maar hulle het nie 'n kooi om vannag op te lê of 'n beker om uit te drink nie. Nie 'n kers of 'n treksel koffie of 'n sent geld nie. Die vuur het alles gevat: haar tafel met breekgoed, die portrette aan die muur, die stuk tapyt op die kamervloer, die kleretrommel agter die kooi met haar beste rok en Jan se swart pak ...

Lya maak haar gesig met haar hande toe. Twintig rand by die plaaswinkel; rand 'n week, maar meer as een week was die rand nie daar nie ... amper 'n jaar voor sy die skuld dood gehad het. Hoe kry sy dit weer bymekaar?

"Tot die stouf ook," sê tante Raal.

"Met die brood nog in die oond. En die harslag en vette van die slagding." Potte en panne ook, die waterskepper, sitgoed, voetwasbad, slaapvelle ... Lya Solms staan en kyk met nat wange na haar huis se murasie. Dit kraak en val binnetoe. Daar is niks meer aan te doen nie.

Slegs rook trek uit die puin op.

Hierdie skuld is nou gelyk gemaak, dink Lya en draai weg.

Om haar is die mense wat sy ken. Hulle gooi saam. Almal is goed vir haar. Die boer het iemand aangesê om die leë huis langs Anneries en Griet uit te vee en hulle is agter op die bakkie terug plaas toe. Daar kry hulle aandkos en 'n bietjie van alles om saam te neem: mieliemeel en koffie en kerse. En die komberse van die buitekamer se bed af. Kos en slaapplek.

Soos brand maar maak, trek die nuus vinnig in die kloof af. En almal wat vir Lya ken, die gee. Hulle kry kos. Kaas en botter en konfyt, tee en blikkiesmelk en rys. Hulle kry klere. Bokse vol. Somergoed en wintergoed, en alles bruikbaar.

'n Ketel en 'n emmer en skottelgoed. Die ou man van die winkel stuur twee geblomde enmmelborde en bekertjies. Een vrou glad vadoeke en 'n skottel. Iemand dra 'n tafel aan wat Jan net so effens moet kalfater. Lya kan met mening nesskop.

Toe die boervrou teen die laat agtermiddag met 'n emmertjie melk kom verneem of sy wel regkom, ruik dit na stowekool wat oor die oop herd stadig gaar word, staan die mank tafel vas teen die muur gestoot met 'n geruite doek oor wat tot op die grond sleep.

En Lya gloei, want gisteraand het sy op die vlak gestaan, so kaal soos sy van haar mame af gekom het. Toe het sy op 'n kol gewens die vuur moet haar maar vat en klaarkry. Nou het sy van alles en nog meer. Tot 'n kooi met 'n springmatras. Streepsak ken sy, velle op die vloer, die angels van rogstrooi . . . nou het sy 'n hopkooi en 'n so te sê nuwe wolkombers.

Sy het fynmeel in die huis en melk en alles. Sy gaan snysels met pypkaneel en baie suiker maak. "Mietjie, bring hout in en kom vat vir Jakkie onder die tafel uit, hy's in die suikersak. Ek slat jou!" Jakkie word muisstil onder die lang tafeldoek.

Lya sing terwyl sy die deeg ooprol en meel strooi en weer toerol. "Liewer Heer wees ons naby, met hierdie grote fees, maak ons harte waarlik bly, met u goeie Gees . . ."

En sy probeer dink aan 'n hol ding om die melk in te kook. Aan potte is sy nog kort.

Dan, bo die skerp reuk van Fe'erwariemaand se kool, ruik sy onmiskenbaar rook. Behoedsaam kyk sy dak toe, snuif 'n slag, sien dan die vloer. Daar het fynhout uit die vuur geval en 'n hopie vuilgoed wat sy bymekaargevee het, aan die brand gesteek. Nou vreet die vlammetjie al aan die groen-en-rooi ruitjiesgoed van die lang tafeldoek.

Lya kyk na die vinnig groeiende gat in die tafeldoek. Vuur, dink sy en loer vinnig oor haar skouer. Sy voel 'n warmte in haar opstoot en 'n woede pak haar. Sy hét mos al betaal. Haar skuld is klaar betaal. Wat soek die vuur nou nog? Sy gryp die bak met soetmelk en skiet dit met 'n boog onder die tafel in, oor die brandende doek en oor die koletjies van die fynhout.

Toe Jakkie met 'n verskriklike geskreeu en druipnat tussen haar bene deur peul, staan sy hygend en kyk na die nat kol waar hul aandmelk in die grondvloer intrek.

Sy sit die bak op die tafel neer, buk af en tel die kind sorgsaam op. Toe gaan sy buitentoe, waar die koelte van die aand reeds in 'n sagte lugstoot met die vallei afgestroom kom.

By Franken se pan

In 'n kom tussen die duine lê die panne, afgekeer van die buite-wêreld deur barre dorbankrante en rooikaal vlaktes. Dis vaal en droog daar, ten spyte van die rivier wat met 'n wye draai deur die vleigoed aankom en breed in die see uitmond. Smiddae vee die suide-wind die dowwe spoor van die hardepad wat oor die rug loop, dood.

In die leegte stoel die soutbossies en tussen hulle hurk 'n halfmaan huisies met skewe skoorstene en uitgetrapte grondstoepe agter ver-waaide manatokas.

Verder op, duskant die see, blink die son op die wit southope.

Die eerste mense wat kom sout raap het by Franken se pan, het hul huise digby die rivier gemaak. Maar nadat dit een jaar weggespoel het, het hulle hoër op teen die rant versit, bo die hoogwatermerk, waar dit droog en veilig was.

Die panne het vir hulle nie net hul karige inkomstetjie besorg nie; hulle kon ook harders trek wanneer die gety in die rivier opstoot. En in die diep, vuil sandgrond het hulle patats geplant.

Die grond was staatseiendom en hulle het jaarliks 'n geringe pag-geldjie daarvoor betaal.

Naderhand het daar nog mense bygekom; Adderjaanse en die Muis-nemers, Aggenbag en Piet Velle.

Wintertyd het hulle in die soutslaaivlaktes velle gelooi en rieme gebrei. In die somer het die kopers met waens gekom en kom handel.

Hulle het hout en amandels en rosyntjies gebring en sout gelaai, en stringe bokkoms en bosse velskoene, en dit weggery Sandveld toe.

Vaalwil had die handelshuis. Hy het alles aangehou, van roltwak tot kasterolie. Hy het die poskar gery en daar was 'n telefoon in sy huis en 'n petrolpomp voor sy winkel.

Daar het van ouds af Frankens by die panne gebly. Ou Franken het vir hom 'n lang, grys huis staangemaak en naasaan 'n vishuis met pekeltenke daarbinne en buite bokkomsteiers van krom pale. Hy het 'n erf in die panne gehad en 'n permit om vis te trek en 'n patatland om te bewerk.

Hy was ouderling in die kerk en het die wyksbidure gelei. Sy vrou was 'n skooljuffrou. In die skoolkamer langs die lang huis het sy vir die kinders van die panne les gegee, hulle leer lees en reken en ge-katkiseer.

Sy het ganse in die vlei aangehou en van hul dons verekomberse en kussings gemaak om te verkoop. Die hele vlei was saans vol van die gesnater van die ganse. Sy was ook die medisynevrou. In haar kruietuin het kattekruid en als en agdaegeneesbos gegroei.

Die Frankens het 'n seun, Jiems, gehad en 'n dogter, Heila.

Jiems het sy pa help sout raap en vis sout en patat uithaal. Soms het hy by die sendingstasie hoër op teen die rivier bouwerk gedoen vir ekstra kontant. Ook het hy 'n ou bakkie gehad waarmee hy op smoustogte gegaan het om hul vis te verhandel. Dan het hy met vars groente en vrugte en botter teruggekom.

Heila het Jiems op haar heup gedra toe hy lank reeds self kon loop. Later het sy hom op die patatlande gehelp en bokkoms opgeryg en sy diakenboordjies blink gestyf.

By die panne, waar niks wou groei behalwe patats nie, het sy rooi malvas op die stoep gehad. En in die los sandgrond onderkant die lang huis het sy kuile gemaak en waatlemoenpitte geplant. Sy het die kuile uit die fontein tussen die soutbossies nat gedra. Hulle het waatlemoene gepluk wat dieprooi en suikersoet was, met klein swart pitjies.

Heila het nooit getrou nie. Sy was haar ma se hulp in die huis. Sy het gebak en gewas en gelap. Smiddae het sy die houtrieme gevat en vuurmaakgoed in die duine gaan breek. Dan het die kinders agter haar aan getros, elkeen met 'n koue bakpatat in die hand, en terwyl hulle agter die boswortels aan grou, luister sy na hul versies of laat hulle hul tafels opsê.

Sondae het sy vir hulle Sondagskool gehou en in die week Kinderkrans.

Sy was ook slim met siekte. Sy het geweet van tandesproei en maagkrampe. En toe die koorssiekte Piet Velle se vrou neertrek, het sy nagte om gewaak en self die lyk uitgelê.

Sy het haar oor die wesies ontferm. Toe sy sien dat Pietie van Piet Velle 'n skrander kind is, het sy Jiems omgepraat om te help om die kind geleerd te kry. Vaalwil se vrou wou 'n donskombers hê en die volgende pluksel sou betaal vir broek en hemde. As Jiems nou die baadjie en skoene koop. Vry naweke kon hy met die Jood se geleentheid tot op die sendingstasie kom en Maandagoggende het die poskar dorp toe geloop. Of Jiems kon 'n vrag soutvis laai, dat die ryding nie verniet loop nie. Die koshuis het ook af en toe by hom gekoop.

Op dié manier ontmoet Jiems toe vir Sielie, wat toesig hou in die kombuis en hom nooit laat wegry het sonder 'n koppie koffie nie. Hy was toe al 'n harde man toe hy van vrouvat begin praat.

Op die oop kol tussen die lang huis en Vaalwil se winkel het hy vir hom 'n huisie gemaak en vir Sielie gaan haal.

Heila het gemmerbier gemaak en suikerbrood gebak en soetkoek en skaapvleispastei en hulle het bruilof gevier. Die huis was so vol dat party van die mans moes uit windhok toe.

Sielie was 'n deugdelike vrou wie se werf altyd skoon gevee en se vadoeke wit op die bos was.

Vir Heila was sy soos 'n suster. Hulle was gedurig oor en weer. Met die groot dankfees het hulle saam dikkoeke gebak en voorskote en vatlappe gemaak en kappies deurgestik. As Heila gebak het, het sy 'n vars broodjie oorgeneem, en as Sielie 'n potjie sop gekook het, het sy genoeg gekook vir albei huise.

Toe die twee ou mense albei bedlêend word, en Heila haar hande vol gehad het met hul versorging, het Sielie kom help lakens omruil en spiritus smeer. En, knap met die naald, het sy die doodsrokke van linne gemaak en ook 'n swart tawwerd vir Heila vir die begrafnis. Saam het sy en Heila 'n bloekomboom gaan plant waar 'n sipres nooit sou groei nie.

Ná haar ouers se dood bly Heila toe alleen in die lang huis agter. Niks het verander nie, behalwe dat sy uit die agterkamer getrek het na een langs die voorhuis.

Sy het soggens ligdag opgestaan en vuur in die swart stoof aangepak en die ketel uit die balie uit vol gemaak vir koffiewater. In die lig van die kers het sy by die kombuistafel gesit met die Bybel, en die windhok gevee teen die tyd dat Jiems verbykom met sy skoffel en graaf en skraper. Hy het ingekom om môre te sê en sy koffie staanstaan uit sy piering opgeslurp voordat hy afgaan panne toe.

Hy het gesorg dat sy genoeg soutvis en patats het en as hy vir hom 'n honderd stuk hout by Vaalwil koop (gekloofde berghout uit Hjeerlisment toe die duine rondom hulle leeggedra was), het hy dieselfde getal vir haar laat uittel.

Smiddae druk die suidewind haar en Sielie se rokke vas teen hul lywe as hulle met die wielspoorpad verby die winkel stap en agter die huise om tot op die walletjie bokant die erwe waar Jiems werk. Waar hy raap en sweet tot die salpeter wit onder sy blaaie uitslaan en halfmane op sy hemp vlek; Piet Velle se donkiekarretjie windskeef deur die swart moddergrond beur; Jiems swaar stoot aan die kruiwavrag sout na die ronde hoop. Tot Sielie se swak oë knipper teen die verblindende skittering van die sout.

Saans kom die ganse snaterend op uit die vlei.

En die seeklimaat trek deur die mure van die huise.

Sielie was nie sterk nie. Sy het aan 'n borskwaal gely waarvoor Heila die bitter ekstrak van die droeda wat saam met die noordpol in die veld groei, getrek het. Maar sy het dit snags swaar gehad. So 'n hoes en 'n benoudheid. Met die draai van die somer, toe die waatlemoene kraak van die rypheid en die sesmaandepatats 'n blou bank teen die vlei af rank, sterf Sielie van Jiems Franken. Sy het die oggend nog die ronde klippe voor die voordeur afgewit. Jiems was in die panne en Heila het om elfuur, toe die potjie skinkelsop gaar was, 'n vroeë middagmaal genuttig om die vuur nie onnodig aan die gang te hou nie, onbewus van Sielie wat 'n oorval gekry het.

Hulle het nog 'n gat uit die dorbank gepik.

Die dag was treurig; die droë panne leeg geraap, die southope wit gerond.

Heila het vir die mense koffie gemaak in haar kombuis. "Franken se pan loop leeg," sê sy en dink aan die dae toe daar basaar gehou is in die waenhuis en die kinders die werf vol gehardloop het; toe daar met bidure soveel mense was dat hulle sitgoed in die voorhuis moes indra.

Die waenhuis is met bloudraad toegedraai. Jiems ry nie meer nie. Die ou bakkie is kapot. Hy het sy hande vol met die twee erwe, sy eie en hare wat sy van haar pa het. Daar is niemand om hom te help nie.

Ons word min, dink sy. Die vrouens kry nie meer kinders nie. Daar is nie meer jong mense nie. Die skool het doodgeloop. Aggenbag het opgepak en getrek. Muisnemer se vrou het saam met 'n soutkoper padgegee. Hy agterna. Sy erf net so laat lê . . .

Pietie van Piet Velle is toevallig daar met die begrafnis. Hy is by Vaalwil, wat die onbewerkte souterwe vir hom ingepalm het en baie geld daarmee verdien. Pietie is nou 'n groot en geleerde man. Hy kom groet vir haar en Jiems, maar hy sluk swaar aan patat en koffie. Hy weet te vertel daar is makliker en vinniger maniere om geld te verdien as om sout te raap. Kyk hoe lyk oompie Jiems, kompleet nes 'n ou pikkewyn, kromgetrek en met wegstaanarmpies van buk oor die soutraper.

Heila erg haar. Sy noem dit stank vir dank ná alles wat sy en Jiems vir hom gedoen het. Pleks dat hy na sy pa kyk, wat naweke vir 'n skande dronknes hou.

Dit gee 'n kwaad af, maar toe Pietie vertrek, neem hy sy twee jonger susters wat nog in die huis was, saam en kort daarna laat haal hy sy pa.

Almal het toe verwag dat Jiems soos in die dae voor sy troue in die lang huis sou gaan bly. Maar vir eers is daar nie vir hom slaapplek nie. Die ou huis se mure is aan die ingee van die vishuis se kant af en Heila slaap reeds in die voorhuis.

Sy sôre wel vir Jiems. Sy gooi Sielie se blomme nat en gee haar hoenders kos en haal eiers uit. Soggens vroeg maak sy vir Jiems koffie en hulle hou saam godsdiens by die kerslig. Hy bring vir haar Vaalwil se koerant wat hy klaar gelees het en vertel vir haar die nuus wat hy in die winkel oor die draadloos hoor. Vandat Vaalwil dit destyds gekoop het, luister Jiems smiddae en saans daar nuus en naweke voetbal.

Maar nou gebeur dit dat hy partymaal sy tyd daar versit. Sy moet sy aandkos warm hou en een aand kom eet hy glad nie. En die anderdagmôre sal sy maar hoor die Vaalwille het vleis gebraai en hom ook genooi. Die ou niggie van Vaalwil se vrou wat uit die Boesmanland uit by hulle kuier, het die slagding vir hulle saamgebring en hulle moes nou opeet . . .

Die niggie of tante het Heila toe al daar gesien die enkele kere dat sy iets by die winkel moes hê. Dié Makkie-mens kuier al meer as 'n maand.

En toe trap Jiems in die baarkop en die pen steek hom deur sy voet. So 'n brand dat hy dit amper nie kan uithou nie, en Heila sê: "Dis tog eers deur die skoensool, 'n mens sal dink meeste van die slikkerigheid is af aan die sool . . ." Maar dis seker maar soos dit moes kom; die plek het nooit gebloei nie en die kwaad was binne.

Sy maak 'n pap met brood en uie en warm blare soos sy haar oorlede ma sien doen het. Maar toe die rooi strepe teen Jiems se kuit begin opkruip en sy tande op mekaar wil vassit, kom Makkie Dixon met 'n blikkie inflammasiepleister uit die winkel aan. Sy maak vuur in Sielie se stoof en sy kook water. Daarna stook sy 'n flambou vir een ou potjie water en sy laat skeur vir Heila 'n ou laken stukkend wat nog maklik omgedraai of gelap kon geword het, en begin pap die voet. Dis al om die uur 'n nuwe pap tot die blikkie naderhand leeg is en die laken feitlik op. Solank die pappe eietyd droog word, is daar nog kwaad in die plek. Dit moet so wees, want later sak die been en kry Jiems rus.

Heila hou die vrou stip van onder haar kappierand uit dop soos sy die oostewind sou dophou wat heelweek waai, om te weet wanneer hy gaan lê. Die vrou lyk vir haar net te mak op die werf.

Sy dra haar hare gekrul met 'n netjie om en haar rokke kort. Die some kap net onder haar knieë, en kaalbeen daarby.

Anders as Heila en Jiems, wat die sterk krom neuse, hartvormige gesigte en skerp blou oë van die Frankens het (of Sielie se spits meerkatgesiggie), is hare vlesig en rond . . . selfs effens plat. Om die minste te sê, lyk sy effens dom, en sy is groot. En veels te jonk vir Jiems.

Heila gooi haar houthopie opmekaar en vee haar windhok skoon. Jiems is na aan die sewentig en sy het vier-en-sewentig agter die rug. Hy raap nog, maar het die soutvisbesigheid gelos. Hy trek nog net eetvissies en bokkoms vir huisgebruik. Hy kan nie waag om die trekkery heeltemal te los nie, dan palm Vaalwil sy liksens in en moet hulle ten duurste van hom koop. Hulle moet al lankal 'n man huur om te help patat uithaal.

Sy dra nog self smiddae die water uit die fontein uit vir die waatlemoenkuile, al gaan dit dan ook halfemmersgewys. Sy kry 'n hulp om die wasgoed te was, maar verder doen sy al haar werk self. Sy sorg vir Jiems, sy kan nie verstaan hoekom hy met Makkie Dixon wil trou nie.

Toe Vaalwil kom aanpresenteer dat sy saam met hulle kerk toe ry vir die geleentheid, weier sy. Sy maak nie gemmerbier nie en sy bak nie suikerbrood nie. Sesuur die middag is die hoenders in die kamp, kos en water gegee en die eiers uitgehaal, en lê sy klein gevou op die ysterkooitjie in die voorhuis by die portrette van hul ouers, terwyl die wind om die huis se hoeke suis.

Jiems en Makkie het man en vrou geword en die kanniedood het op die stoep geblom. Maar die agtertuin se hekkie het oop gelê en die hoenders het tussen die kruie geskrop. Dit was g'n wonder dat die grysmuishond een nag vier van die mooiste henne kom doodbyt het nie. Net keelaf gebyt en so laat lê. Heila het die een wat Makkie vir haar oorgestuur het, weggegee – hulle het nooit 'n dooie ding geëet nie – en vir haar 'n bokkompie gebraai.

Sy het nou selde verder as die windhok geloop en op 'n Maandag-môre skaars by die kombuisdeur uit, om nie in die wasgoedlyn vas te kyk waar die helderpienk ondergoed van Jiems se vrou uitgehang was nie. En die vensters altyd toe teen die stof van Franken se pan. Blink tapyte tot in die kombuis. Jiems waag dit nie meer om met 'n modderskoen oor die drumpel te trap nie. Alles wat op tafel kom, uit die winkel uit: blikkieskos en pakkiesop.

In dié tyd kom Jiems dikwels koffie soek by haar. Hy vertel: "Die erf van Piet Velle wat Adderjaanse nog al die tyd geraap het, is van hom weggevat. As 'n man nou wegtrek, verval sy permit. Die re-geringsmense het so besluit. Dieselfde met die visliksense. Jy kan nie meer net steek en trek soos en wanneer jy wil nie."

"Maar 'n mens sal later nie meer kan lewe nie!" sê Heila.

"Dis wat hulle wil hê, dat ons hier moet padgee."

"Maar ons het lewensreg."

"Ja, nou probeer werk hulle ons maar op 'n ander manier hier weg."

"Adderjaanse se vrou wil hoeka Boland toe, na haar kinders toe. Laat hulle maar trek. Ek gee nie pad nie."

Jiems vee oor sy voorkop. "Vaalwil sê hulle wil 'n vliegveld hier bou."

Heila vat die blaasbalkie en wakker die vuur in die swart stoof aan.

"Vir my sal hulle moet wag. Want weg kry hulle my nie van die panne af nie. Waarheen moet ons dan tog gaan? Waar sal ons aard? Ons is soos die seevoëls, ons sal nie in die binneland regkom nie, ons sal doodgaan!"

Adderjaanse trek nietemin.

Makkie van Jiems kom leun oor die onderdeur en vertel. Hulle sê Piet Velle loop nou gewas en geskeer en hy het 'n huis met elektriese ligte.

Heila se skerp valkgesiggie vertrek in verset. "Kerse was nog altyd goed genoeg vir my."

"Jy kan nou lekker in Adderjaanse se huis gaan intrek," sê Makkie 'n ander dag oor die onderdeur. "Daar is 'n badkamer en alle geriewe. Dis 'n goeie huis." Adderjaanse het destyds laat aanbou.

Heila weet haar dak lek, die son skyn deur, maar hulle het rogstrooi wat Jiems laat slaan het, hy sal regmaak voor die reën kom.

"Ek praat nie net van die dak nie; as jy nie oppas nie, val die huis nog op jou in." Dit lyk party dae of hy onder die suidewind gaan lê.

"Dis net die agterste gedeelte. As dit moet, trek ek laters kibbys toe, ek sit my kooi hier by die stouf," sê Heila.

Adderjaanse se kinders kom haal die bad weg en die deure en bruikbare vensters. Die wind huil smiddae deur die leë vertrekke en dit reën in.

Piet Velle se kamertjie het lankal 'n slaapplek vir donkies en rondloperkatte geword.

Een vir een word die takke afgekap totdat daar van al die mense wat eens by die panne gebly het, net hier en daar 'n mens oorbly: Vaalwil en Jiems Franken en in die lang huis Heila. 'n Ent weg, waar die rivier 'n boog maak, 'n paar bruin mense, ou pensioentrekkers by 'n eertydse bokpos.

Die ganse het heeltemal wild geword in die vlei.

Dit vat Jiems nou meer as 'n uur om die afstand panne toe af te stap. Hy stoot die kruiwa heen en weer, van die erf af hoop toe en leeg terug. 'n Voormiddag lank sonder om te rus. Smiddags kom hy kromgetrek huis toe aan, met arms wat wegstaan asof hy nog die kruiwa vashou. Meer as halfpad loop hy so voordat hy weer stadig begin orent kom, en dan ook maar net op 'n manier.

Heila het die oggend 'n waatlemoen gekry wat ryp klop en dit aangerol huis toe in die koelte in. Sy wag hom by die hekkie in. "Kom eet eers en koel af."

Sy weet hoe hy oor waatlemoen is. Die klei sit dik aangepak aan sy skoene en sy asem kom vinnig deur sy neus.

Sy sny op die blikskinkbord en die skywe kraak oop. Hy sak in 'n stoel neer en vryf sy knieë.

Sielie sou nooit 'n broeklap sulke lang steke genaai het nie, en dan nog dwarsdraad daarby.

Jiems kán waatlemoen eet, en sy voel self dorstig. 'n Mens kan tot in jou vesels hier verdroog en dan help water alleen nie. Die pienk kroon kraak onder hul stompgeslyte tande. Die waatlemoensop maak 'n dam in die vlak witborde. Hulle eet hul versadig en stoot die res opsy. "Die wasvrou moet ook kry, sy't help nat dra." En die skille vir die hoenders. Sy vee die taai met 'n nat lap van die tafel af.

Makkie se skaduwee val oor die onderdeur. Sy kom hang binne-toe.

"Dis twaalfuur," sê sy, "ek het vir jou gewag."

Heila vee nog 'n slag oor die tafel en gooi 'n doekie oor die oor-skietwaatlemoen.

"Ek weet nie hoe ek moet eet nie," sê Makkie sonder tande. Sy moes hulle uithaal omdat haar tandvleis skrynerig is – van die sout vis. Dit maak haar roserig.

"Hier's nog 'n lekseltjie gortsop." Die potjie met oorskiet staan eenkant op die afgekoelde stoof.

"As ek net 'n bakkie melk gehad het, dan het ek eerder melk-en-brood ingebreek."

"Jy kan mos geweet het, hier's skaars kos vir 'n donkie, wat nog te sê 'n bees."

"Ek sal maar môre in die dorp 'n bietjie aluin soek om mee uit te spoel, dit help. Vaalwil vat sy vrou stasie toe, hy't belowe ek kan saamgaan."

Dis die tweede maal die jaar dat Vaalwil se vrou Kaap toe gaan kuier. Die Dixons laat gaan nie 'n kans verby as 'n wiel draai nie. Sy móét elke maand winkels toe. Sy trek pensioen, dié dat sy so kan koop.

Heila en Jiems het nog nooit pensioengeld van die regering gevat nie. Hulle het al die jare spaarsamig gelewe en goed uitgekom met wat hulle het. Hoofsaaklik uit die pan en rivier gelewe, en hoeveel klere dra 'n mens tog nou op? Die volgende dag is sy tog spyt dat sy nie maar vir Makkie geld gegee het vir 'n stukkie wors nie. Dis 'n gesukkel met vleis en die wors kan 'n mens altyd droogmaak. Nou kan sy ook nie eens agterna laat oplui nie, want die winkel is toe. Maar al was Vaalwil ook daar, hy wil nie juis nie – al wat dit nie vir siekte en dood is nie.

Tyd en dae toe die kinders nog van die skool af huis toe gekom het, het hulle elke Vrydag vars vleis gekry. Sielie kon 'n bokboud vir jou pekel met salpeter en speserye. En amper die lekkerste van alles was die snye bruinbrood in die lang sous geweek. Nou moet hulle maar so in Vaalwil se oë sit en kyk.

Sy maak vir haar en Jiems smoorsnoek van 'n stukkie droë snoek wat sy oornag in water laat lê het. Met die laaste bietjie stertvetkaiings uit die erdeskotteltjie probeer sy dit 'n smaak gee.

Makkie het die dag by haar ou suster in die ouetehuis op die dorp gekuier en kom vertel: "Jy het jou eie kamer en kry alles op jou tyd. Smiddae luister hulle stories en saans kyk hulle televisie." As dit kan wees, is Makkie môre weg, dink Heila. Gaan sit en stokoud word daar op die stoepbanke in die son agtermiddae. Maar dis nie vir haar wat Heila is nie, sy wil nog hark en werskaf.

Later kom Makkie met die nuus: "Vaalwil het 'n brief gekry, sy visliksens word nou weggevat. Dis klaar aan ander mense toegesê, anderkant die bokpos." Jy mag glad nie meer 'n net in die water gooi nie dan vat hulle hom af. Vaalwil praat van winkel leegmaak.

"En dan?"

"Hulle sal seker ook maar padgee."

"En sy huis?" Hy het 'n norring van 'n huis vir sy vrou laat bou. Met 'n stoep waar sy varings en goed plant. Alles agter glas. Dis agter haar aan dat Adderjaanse die slag laat aanbou het, om saam uit te hang. "Hy sal dit mos nie sommer net so hier los nie!" En wat van sy erf in die panne? En die patat wat juis vanjaar so mooi staan? Nee wat, hy sal dit nooit alles net so los nie. Daarvoor is hy te vreterig.

Sy rol die ryp waatlemoene een vir een huis toe tot in die koel hoek van die voorhuis. Sy sprinkel die vloere soggens vroeg en vee hulle. Daarna maak sy koffie en gooi dit in die bottel af. Sy rasper die stukkie uitgedroogde kaas sorgsaam op die fyn kant van die rasper. Sy maak haar stukkie vleis gaar en kook die res dood om nie sleg te word nie, bêre dit in die sifkas in die trek van die venster. Maar teen die helfte van die week moet sy opeet.

Die wasvrou bring vir haar 'n bottel bokmelk. Sy eet die oggend elfuur ingebreekte brood en kookmelk. Gaan sit in die leunstoel by die koue vuurherd en blaai in 'n ou tydskrif. Sy kan nog lees sonder 'n bril, maar nie goed nie. Sy blaai.

Die suidewind waai eindeloos oor die dorbankrante in die namiddag. Fyn stof sif deur die skrewe en lê oor alles.

Daar is nog 'n bokkompie aan die bos voor die deur. Maar die vuur is dood en sy weet nie wanneer hier weer 'n mens met hout verbykom nie, nou dat Vaalwil nie meer inkoop nie. Sy steek die primus op en sit 'n plaatjie oor die vlam om die vis lou te maak.

Wanneer is dit nou nog Meimaand dat Jiems patat kan uithaal?

Jiems se skaduwee maak die deur donker. "Vaalwil ry môre Kaap toe, sy vrou gaan haal." Hy slurp sy koffie op.

Dié was nou ook weke lank weg. Van kind tot kind gekuier. As jy vir Makkie hoor, is die Kaap vol Dixons, almal familie.

Dit sou met hulle anders gewees het as Jiems en Sielie kinders gehad het. Maar hulle was al twee te oud. Of as Pietie nie stof in hul oë geskop het nie. Hulle sou kuiermense gehad het met kinders op die werf en ondernemende jongetjies wat met die stroom op kon roei en springers in die nag getrek het . . . stilletjies.

Vaalwil ry een oggend terwyl Heila by die kombuistafel Bybel lees.

Jiems kom drink koffie. Sy onthou vir hom sy kierie en sonbril. Sy oë kan die skerp weerkaatsing van die sout nie meer hou nie en sonder die kierie kom hy nie ver nie. Sy moet help onthou, anders laat lê hy dit net hier. Met sy graaf stap hy af na die southoop agter die lae duintjie.

Hy is in die sewentig. Hy kan nog werk, maar hy het sy sout dié jaar nie verkoop gekry nie. Die southoop lê feitlik nog net so. Hy kan nie self meer wegry nie en dis vir haar asof daar nie meer mense soos vroeër kom om te laai nie. Hulle het nie vanjaar 'n inkomste gehad nie. Sy geld is min. Sy het gehoor hy sê vir Vaalwil hy sal sout moet vat vir die goed wat hulle by die winkel koop.

Dis goed en wel, by Vaalwil sal hulle op 'n manier nog verbykom. Maar wat as dit waar is, as hy die winkel toemaak soos Makkie sê? Wat dan? Vaalwil kan nie sommerso wil toesluit nie.

Toe daar 'n week verby is en hy nog nie terug is nie, begin hulle die pad dophou.

"Die vleis is gedaan." Sy het nog 'n winddroë ribbetjie gehad waaraan die wasvrou haar gehelp het laas toe die bruinmense die bokkapater geslag het.

"Solank die meel net hou," sê Jiems. Daar is nog heelwat soutmootjies in die balie en solank hy vis en brood het, kom hy geholpe.

Sy het nog meel, maar die hout is feitlik op. Daar lê nog net krummels in die hoek van die windhok en die wêreld rondom die huise is so kaal soos jou hand. Hoe maak 'n mens sonder hout? Sonder 'n oond kan 'n mens nog bak; sy onthou hoe haar ma sommer 'n gat in die kleibanke langs die pad gegrou het as daar op die trekpad gebak moes word. Maar dan moet jy kole hê.

"Vaalwil sal kom," sê Jiems, "voor die pensioentrekkers pay, hy sal die oulappie wil vang."

Maar nog 'n week gaan verby. As vetkoek oud word, week hy nie.

Makkie kom hang van buite af oor die onderdeur. "'n Mens kan potbrood bak. In 'n ysterpot. Jy maak 'n goiingsak nat met lampolie en draai dit om die pot en steek dit brand en as die sak uitgebrand is, is die brood gaar." Haar hare is ingedraai en met 'n geblomde doek toegeknoop. Haar rok is onder haar kuiltjie met 'n blink borsspeld toegesteek.

"'n Paraffiensak, sê jy. En hoe smaak só 'n brood?"

"Hy smaak niks. Die pot se deksel moet net goed sluit."

Daar is 'n ronde vleispot in Sielie se pottekas. En in die ou vishuis lê baie streepsakke. Makkie, wat by die groot maat koop, het 'n drommetjie vol lampolie.

Op 'n môre kry hulle tyding. Van die sendingstasie af kom die storie oor dat Vaalwil loop siek word het in die Kaap. Sommer baie siek. Hy lê plat in die hospitaal en as hy ooit weer terugkom, sal dit nie vandag en môre wees nie.

Heila word klein onder haar kappie toe Lya oor die wasbondel die storie vertel. Hulle is aan hul lot oorgelaat hier by die pan; hulle het nie 'n ryding nie en daar is nie 'n telefoon nie. Daar gaan tye om dat daar g'n mense aankom nie. Hoe kom hulle by 'n winkel? En wat moet word as een van hulle iets oorkom? Wat maak hulle as iets met Jiems gebeur daar onder in die pan waar hy van die môre tot die aand alleen werk in die warm son? Sy's eietyd onrustig. Sy kan nie eens meer tot by die pan loop nie, sy's byna tagtig en die rumatiek het haar inmekaargetrek. En Jiems het die mode gekry om sommer deur te hou, asof hy nie meer weet wanneer dit etenstyd is nie.

Sy draai vir Lya 'n stukkie boerseep in. Lya hou ook nie meer die gestap nie. En haar arms is op van wasbondels vrywe. Hulle versit ook maar kortendag sendingstasie toe.

"Wat sal met die mense hier gebeur?" Hulle sit en skommel elkeen 'n bekertjie swart koffie koud.

"Nee, ek weet nie, Lya, ons kan nêrens heen nie. Ons moet maar sien. As Vaalwil kom . . ."

Makkie kom staan by die toe onderdeur. "Ek kan seker maar van die goiingsakke in die vishuis kry?" vra sy. Sy staan met haar helder-geel voorskoot op die werf en skud die stof uit die sakke uit. Sy slaan hulle skoon teen die steierpaal: kawaps, woep, kawaps. Sy pak twee plat klippe langs mekaar op die grond en bring die ysterpot uit. Die sak word met lampolie besprinkel en sy woel die pot daarin toe en sit dit op die klip neer. Sy trek 'n vuurhoutjie en steek brand. Die sak smeul en wanneer die windjie so effens druk, gloei die hele sak en smoor dan weer.

Dit stink na sak wat brand.

Heila gaan voel aan haar witgoed wat op die draad hang en bring dit in uit die rook en roet. Sy vat die swart vlerkveerstoffertjie en vee 'n hopie klei bymekaar. Daar het 'n stukkie pleistering uit die skoorsteen geval.

Sy hou die pad dop om te sien of Jiems nog nie aankom nie. Sy loer deur die vierkantige kaggelvenstertjie in die pad op en dan na die pot. Dis snaaks hoe lank so 'n sak bly brand. Die sonstreep is feit-lik weg uit die agterdeur. Dis middag. Sy gaan uit buitentoe. Makkie staan by die hekkie met haar hand kappie gemaak bo haar oë.

"Jiems talm lank, dis etenstyd," sê Heila.

"Ek het nou net gedink, as hy nie uitkom nie, sal ek maar so af-stap en gaan kyk. Maar hy kom aan. Weer sonder hoed," sê Makkie.

Heila vee oor haar oë wat so wasig is dat sy skaars kan sien.

"Daar," wys Makkie by haar gesig verby, "oor die duintjie. Hy's ook so krom dat hy amper hande-viervoet is." Sy raak skalks. "Op Trawal was daar 'n ou man wat so krom was, hulle sê 'n koei kon oor hom spring . . ."

Die klein, swart miertjie teen die duin word 'n kewer in die pad en toe 'n kraai, en Makkie gaan gee aandag aan die pot in die swart-gebrande sak. "Die brood moet haastyd gaar wees." Sy toets die hitte met haar groot, plat werkshand. "Laat hom net so effens afkoel, dan keer ons hom uit."

Sy haak die hek vir Jiems oop dat hy kan deurkom met sy graaf en skraper. Die sweet slaan wit deur op sy tuithoed. By die pot op die klippe steek hy vas en soos 'n ongelowige sê hy: "Jy het toe waarlik probeer bak?"

Makkie bring 'n harde kortsteelbesempie waarmee sy die roeterig-heid van die potdeksel afvee. "Ek het net die ergste muisgevrete sakke gevat," sê sy en gaan haal vir hom waswater.

Hy trek sy kleistewels uit en spoel sy gesig en voorarms af. Makkie vat die badjie en skiet die waswater oor die malvas uit en hang die bad terug aan sy spyker teen die muur. Dan haak sy die stoofyster deur die hingsel, tel die pot op en dra dit kombuis toe. Sy lig die dek-sel af, gryp die pot weerskante met 'n vadoek vas en keer dit om sodat die brood uitval op die doek wat sy oor die tafel gegooi het.

Dit kom maklik los en die korsie is ligbruin en bros. Van binne is dit sag en uitgerys.

Jiems breek en kou. "Wil jy glo. Ons het goeie brood en dit son-der 'n stomp hout!" Hy kyk van Heila na Makkie en hy lag.

Makkie staan gedienstig met haar hande op haar maag. Haar plat gesig is kreukelrig van plesier. Daar is 'n sak meel in die spens en 'n stapel sakke, tot byna teenaan die dak, in die vishuis.

En Makkie is groot met 'n forse lyf en sterk arms en skerp oë. Sy kan tot in die pan sien. Sy het hande wat 'n seer kan pap en wasgoed kan uitdraai en deeg kan knie. Sy is nog vlug van voet, want sy is nie oud nie en gesond.

Sy is sterk en lower soos die bloekom by die graftes, met 'n skadu-wee wat sy oor Jiems kan gooi.

En oor my ook, dink Heila.

En sy sê: "Daar is nog waatlemoen in die voorhuis. Kom sny vir ons waatlemoen, Jiems." Sy neem Makkie aan die arm. "Kom, Makkie," sê sy, "kom eet saam." Sy lei Makkie na die lang huis toe en maak die onderdeur vir haar oop sodat sy kan binnegaan en gee vir haar 'n stoel.

Hulle rol die grootste waatlemoen uit die voorhuis uit en Jiems sny dit op die blikskinkbord. En Heila bring wit vlakborde en messe tafel toe en Jiems kraak die skil en breek dit oop. Hy breek die skywe een vir een weg totdat die kroon soos 'n bloedrooi kam op die twee onderste skywe staan.

Hulle sny die kroon aan en Heila steek haar mes in en lig die middelste een uit. "Hou jou bord, Makkie," sê sy en sy presenteer die middelstuk wat Jiems altyd gekry het, aan sy vrou.

Silt van die aarde

Die vorige winter nog het Joos saam met sy pa in die uitlêveld help skaap werk. Toe was die lamtyd verby en moes hy skool toe gaan. Aan die einde van daardie jaar het hy nege geword.

Die naaste skool was op Viskuil. Die plek het hy op 'n manier geken. Soms as sy pa se veetroppe onder die Knakiesberg wei, het hulle die wa ingespan en gaan vis koop en sout laai by die mense wat langs die rivier by die panne woon. Dit was 'n halfdag se ry uit die geil winterveld tot by die riviermond waar die plat soutbossies oor die brak banke rank en die huise van die soutrapers vuil-vaal in die holte staan.

Gewoonlik het hulle oorgeslaap op die werf van oom Piet en tant Fyta Visser, want die vis is meestal in die nag getrek. Dan het hulle, net soos in die veld, die aand 'n vuur gemaak, en slaaptyd het hy by sy pa ingekruip onder die wa en hom ingewoel in die warm velkaros.

Saans het die Visser-gesin by die vuur kom sit: oom Piet en tant Fyta en hul kinders, Jet en Koen; en ook die ouer seun, Kas, wat reeds getroud was met Berta, en hul dogtertjies. Hy onthou ook vir oom Bossie met die plat hoedjie agter op sy kop, sy kaal voete en rooi staanbaard, en die musiek wat hy gemaak het. In die nanag het hy wakker geword, alleen onder die karos, want sy pa het saam met die mans uitgegaan op die rivier, en soggens was daar vars harders op die rooster.

Sy ma en pa het saam besluit hy moet by oom Piet-hulle gaan bly.
Oom Piet is 'n vrome man en tant Fyta sal goed na hom kyk; hulle
is die silt van die aarde. Met sy klere in 'n tas, 'n mudsak meel en 'n
hamelskaap op die wa, het hulle hom weggebring Viskuil toe.

Nou gaan hy bedags skool by meneer Katz, snags slaap hy in die
buitekamer by Koen en smiddae help Jet hom met sy lesse.

Hy sit skaam en ingetoë in die half vreemde kombuis met sy lees-
boek op sy knieë en druk met sy wysvinger op die woorde: OOM
SEUN MOEDER VADER BROER HUIS, spel hy.

Maar iewers onderbreek die droë piepgeluid van 'n skarnier sy les.
Die voorhekkie van die huis langsaan het oopgegaan en swaai weer
toe. Dis Berta en haar twee dogtertjies wat gaan koffie wegbring
panne toe waar Kas werk. Die kinders hardloop vooruit en hul ma,
met die blou koffie-emmertjie in haar hand, volg stadiger.

Joos is ook skielik bewus van tant Fyta. Sy sit aan die bopunt van
die lang kombuistafel in die ligstreep van die vuurherd se loergat.
Sy is rond en bruin en sag soos 'n papie: haar lyf en gesig en oë. Haar
stem is ook sag en bruin. Sonder om op te hou met ryg aan die lap
op oom Piet se onderbaadjie, lig sy haar kop en kyk Berta agterna.
Haar mond roer byna onhoorbaar. Sy gesels voortdurend onderlangs
met haarself:

Berta knoop al weer haar voorskoot losser ... sy is al mooi vol ...
'n seuntjie ... maak ook nie saak nie ... solank dit maar welge-
skape ... en sý gesond ...

Sy byt 'n garingdraad af, steek 'n nuwe draad deur die naald se
oog, rol 'n knopie in die punt en mymer voort: Sy sukkel altyd so
met die borste ... soveel melk ... kliphard geswel ... die kind wil nie
die bors vat nie ... inflammasie ... vanslewe was daar nie altyd dok-

ters nie . . . pap die vlamme met blare, of smeer dit . . . enige raat . . .
maar as daar iemand is om leeg te drink . . . dis nog die beste . . . daar
is mans wat dit graag doen, wat nie omgee om te help nie . . . party
van hulle was bekwaam . . . het so 'n sagte mond gehad . . . sagter as
'n babetjie s'n . . .

'n Diep sug ontsnap uit tant Fyta se lyf.

Joos sit doodstil met sy vinger op die leesplek om nie tussen al
die vreemde woorde te verdwaal nie.

By die onderdeur staan Jet. Die rand van haar diepbolkappie is te-
ruggeslaan en die vel span styf oor haar voorkop en wange. Haar
mond is klein getrek. Joos wag vir haar om te sê hy moet aangaan
met klank, maar sy draai na haar ma toe. "Kas-hulle jag seker vir 'n
jongetjieskind," sê sy. "Om na Pa te vernoem!" Dit lyk of sy die mod-
derigheid van die leeggeloopte rivier ruik.

Joos maak saggies sy boek toe.

Hy sou graag saam met Berta en die kinders panne toe wou gaan,
Kas wou help om die kruiwavragte sout uit te stoot hoop toe, hom
wys hy's al sterk genoeg. Of met die kinders op die duintjies speel.

Maar tant Fyta het opgestaan en maak vir hom 'n sny vieruur-
brood klaar met klam bruinsuiker daarop. Hy moet koffie vir oom
Piet en Koen neem.

Joos hap toe hy die onderdeur agter hom toetrek. Hy proe hul
plaas se vet rogmeel en hoor die hamelskaap in die bokkraaltjie blêr.
Rondom hom is Viskuil se werf bros en droog soos die kors van 'n
beskuit.

Maar onderkant die huis begin 'n soutbosruigtetjie waardeur die
voetpad af rivier toe loop. Onder maak dit oop in geel riviersand,
waarop die treknet lê en droog word. Dis vaal verbleik, met hier en
daar 'n donker stuk waar 'n skeur met nuwe gare toegeboet is.

Die trekbakkies is opgedra teen die wal; een hoog tussen die bossies, die ander feitlik in die water geanker en reg vir instoot. Hulle behoort aan Kas en oom Piet, maar noudat die vis skaars is, werk hulle net met oom Piet se bakkie; dis nie lonend om twee spanne aan te hou nie.

Joos kry oom Piet by sy sitkol op 'n duintjie agter 'n pol steekgras. Daarvandaan sit en kyk hy bedags die water – hoe die gety inkom deur die riviermond en in die kuile opstoot en hulle oorstroom. Met stootwater sit en wag hy vir die harders wat moet inkom. Iemand hou feitlik dag en nag wag: oom Piet of Koen, Kiewiet of Kas of oom Bossie. Elkeen het sy sitplek. Oom Piet se rooirandjiesoë sit diep in hul kasse van stip kyk.

Maar hardervis is skaars.

Soms kry hulle een, twee in 'n net, ander dae glad niks. Hulle het die vorige nag 'n gooi gemaak vir elf springers en die net geskeur.

Dit was Kas se deurloop. Hy het daarop aangedring dat hulle hoër op in die rivier moet gaan soek. "Die springers is lief om in die vars water op te kom. Hulle lê partymaal in die diep kuile daar bo by die draai."

Koen het nie sin gehad nie. "Daar skeur die net uitmekaar uit. Dis die ene stompe en takke ná laas se vloed. En dis ver om te roei."

"Maar ons kan ook nie heelnag hier rondstaan nie." Kas het hom van ou Bossie laat versterk. Hy het self die rieme gevat en hoog op geroei, en toe hulle gooi, het die net vasgesit en geskeur. Dit het hulle die hele voormiddag gekos om dit reg te maak.

Oom Piet en Koen slurp hul koffie op en suig hul snorre droog. Oom Piet strek sy bene, gee 'n paar kruppel treë en kyk panne se kant toe.

Van ver af kan hulle Kas gebukkend sien raap, en die wit van Berta se voorskoot en die kinders se kappies daar naby. "Ons moet maar môre solank lewe die sout begin uitry. Jy moet vir Kiewiet vra om jou te help, Koen. Joos, loop jaag jy vir ons die donkie in die kamp dat hy môre vroeg daar is as ons wil inspan."

Koen bewerk sy eie én sy pa se erwe op die soutpan, maar Kiewiet doen die raapwerk, en as dit by uitry kom, laai hy die plat karretjie en die donkie trek dit tot by die groot hoop.

Maar Kas staan alleen. Joos het hom al baie staan en dophou, hoe hy die soutkors met die agterkant van die graaf plat tik en dan die sout versigtig met die langsteelskraper bymekaarmaak en skep. As hy genoeg hopies het, laai hy dit op sy kruiwa. Maar die kruiwawiel sak maklik weg in die sagte klei. Dis harde werk om sout uit te stoot, selfs vir 'n groot man soos Kas.

Joos het al vir Berta hoor sê: "As jy ook 'n donkie gehad het. Daar lê die as en wiele wat oom Bossie vir jou gegee het. En hier spoel gedurig planke op die strand uit. Jy kan maklik vir jou 'n karretjie maak. As jy net 'n donkie het.

"Oom Bossie weet van 'n man wat 'n Spaanse merrietjie het. Hulle is slim donkietjies, saggeaard en niks skrikkerig nie en daarby sterk. Dit sal die werk vir jou makliker maak. En jy kan baie met 'n flukse donkie uitrig; 'n stuk grond gelyk sleep vir pampoen."

Dan sê Kas ja, wag laat ons net eers sien hoe lyk dit as die sout in is – of daar genoeg sal wees om 'n donkie mee te koop.

Maar sy southoop is nie baie groot nie, want hy kan nie alles alleen behartig nie. En Berta sê: "As Pa iets vir jou oorgehad het, kon hy jou ook al 'n donkie gegee het ..."

Joos maak sy hand bak oor sy oë en kyk oor die rivier. Daar is 'n suising in die lug. Seevoëls kom in swerms oor die water aangevlieg. Hulle skreeu. In die riviermond breek die water en spoel die sandbanke toe. Daar is 'n frisheid in die lug, dit ruik na bamboese. Die harders sal nog inkom. Hulle sal nog soutvis maak. Kas kan bokkoms verkoop en dan sy donkie koop.

Oom Piet se vaal donkietjie wei ver. Hy is net 'n stippel daar bo waar die rivier sy draai maak by Nolte se plaas, onderkant die ou huis, daar waar hulle sê die skermutseling was.

Meneer Katz het in die geskiedenisklas vertel: Met die Driejarige Oorlog het daar 'n skermutseling naby Viskuil plaasgevind. Die Boere en die Tommies het op mekaar geskiet. Die kinders sê as jy mooi soek, kry jy nog oorblyfsels van die geveg daar lê: patroondoppe en hoefysters en stiebeuels.

Joos het gedink oom Piet was ook in die skermutseling, want hy het 'n merk aan sy been. Met die voetwassery een aand het hy dit gesien, die gat in die oom se kuit toe hy sy broek oprol. Toe hy vra, het oom Piet net gesê: "Ja, daar is 'n koeël deur, ek is verwond." En sy oë het geskiet, en tant Fyta het die sop gestort.

Oom Bossie het later vertel: Dit was met veertien se Rebellie. Oom Piet het by die kommando aangesluit en hy is Duitswes toe en op tot by Angola. Hy was lank weg – en toe hy terugkom, is dit met die gat in die been.

"En oom Bossie?" wou hy weet.

Oom Bossie het in die holte onder die rivierwal gesit by sy vuur en koffieblik. Nee wat, sê hy, hy was nooit 'n man vir baklei nie, hy's 'n man wat in liefde met almal lewe. Hy het daardie tyd transport gery, so op en neer van die Kaap af tot by die Grootrivier en terug. Op 'n keer het hy wel onder skoot gekom, maar gelukkig het hy die

koeël sien kom, en hy't 'n vrag komberse op die wa, hy gryp 'n kom-
bers en hou dit reg, en toe die koeël kom, maak hy net sy arms toe,
en dis woeeii, woeeii, maar hy hou, tot die koeël se gô uit is!

Toe lag oom Bossie en vat sy kitaar. Hy kan lekker stories vertel,
en hy weet om rietfluitjies te sny vir Kas se kinders. Hy is 'n ander
soort mens. Hy het nie 'n bakkie en nette nie en hy besit nie 'n erf
in die soutpanne nie. Meestal bly hy onder die wal, en as dit koud
word, gaan kruip hy in 'n kamertjie agter Kas se huis in. Hy is roeier
in Kas se span, maar hy vat nooit sy deel nie, hy tel dit by Kas s'n.

Die rivier lê aanmekaar soos 'n meer toe Joos met die donkie
terugkom. Hy jaag hom in die draadkamp en gaan skep by die fon-
tein water vir die skaap. Hy kyk in die geel hameloë. Die winter het
die dier nog tot by sy penswol in die gousblom gestaan. Nou wag hy
om geslag te word.

Die vorige aand het oom Piet aan tafel gesê: "Die skaap moet ge-
slag kom. Hy staan en verloor net kondisie in die kraal. Vrydagmid-
dag met die koelte saam, Koen, moet jy hom keelaf sny. Sorg dat jou
messe geslyp kom."

Joos deel die laaste streepsak kaf wat sy pa vir die donkie en die
skaap gelos het. Toe hoor hy Kas en Berta aankom in die pad en die
kinders roep van ver af: "Joos! Joos!"

Hy draf nader, neem Kas se graaf en skraper en dra dit vir hom
huis toe. Berta se kombuisvloer is van plank en wit geskrop. Daar is
'n valgordyntjie voor die potterak. Die dogtertjies is soos twee bont
wolhaarkatjies met sproete en strikke. Hulle rol onder die tafel en
lag as hy hulle kielie.

Die speletjie kry 'n end toe Jet hom roep om te kom aand-eet. Sy
het reeds die wasbalie voor die stoof gedra en hulle was om die beurt:

oom Piet en Koen en hy, eers gesig en dan voete. Die merk lê pers en blink oor die dikvleis van oom Piet se been. Hy was ál om die teer plek en droog dit dan met 'n flennielap af.

Niemand praat tydens die ete nie. Oom Piet werk die vis met vinnige krappe tussen die grate uit. Sy baard wip op en af soos hy kou. Hy lyk soos 'n profeet in 'n Kinderbybelprent. Koen en Jet sit langs mekaar, klein soos sperwels, met krom snawels en ligte oë.

Die kers flikker in die middel van die tafel. Dit skyn op die harde, vereelte hande en gebreekte naels.

Langs Joos eet tant Fyta tussen sagte asemstote deur.

Dan dek Jet af en bring die Bybel. Sy stoot die kers tot teenaan die Boek en oom Piet haak sy bril agter sy ore en blaai. Hy lees 'n hoofstuk en hulle sing en daarna kniel hulle. Met gevoude hande en opgeslane oë bid oom Piet; sy stem styg deur die spaansriet van die solder en deur die strooidak. Joos kyk tussen sy knieë deur na die rietpatroon wat die besem nagetrek het in die misvloer.

Daar brand nie meer lig by Kas-hulle nie toe hy en Koen buitekamer toe stap. Die naggeluide het begin: daar is die roering van die wind om die huis, die geluid van water wat die vlei oorspoel, die roggel-snork uit Koen se keel. Joos dink aan die skaap, aan die skaapkraal op hul plaas, outa Jaers se skerm, die klank van sy bekfluitjie . . .

Hy word wakker van die suggeluid van water en die stemme van die huismense by hul oggendgesang.

Nadat hy die donkie voor die tweedisselboomkarretjie gespan het, en Koen weg is panne toe, haak hy sy boeksak oor sy skouers en loop skool toe.

Die middag is daar beroering op die werf. Onder die boom staan die slagbank reg. Hulle wag net vir Koen. Jet het die holgoed gereed.

Sy bring die mes. Die hamelskaap staan in die verste hoek van die kraal en dit kos vir Kiewiet gaan roep om hom te kom help plattrek – Koen is alleen nie by magte nie. Dan blêr die skaap. Die bloed spuit en die nekpit kraak. Hulle lig die swaar lyf op die slagbank en oom Piet kom vat oor. Hy maak pad deur die dik wol en die mes glip onder die vel in. Hy sny net een haal van die bors af tot op die pens. Hulle steek vuis in en stroop af. Oom Piet sny deur die borsbeen en kraak die ribbes oop. Hulle beur die boude vanmekaar en die binnegoed peul uit.

Jet pak die derms. Sy ryg uit en stroop die netvet af, maak die niertjies kaal, skeur die lewer uit. Die pensmis stoom. En die dooiebloed stol op die grond.

Die hond sluk die gal en Kiewiet kry die keelderm en soetvleis. Joos vat die blaas, hy druk die water uit en brei die taai membraan totdat dit papsag is. Dan blaas hy dit deur 'n strooitjie op tot 'n klipharde bal, waarmee hy en die dogtertjies vang-vang speel tot donkeraand.

Toe hang die skaap aan die balk in die pakkamer en maak hulle die deur toe vir die nag.

In die nanag kom die harders saam met die gety in die rivier op.

Oom Piet kom tok aan die venster. "Daar lê 'n dik bank vis binnein die trek, julle moet kom!" jaag hy hulle aan.

Koen vlieg uit, en Joos agterna. Met koulike knakknietjies draf hy tussen die twee mans terwyl hy baadjie toeknoop. 'n Klam koue stoot teen hulle aan. Hulle hoor die water. Koen se skerp, punterige ore luister saam met sy neus en oë. Hy is byna dubbeld gevou soos hy drafstap. "Waar is die ander? Weet hulle?"

"Kas-goed? Hulle het al afgedra. Hulle is ons voor. Hulle gooi seker al."

"Demmitse ou Bossie." Koen blaas deur sy neus. "Het óns dan nou 'n vol span?"

"Kiewiet het gaan bymekaarmaak. Hulle kom."

"Is ons nie klaar die vaart agter nie?" Koen draf. "Hoekom het julle 'n man nie eerder kom roep nie?"

Kas se skuit is reeds in die water. Hulle is besig om na die middel van die kiel te roei, daar waar dit diep is, draai dan wyd en kom om. Die vis spring blink boë uit die water.

"Gou!" jaag Koen aan. Hy roep vir Kiewiet. Sy stem is dun. Kiewiet en sy helpers spring holdersbolder. Koen is oorhaastig. "Klim, Joos!"

Terwyl hulle inroei, bly oom Piet en nog 'n man op die wal met die toue. Hy beduie Koen moet wyd draai om groot toe te maak. Koen roei met kort, sterk arms; sy asem kom met rukke deur sy neus.

Hul net loop af.

Joos sit op die agterbankie. Hy sien die kurklyn agter hulle aan lê, en omkom soos hulle draai. Hulle is kort bokant Kas se net. Hulle kan die ander se kurk sien dobber in die skemer.

Iemand roep uit: "Die stroom vat die net, die spul gaan deurmekaarraak!"

Kas se span het dit ook gewaar. "Julle moet optel, jul kurklyn drywe oor ons s'n!" Hulle beduie met die arms. "Hier kom fout!"

"Gaan bars," skree Koen terug, "die rivier is almal s'n. Ek gooi klaar, laat daar kom wat wil!"

Maar toe is alles klaar deurmekaar, kurke en toue en nette.

Dis 'n oormekaarvallery in die donker, dit sukkel en kap met die rieme en probeer loskom. Hulle roep oor en weer.

Oom Bossie skree op Koen: "Is oor jy te gierig is dat jy jou net

oor ons s'n moet kom gooi, jou aasvoël! Hoekom hou jy nie soun-
toe nie?"

"Ek maak soos ek wil!"

"Maar wil jy sien ek neuk jou, uilskuiken? Kom jy net vanmôre
op die wal!"

Kas-hulle het hul skuit reeds kant toe gebring en die mans begin
die bolyn intrek. Maar die nette lê in mekaar vasgedryf. Hulle moet
'n ent terugroei om te kyk of hulle nie die kurke uitmekaar kan kry
nie. Eindelik is hulle tog los, maar toe hulle die kurklyn optel, lig die
loodlyn – en die vis wat hulle nog gehad het, loop onder deur.

Toe is dit moord.

"Ek voel lus en slaan die skrok pap!" skree oom Bossie met gebal-
de hande. Dit lyk of hy Koen uit sy skuit wil gaan haal.

Oom Piet roep van die wal af. Hy hits vir Koen aan. "Sal jy jou
van hom laat slegsê. Vat die riem. Slat die blikslaer vrek. Hy vrek mos
nou!" Vloeke rol uit sy mond. Sy swart baadjie flap om hom. "Vloek-
sel, buiter, lafaard!" Hy kom halflyf die water ingehardloop.

Kas maak 'n einde aan die strawasie. "Pa!" kom sy stem deur die
nat. "Pa!"

Die mans grom en gluur nog, skuur dan by mekaar verby. Kas-
hulle beur die swaar bakkie en net wal toe. Oom Bossie haak 'n paar
vissies wat gemas het in sy vingers. Hy draai weg na sy holte in die
rivierwal.

Joos staan en wag bedremmeld dat hulle eie net moet inkom. Hy
wil agter Kas aan, maar hy behoort by oom Piet en Koen se span.
Hulle haal 'n halwe mandjie vis uit en dra dit huis toe.

"Is dit al?" wil die vroumense weet. Hulle is al van vroeg af aan die
gang. Tant Fyta het die skaap uitmekaargemaak en die vet opgesny.

Jet roer die pot oor die oop vuur onder die manatokaboom. Die skraapwater vir die afval kook.

Oom Piet skop sy kleibepakte stewels uit.

Koen se neusvleuels roer. "Kas-goed maak mos of hulle die trek gekoop het. Gooi so dat 'n ander nie 'n kans het nie! En ou Bossie . . ." Hy frommel sy hande inmekaar. Sy bromstem loop draai daar bo.

Toe hy "ou Bossie" sê, kom Berta by haar kombuis uit. Haar hare is nog nie vasgevleg nie en daar lê 'n deegstreep oor die maagkant van haar rok. Sy skiet die skottel water oor die werf uit en kom staan teen die heiningdraad. Haar wange word rooi.

"Wat is dit van oom Bossie? Oom Bossie het hom nie lê en verslaap nie. Hy het loop vis luister en die man wat eerste kom, het eerste reg. Jy weet dit, Koen!"

"Wat se reg," vra Koen, "het hý? Hy het kaalvoet hier aangestap gekom en hy is dit nou nog. Lewe van aalmoese. Hy's niks beter as 'n droster nie. Waar het hy reg?"

"Maar dan het Kas darem seker 'n reg. Of het sy skuit nie liksens nie? Tel hy nie?" vra Berta.

Oom Piet se baard wip. "Berta, die nag was trouwel genoeg. Moet jy nou nie kom krap nie."

"Ek kom krap ja, want so kan dit nie aangaan nie. Koen sê en maak soos hy wil, en Pa praat dit goed. Is dit soos Christenmense aangaan?"

"Elke man veg vir sy lewe, en die water is nie 'n speelplek nie," sê oom Piet.

"En 'n plek vir moord en doodslag?"

"As Kas dit gesê het, het hy dinge verdraai."

"Dis nie wat Kas sê nie, want Kas is een hou deur panne toe. Dis wat ek met my ore gehoor het!"

Maar toe staan Jet met die roerstok bo die vetpot. "By Bossie, na-tuurlik. Hy maak mos sy lêplek by julle. En julle haal hom aan."

"In die werktye is oom Bossie Kas tot hulp. Hoe moet ons anders regkom? En het ons as Christene nie ook 'n plig teenoor hom nie?" vra Berta.

"Ja," raas Jet, "en al die tyd eet hy verniet uit anderman se potte! So bly hy dik, van sy dag af, die slang; wag hy tot die wagters uit die krale weg is, en dan kom suip hy die koeie leeg. Hy drink hulle saf, ja! Bossie, einste hy!"

Tant Fyta se mond werk in en uit terwyl sy die skaappootjie in die kookwater steek. Haar stem kraak. "Kinders, tog!"

Oom Piet se gesig is agter sy baard.

Berta kom tot styf teen die draad. "Nee, Ma, moet my nie stil-maak nie. Laat ons praat. Hier is te lank stilgebly en opgekrop. Pa loop en preek die hele dag heiligmaking, hy gee op oor sy Christen-skap, maar van binne is hy vol haat en agterdog. Hy het Kas nog altyd misken en veronreg. En hy vloek oom Bossie. Pa is vergif van wrok, en dit gee af aan die ander. Kyk hoe staan Koen en Jet daar. En kyk hoe lyk arme Ma! Hoekom treiter julle julself so? Hoekom praat julle mense nie 'n slag met mekaar nie dat julle kan skoon kom?"

Joos het stilletjies om die huis gegaan. Daar in die middel van die soutpan sien hy Kas gebukkend op sy erf werk, sonder hoed, blas-rooi soos gebakte klei in die son.

Die rivier is so leeg soos hy dit nog nie gesien het nie. Hy kan inloop tot byna daar waar hulle die vorige nag geroei het, en op en op, tot bokant Nolte se plaas, verby die plek van skermutseling. Daar gaan rol hy hom op die kweekplaat op. Hy verlang na sy pa en die warmte van hul gebreide bokvelkombers. Maar die lamtyd is verby en hy onthou die enerse, stywe gesigte van Koen en Jet, oom Piet se skouers onder sy baadjie en die bewende stringe woorde uit tant Fyta se mond.

Hy onthou dat sy ma gesê het, voordat hulle hom Viskuil toe gebring het: hulle is die silt van die aarde.

Hy het oom Bossie eenmaal gevra wat silt is. Toe dink oom Bossie eers 'n rukkie en toe wys hy wyd oor die korserige grond van Viskuil: dit was wit en skubberig soos 'n wang waarop trane droog geword het. En hy sê: dis wat silt is. Maar oom Bossie weet seker maar nie, want tant Fyta is so sag en bruin en rond ...

Eers toe die son die middag begin sak, gaan hy huis toe.

Toe is die vet uitgebraai, die afval spierwit geskraap en die long kook in die pot. Jet het 'n skoon rok aan. Ook tant Fyta is gewas en aangetrek. Haar hare is vars opgedraai in haar nek. Onder die manatok is die seeppot omgekeer. Die vuur is uitgebrand. Uit die see uit stoot die gety opnuut vol. Die kuile blink.

Joos gaan skep die emmer vol by die fontein en sien Berta en Kas en hulle kinders van die panne af aankom. Ook oom Piet en Koen kom huis toe. Dis voetewastyd. Tant Fyta skep die kos op. Die harslag kom op tafel. Sy skep die lang sous oor oom Piet se sny brood. Dan hou Koen sy bord. Dan Jet. Hulle wag dat oom Piet moet bid.

Die oom vou sy hande saam. Jet en Koen laat hul koppe sak. Tant Fyta maak haar oë toe. Dan sê oom Piet: "Vrou?"

Almal se oë gaan weer oop.

Tant Fyta kyk na haar man.

"Het jy vir die kinders ook iets oorgestuur?" vra hy. "Dis môre Sondag. Gee vir hulle 'n stuk van die rugstringvleis. En sit 'n ekstra kap by."

Toe knyp hy sy oë toe. "Segen, Heer ..." bid hy.

Soetloop

Chrissie was sewentien toe haar ma die jaar met die seer hand gesit het. Dit was 'n fyt wat nie wou deurbreek nie en later gaar gepap was, sodat die handbeentjies wit gelê het en ondersteun moes word as hulle die verbande omruil.

Tant Anna, 'n puntenerige vrou, was hulpeloos.

Sy het grootgeword in een van die hoë, wit plaashuise met diep, skemer kamers, in 'n tyd toe dogters tuis gebly het en besig gehou is met ligte takies in die huis; met borduur- en hekelwerk. Hulle het met sag gemoduleerde stemme gesels en tee gedrink, na raaisels en spookstories geluister, terwyl die silwervingerhoede die naalde deur die weefstof stoot. In 'n bêrekis het stapels kant opgehoop, en beddegoed van onverwoesbare linne, geplooide onderrokke met eweredig gerygde opnaaisels, die soomstekies byna onsigbaar.

'n Beskermde Victoriaanse meisie wat gewag het vir 'n kêrel wat op 'n Saterdagaand met hangsnor en stywe boordjie en laarse op 'n geroskamde perd die werf inpronk. Die vryery op regop stoele weerskante van die voorhuistafel, die stukkie kers tussen hulle, die pa wat vroegaand keel skraap en roep. Dan, ná 'n redelike tyd van hofmaak en ouers vra, die huwelik, die rol van waardige vrou en moeder wat sy sonder protes betree ...

Die omstandighede ná haar troue was nederiger as waaraan sy gewoond was. Die grond was nie hoog geleë nie en geskei van die vrugbare saaiplase deur 'n soom van kalkbanke wat al teen die see langs loop, pleksgewys bedek met 'n vlak grondlaag. Maar hoofsaaklik was dit klip, loodwit teen die rug, met 'n fyn, yl inkleding van rankerige vygiegoed en skilpadbos wat weiding bied vir vee.

Die huis op die skeiding tussen die kliprug en saailandjies was klein: twee kamers en 'n voorhuis, 'n kookplek en bakoond by die vuurherd. Dit was gebou van die klip van die omgewing, die mure dik en laag, en voor en agter gestut met stewige bere.

Die werf was ongelyk. Die agterdeur het uitgekyk op die steil kalk-rand. In die rigting van die landjies was dit meer sanderig. Waar die grond losser en dieper is, was die put, uitgepak met kalkklip. Dit was bitter van die brak en het nie die dors geles nie. Die seep het in die water geskei, wit soos kesmelk.

Soos dit die mode van die tyd was, was die huisgesin groot. Daar was elf kinders: vier seuns en sewe dogters. Dié elf kinders, maar ver-al die dogters, het tant Anna opgevoed volgens die patroon van ou-wêreldse verfyndheid waarin sy grootgeword het, en met dieselfde noukeurigheid waarmee sy die weefdrade van haar stopwerk tel.

Hul haarvlegsels was blink opgedraai bo-op hul kroontjies, hul halse versier met hekelpuntjies. Hulle het die fyner kunste van kook en bak geken.

Terwyl haar ma se hand stadig genees, moes Chrissie onder tant Anna se toesig die huishouding waarneem.

Daar was wel 'n ouer suster, Hanna, by die huis, maar sy het gereed gemaak vir haar troue wat op hande was. Sy wou die kamers uitwit. Die witkalk was reeds gesif.

Behalwe hulle twee was die kleinste kind, 'n dogtertjie van vier, nog tuis. Die huisgesin was selde voltallig. Sommige kinders was op skool, ander het elders gewerk. Maar naweke het hulle gekom om te bad en skoon aan te trek. Maandae was daar 'n oormag van vuil wasgoed.

In die winter het hulle die vars reënwater in die klipbakke op die rug gebruik om mee te was. Maar as dit opgedroog het, was die naaste bron van vars water by die see.

Daar, aan die rand van die branders, was 'n syfering wat onder 'n klipplaat uitkom. Anders as die grys sandsteenkranse, was hierdie rotse pienk gekleur; donkerpienk hoër op, en ligpienk waar die see daaroor spoel.

Ná so 'n naweek lê daar die Sondagaand 'n mudsak wasgoed in die buitekamer, en haar ma sê vir Chrissie: "Môre sal jy alleen see toe moet loop."

Afgesien van die kamers wat sy wou skoonmaak, sou Hanna haar nooit so kort voor haar troue in die warm son langs 'n wasbad laat verbrand nie, al dra sy ook moffies. Maar Chrissie was 'n ander saak. Sy het toe nog nooit eens 'n kêrel gehad nie. Geskikte jongetjies was nie volop nie. En as hulle miskien nog toegelaat is om 'n plesierigheid op een van die plase anderkant die kliprug by te woon, was dit altyd onder toesig van 'n ouer broer of neef of soms haar pa self.

Teen die sonbrand gee haar ma haar van die smeergoed wat sy van room en kruie aanmaak, en sy sê die klein-kind moet saamstap; al kan sy met niks help nie, is sy darem 'n asem.

Vroeg die volgende oggend val hulle toe in die pad: die kind dra die slopie kos en Chrissie behartig die sak wasgoed, bad en emmer.

Die voetpad is 'n kortpad deur die saailande na die duine.

Die landjies is skraal. Die gesaaides in die trog onder die duine is blootgestel aan die vogtige seewinde en roes. Voor die saaityd word die saad behandel: dit word om 'n deel gemeng met gebluste skulp-kalk en aangeklam met water. As dit 'n nag lank so staan, kleef die kalk aan die uitgeswelde korrels en is dit gereed om in die grond te kom.

Op die lang witstrand anderkant die wasplek lê die skulpbanke waarvandaan die kalkbranders met bakkarre en donkies vragte skulp na die oonde op die hoogtes uitry. Soms smeul die vaalblou rook daer lank voor die oond uitgebrand is.

Die duinsand is los en dik en swaar, en die duine lê ry op ry, maar eindelik staan Chrissie en haar sustertjie op die laaste een. Daarvandaan kyk hulle oor die see wat boordensvol opgedam lê onder in die holte van die baai. Kort, dik brandertjies swel aan en breek skuime-rig op mekaar.

Die oggend is sonder wind. Dis 'n mooi dag, lig en dynserig en nie te warm nie, maar tog sonnig.

Daar is nog niemand by die wasplek nie. Gewoonlik kom die was-vroue van Paternoster vroeg en vat die beste plekke vir hulleself. Maar daar is nie eens 'n spoor van 'n bok nie. Hulle kom suip soms by die syfering.

Chrissie het die hele plek vir haarself. Sy kies 'n hoë klip om die bad op neer te sit, en 'n platte om die wasgoed uit te klop. Dan stap sy met haar emmer tot by die punt van die klipplaat, na aan die water, en kniel daar, en begin die sand met haar hande wegskraap.

Ná elke wasdag waai of spoel die gate toe en moet dit eers oop-gegrawe word. Sy werk 'n wye kom uit waarin die skoon water eers stadig en geleidelik sterker begin opwel: 'n helder stuwing tussen klip en sand.

Haar pa het haar vertel dat daar voorheen 'n groot varswaterdam tussen die duine was, waarby die vee kom suip het. Die water, het hy vermoed, kom van die kliprug af. Wanneer dit reën, sak dit tussen die kalkklip weg en dreineer in die skeure onder die grond af tot hier waar dit weer uitslaan. Maar met die tyd het die wind die duine verskuif en die dam het verdwyn. Al wat oorgebly het, is die syfering by die pienk kalkplaat.

Die water is soet, vars soos neut, en sy en die kind drink albei daarvan voordat sy skep om die wasbad vol te dra.

Dan seep sy die wasgoed in; eers die kooigoed en onderklere. Haar pa se onderbroek en -hemp van ongebleikte linne, haar ma se slaapjurk en kom'nysin van 'n fyner stoffasie, en die dogters se lyfies met borduursels op die bors. Elke kledingstuk is kosbaar. Dis nie net met die hand genaai nie, dis ook die enigste verskoning klere wat hulle het. Sy hanteer dit met die grootste omsigtigheid. Sommige dele is dun gewas, en as 'n ding deurgevryf by die huis aankom, skeel dit min of haar ma knip die hele sagte kol uit en laat dit inlap.

Die lap is niks; van al die susters kan sy die fynste stekies werk. Maar die teregwysing: "Vir Chrissie kan jy nie 'n werk gee nie, sy speel haar tyd om."

Saans, terwyl hulle met handwerk om die tafel sit, brei sy warm kerswas tussen haar vingers en vorm rosies en figuurtjies – en die kers brand skeef en net mooi die helfte gouer uit. As sy die misvloer moet smeer, vat sy nie 'n besem nie, maar gebruik haar hand om 'n sierpatroon om die rand te teken. Moet sy tafel dek, dans sy eers op die punte van haar tone rondom die tafel met die geruite doek om haar kop getooi.

"Christoffellina, Christoffellina, wanneer word jy eendag mens?" vra haar ma dan, en omdat 'n mens moet leer om jou kosgoed nie met jou kopgoed deurmekaar te maak nie, laat was haar ma haar die tafeldoek in die pekelsout putwater uit. En haar kop, wat sy vir haar straf ook in daardie water moet was, kry sy agterna nie uitgekam nie.

Terwyl sy so vryf-vryf, voel sy die branderigheid wat die voorloper van bloed is. Sy begin haar vingers deurwas ten spyte van die vingerlappies wat sy dra.

Maar dan kan sy die witgoed oopgooi.

Die seesand is gewoonlik so skoon dat hulle sommer op die sand bleik. Voor sy ooptrek, maak sy seker dat daar nie die vorige dag bokke kom mors het nie. Anders vlek die witgoed en haar ma sal dadelik sien en sê: "Die ene ram!"

As haar ma die dag by is, kan hulle nie genoeg deurwas en bleik nie, en as dit lyk of die Paternosterse vroue wil spoel, ruik haar ma nog 'n slag aan hul goed en laat was sy nog 'n keer deur ...

Die kind het haar dronk gerol teen die duine en kom druk Chrissie aan vir 'n stukkie brood. Sy voel self ook honger en vou die slopie oop. Sy skep vir hulle water by die brood en hulle gaan sit op die warmgebakte sand.

Terwyl hulle eet, gewaar sy dat die see sy draai elke keer 'n bietjie hoër op die strand kom maak. En elke keer wat hy stoot, stoot hy 'n bolling skuim voor hom uit. Die water groei.

Sy sal moet oplet. Sy sê die kind aan om te help kyk. Toe sy die oorskietbrood terugsit onder 'n skaduklip, sê sy: "Kom staan jy nou hier naby my en hou jy die water dop. As die branders te naby kom, sê jy vir my."

Toe buk sy oor die bontgoed.

Uit die hoek van haar oog sien sy die kind met haar toonpunte skop-skop aan die flardes skuim wat ophoop en met elke spoel van die branders meer word en nader kom. Dan trek die water weer ver terug, en spoel, en trek weg sodat die klipplaat heeltemal oop lê.

Sy draai 'n slag weg en skep 'n emmer water en begin spat die bleikgoed nat.

Terwyl sy nog besig is en met haar rug na die see oor die wasgoed buk, is daar 'n harde geluid soos 'n donderslag, en 'n brander breek. 'n Wit kolk water stroom oor die klippe en kom op haar afgestorm, tregter om haar bene.

Sy swaai om en gryp haar sustertjie, kry haar aan die arm beet en hardloop teen die duin op na veiligheid. Agter hulle suis die water soos dit steeds aankom. Dit hap aan hul hakke.

Eers toe hulle meer as halfpad na bo uit is, voel sy veilig en kyk om.

Die see het kom draai waar sy dit nog nooit tevore gesien het nie. Hulle het wel al spoelmerke op die duinsand gesien, maar nog nooit só hoog op nie.

En die branders! 'n Lang ruk staan en kyk sy hoe hulle aankom en breek, terugtrek en bymekaarmaak en weer kom breek – elke keer 'n bietjie kleiner en verder weg, totdat dit later betreklik kalm word.

Toe is die geweld verby en moet sy gaan kyk wat van die wasgoed geword het. Sy kan dit nie net so los nie, want wat sal sy anders vir haar ma sê?

Waar die bleikgoed gelê het, is daar nou net 'n bank groen skuim, so hoog dat dit haar aan die middellyf vat. Sy lig haar rokke op en voel met haar voete, en voetjie vir voetjie skuif sy vorentoe totdat sy iets raak voel. Die see het die linne opgerol soos 'n reusewors, en ingespoel in die sand.

Sy buk af in die skuim, gryp die swaar rol vas en sleep dit met die krag wat sy van die skrik en angs oorhet, teen die duin uit. Toe dit hoog en veilig lê, hardloop sy terug na die bad met bontgoed. Dié staan nog op die klip; die branders het dit toegebreek en alles is vol sand, maar dit staan nog. Die emmer en seep ook, dankie tog!

Sy kry die bad aan die ore beet en steier onder die gewig daarvan. Haar hart wil deur haar borskas bars, haar arms skeur uit, haar rug breek en haar voete sak weg in die los sand.

Toe, bo die bonsing van haar hart, hoor sy 'n blaffie. Tussen die toiings van haar verwaaide hare deur sien sy 'n hondjie die duin af-gewarrel kom. Agter hom, op die kruin tussen die biesiepolle, het 'n man verskyn.

Net 'n oomblik verbeel sy haar dat dit haar pa is wat alles bo van die kliprug gesien het waar hy met die vee wei, of dalk 'n oom op een van die lande wat die slag gehoor en kom kyk het. Maar sy stam uit 'n geslag mans wat kort en bonkig is.

Hierdie een is lank en jonk. Om sy kop het hy 'n nekdoek ge-bind, en daar is 'n rooierige skynsel in sy oë. 'n Vaalwit stof kleef aan sy klere en bedek sy voorarms. Hy is 'n kalkbrander by een van die oonde na Paternoster se kant toe.

Hy kom vat die bad wasgoed uit haar hande en dra dit tot op die plek waar haar ander goed op 'n bondel lê en waar haar sustertjie sit met die sakkie brood wat sy voor die see weggeraap het. Sy kou onverstoord.

Chrissie, haar klere swaar van water en sand, sak langs die kind neer met die skrik nog in haar oë en keel.

Die jong man hurk by haar. En omdat hy niks by hom het om haar teen die skrik in te gee nie, haal hy die nekdoek af wat hy oor sy gesig bind as hy die gebluste skulpkalk sif, en begin vee die spat-sels moes en skuim en sand van haar gesig en arms af.

"Hoekom is jy dan alleen hier op so 'n dag?" vra hy. "Het jy nie vanoggend gesien die see tel op nie? Die ene spatbrandertjies. Dis gevaarlik, as hy so wittand weet jy nie of hy wil byt of lag nie. Dan moet jy liewer omdraai – soos Patnoster se vroue gemaak het. Maar nie jý nie. Ek kyk vir julle daar bo van die oond af, hoe julle twee hier oor en af, en ek wag, en later dink ek: ek moet darem gaan kyk, net-nou spoel julle seegat in. En dit was ook amper ..."

So praat hy, en vee die sand van haar arms af en tik dit uit haar hare uit.

Toe hy aan haar vlegsels raak, kom sy by en merk hoe laat dit is. Sy spring op.

"Ek sal jou help om by die huis te kom. Jy sal dit nooit alles gedra kry nie," bied hy aan.

Maar nee, met dié wasgoed kan sy nie by die huis aankom nie! "My ma sal raas. Ek moet eers klaar gaan was. Ek moet van voor af gaan begin. Ons het nie water by die huis nie!"

'n Kalkoond, as dit eers gepak en aan die brand gesteek is, het nie 'n oppasser nodig nie. Dis eers as die skulp bros gebrand is dat dit met water gesprinkel word sodat dit kan blus, en dan moet dit nog afkoel voor die siftery begin. Die kalkbrander het baie tyd en hy help haar om alles terug te dra tot by die klippe.

Die see het teruggetrek tot waar hy hoort, maar die gate is toegespoel. Die man maak vir haar die bad en emmer op 'n veilige klip staan. Toe werk hy die skuim en moes weg en grawe die syfergat oop. Hy bring skoon water aan en dra die bad vol.

Daarna rol hy die onhanteerbare rol linnegoed los uit sy verstrengeling en skud die stukke een vir een uit. Terwyl sy nog skaam probeer teëpraat en keer, doop hy die swaar, sandbelaaide lakens een vir een in die helder water.

Met die onhandigheid van 'n man, maar met die krag van 'n man in sy arms en hande, vryf hy die slik en moes uit die linnedraad, en hy wring die water uit, terwyl sy, met haar teer hande, die sagter vrouegoed spoel.

Toe die son reeds wil ondergaan en die kind en hondjie uitgespeel op die duin lê, albei vas aan die slaap, is die wit- en bontgoed skoon en droog en in bondels gebind.

Sy pak dit in die bad en hy lig dit op sy skouers en dra dit met gemak. Met die kind op haar rug volg sy hom tot op die rand van die ploegland. Daar gaan hulle staan.

"Nou moet jy omdraai. Ek sal self verder regkom." Sy laat die kind stap en neem die drag oor.

Hy draai weg in die rigting van die kalkoond, met die hondjie wat om sy voete kef, en hulle vat die kortpad deur die land.

"Het julle tweetjies lekker gespeel?" vra sy vir haar sustertjie.

Die kind, rooi verbrand, skud haar kop. "Die hondjie is stout. Hy het my gehap." Sy wys 'n krapmerkie aan haar arm.

"Ag ... miskien was dit nie hy nie ... dis seker 'n skulpie wat jou so gesny het. Kom, Ousus smeer spoegies aan. Nou is dit gesond. So ja. Moenie vir Ma sê nie, hoor. Ma se hand is self seer."

Tuis wag haar ma al onrustig. "Ons het byna iemand gestuur om te gaan soek waar jy bly. Soveel wasgoed was dit tog nie dat jy 'n dag daarmee moes ommaak nie?"

Chrissie laat die emmer met 'n geklingel val.

Toe eers merk haar ma dat daar iets gebeur het.

"Die see het ons gejaag," sê Chrissie.

Dit kan die sustertjie bevestig.

Sy self het niks meer om te vertel nie: van wat daar gebeur het; van die man wat die soetloop aan die punt van die pienk klipplaat vir haar kom oopgrawe het.

Sy drink die vars, lou melk wat haar ma vir hulle skink. Toe vat sy die kind aan die hand en neem haar kamer toe. Hulle was en kruip langs mekaar tussen die skoon lakens in. Chrissie maak haar oë toe.

Die dag se moegheid stoot oor haar. Sy sug teen die hoë kussings aan, en word dan sag en weerloos in haar slaap, met die weerloosheid van 'n jong meisie wat vir die eerste maal die voorspel van die liefde ervaar het.

Juffrou Verdoes

Vroeër jare was dit 'n plek van uiterstes en die baljaarwerf van die winde: die skraal suidewind en die westestorms, maar veral die oostewind wat uit die son uit aangewaai kom, warm soos die hel self en allesverwoestend.

Maar sedert daardie tyd het die elemente hul gloed en vlym verloor; ons onthou deesdae eerder die koelte van die noorderkenter en die sagte miskomberse oor die skurwe baai as die sand en brommers en die stank van kreefdoppe. Aan mense en gebeurtenisse uit ons kindertyd dink ons met deernis.

Net af en toe dring die werklikheid hom tog aan ons op wanneer brokke nuus ons bereik en ons gerugte hoor. En op 'n dag verskyn daar uit die newels 'n mens wat ons lank reeds verlore gewaan het.

Haar naam is Talotte.

Sy is waarskynlik Charlotte gedoop, na 'n eerbiedwaardige boere-ouma of -tante, maar almal het haar Sarlotta genoem en tot vandag toe is sy vir ons kinders Talotte, omdat Ma ons geleer het 'n mens het respek vir 'n grootmens.

Mevrou Eckman, die "grootvrou" van die plek, het haar nooit anders as juffrou Verdoes aangespreek nie, en daarmee haar ongehude staat en die twyfelagtige afkoms van haar kinders onder die aandag gebring.

Die kinders, en daar was nege, het soos stelle poedingbakkies drie-

drie inmekaargepas: Joessie en Mettie en Wieljam, die tweeling en die enetjie wat dood is, en dan die drie Makraaie. Hulle was geskakeer van blas na vaal na bont.

Talotte het hulle onder die platdak van haar huis buite die Kamp grootgemaak.

Die huis, hoewel apart, het nie baie verskil van die gewone Kompeniehuise van daardie tyd nie. Op die warmste oostewinddae het mevrou Eckman hulle bliktrommels genoem, en so haar misnoeë met die plek te kenne gegee. Maar sy had die minste rede om te kla; haar huis se dak was blink geskilder om die hitte weg te kaats en die binnemure was van steen. Andersins was die huise deur die bank vaal geriffel met net 'n houtplafon tussen ons en die son.

Talotte s'n was meer op die patroon van die opslaghuise in die Gaat: 'n houtgeraamte waaroor sink vasgespyker is, met 'n houtafskorting tussen die slaapkamer en die kombuis.

As toevoeging tot die kombuis was daar 'n bakoond van rou klei met 'n opgemesselde skoorsteen wat van vroeg tot laat gerook het. Skuins oor die rooi klei van die bakoond het Joessie, die oudste seunskind, eenmaal met 'n toukwas en witkalk die woord BROOD gewit en dit toe weer doodgewit toe Johannatjie Eckman loop en sê Talotte kan in die tronk kom, sy mag nie adverteer nie. Maar almal het tog geweet sy bak en dat die kreefvangers hul brood daar koop.

Ons plek was die Mekka van die kreefwerkers, van wie baie van ver gekom het en 'n hele seisoen lank om die skuite gebly het. Dié mense moes eet, en hulle het 'n voetpad oopgetrap van die strand af na Talotte se deur.

Die bakkery het haar van 'n goeie kontant-inkomste verseker, waarvan sy en haar kinders kon leef. Maar buite die seisoen moes sy 'n byverdienste soek en het sy wasgoed ingeneem. Haar halleluja-stem by die wasbad het so helder gedra soos haar houthaalroep in die bog. Hout of water was haar om't ewe; smiddae het sy met 'n drag vyehout uit die veld gekom en soggens met 'n paal oor die skouers waaraan twee blikke water hang, en nog 'n blik op haar kop. Saam met haar het die kinders getros: Wieljam vooruit met 'n stoter en draad, een van die tweeling op haar rug in 'n abbadoek, langs haar Mettie, langbeen soos 'n windhond, met die ander twee-lingkind op die heup.

Omdat die grootmense nie voor hul kinders allerhande dinge ge-praat het nie, het ons net geweet wat ons oë sien. As Talotte se lyf punt maak onder die verrekte toeknooptrui en sy haar maag sopnat spat by die wasklip, het Ma ons aangesê om die spoelwaters te help dra en het sy self die ophangwerk gedoen. Dan het ons dit as 'n teken beskou, en nie lank daarna nie het daar 'n nuwe babetjie aan-gekom.

As die Ouma van die Gaat wat bobbejaantjies skraap en stert af-kap, op 'n môre by Talotte se huis woel, hang mevrou Eckman haar bont matte oor die kampdraad en klop hulle met 'n besemstok dat die stof staan. Sy was vroeër verpleegster en soms het mense buite raad by haar kom aanklop. Dan klee sy haar in 'n oorjas en wit kop-doek en pak haar rooikruistas. Maar Talotte se kinders het altyd in die nag aangekom, en soggens het die skoorsteen soos gewoonlik sy rook die lug in gestoot.

"Nog 'n gevalletjie," sê mevrou Eckman dan en 'n hoë pers kleur slaan op haar wange uit. "Iemand sal iets moet doen aan dié ... ê ... ê ... ê ..."

Terwyl sy dan stotter en soek na 'n geskikte woord, stuur Ma ons, wat oopmond staan en luister, om te gaan speel. Sy trek haar mond klein omdat mevrou Eckman, wat van beter weet, op die werf 'n vertoning maak. Ons is verbied om met Johannatjie te speel, want sy weet te veel. Maar vir Talotte maak Ma toegewings. Sy kook sop en neem 'n bababaadjie van ons Kleinsus vir die nuwe kind. En elke middag daarna stuur sy ons met 'n bak oorskiet-tafelkos vir die kinders.

Dit was al 'n instelling. Die koswegbringery het beteken dat ons sleepvoet deur die duwweltjies moes loop, en as die sand brand, het ons van skaduweebos tot skaduweebos gespring. Tog het ons baklei oor wie se beurt dit was. Net om die kosbak oor die onderdeur vir Talotte aan te gee en te wag terwyl sy dit leegmaak.

Agter die oopgeskuifde binnegordyn het ons 'n skrams kyk gekry op die rooibont flenniekooigoed wat op die breë styllose houtkatel vlam, die kers in die blaker voor die kooi, krom gesmelt met 'n wasstraal aan die een kant af.

Die huis was ongenadig warm. Die dun blikmure van die kombuis het gesing van die hitte en waterskaduwees van bont glasgoed het teen die riffels gebewe. Die borderak was versier met uitgetande koerantpapierstroke, iets waarmee Talotte besonder vaardig was – vou en knip en oopkonsertina om diamantpatrone voor te stel of poppies wat hande hou – en wat Mettie ook fluks aan't leer was. Ons kon net verwonderd kyk – ook na die vergeelde, opgekrulde familieportretjies wat met drukspykers aan die houtlyste vasgespeld was: mense wat geeneen van ons ooit gesien het nie, maar wat tog was, met name wat Talotte soms genoem het: sus Grietjie, broer Dirk, Oompie en Tante ...

Maar die belangrikste was sy self, die baba op haar rug, die abbadoek oorkruis geknoop oor haar los borste, haar kinders met hul hande in die kosbord, die reuk van deeg wat op die vuurherd in panne rys, en dié van varsgebakte brood.

Op bakdae het die uitgekeerde brode op die plankrak lê en sweet: groot, uitgerysde wittes met blink bo-korsies en plat, meelbestrooide vloerbrode en ander wat grof was van semels, afhangende van die meel waarmee daar geknie is.

Die broodkopers het gekom en gegaan en daar is geld en brood oor die onderdeur gewissel. Sommige het egter onder die kosyn ingebuk en binne gesit en die warm brood net daar gebreek en geëet. Ons het hulle van ouds af geken: ou Towejas, klein soos 'n blinkooggeitjie, ingekruip in sy swart baadjie sodat daar soms moeilik te onderskei was tussen man en baadjie; en Colombo die Taljaner, en Kloet van Duitswes.

Ou Towejas se kreefhoepels het aan die soutbos voor die deur gehang en hy het help kind oppas en die brood dopgehou as Talotte by die wasklip staan. Colombo het bossies vis aangedra. En Kloet het, voordat hy terug is Duitswes toe, nog eers die kissie gemaak vir die babetjie wat dood is.

Die kindjie se dood was ons eerste kennismaking met 'n sterfte, en ons wou met alle mag sien. Hoewel Ma ons dit verbied het, het ons tog na Talotte se huis gegaan, en sy het ons laat inkom. Ons het na die spierwit kinderlykie in die kis by die voetenent van die houtkatel gekyk en toe belangstelling verloor en begin speel met die tweeling tussen die deurmekaar kooigoed. Dit was 'n seuntjie met vaal hare en 'n effens simpel meisietjie. Hulle had masels, maar ons was nie bang vir aansteek nie, want ons het die siekte reeds gehad.

Talotte was nie oor die enetjie wat dood is so hartseer soos die dag toe die meneer en juffrou die tweeling in die vreemde swart motor kom wegneem het nie. Johannatjie Eckman wat van alles weet, het gesê: "Dis die mense van die kindersorg, hulle gaan die tweeling in 'n weeshuis plaas. My ma sê so."

Later daardie middag het Talotte in ons kombuis kom hurk. "Potjiestroom," het sy gesê en haar gesig met haar hande bedek. Haar verdriet was soos iets wat oorkook oor rooi vyehoutkole.

'n Lang tyd daarna het sy alleen houtveld toe geloop en haar water aangedra. Maandae as die bontgoed oor die bos lê en die witgoed hang, loop sy winkel toe om te kyk of daar pos gekom het. Een maal per maand het die juffrou geskryf en dan kom vertel sy vir Ma: dit gaan goed, die kinders is in die skool. Daar is selfs 'n foto van die twee – vaal skaduweetjies teen 'n baksteenmuur, een met 'n skoolpet en sokkies-en-skoene, die meisietjie se kop skeef soos sy son toe korrel.

Later staan dit ingeskuif in 'n gleuf van haar borderak waar dit geel word en opkrul soos dié van haar ander familie.

"Dit mag wel harteloos klink, maar wat anders kon 'n mens doen?" erken mevrou Eckman, toe die stof eers gaan lê het, haar aandeel in die gebeurtenis. "Iemand moes aan die kinders dink. Daar moes iets van hulle gemaak word; hier sou daar niks van kom nie. Want hoe gaan dit vandag?"

Talotte se routyd het verbygegaan. In haar kombuis het daar nou 'n nuwe man gesit, 'n man van Honneklip wat hulle Êndie Makraai noem.

Hy was geweldig: sterk lyf en breë skouers, dik nek en groot kop, die hare oor sy bors en voorarms pienk; pienk tandvleise, pienk tong . . .

Hy het op een van die Onderbaai se skuite gevang en toe die seisoen verby is, by Talotte agtergebly.

Ons het gesien hoe sy die oorskiet-frikkadel in die blombord vir hom aanstoot. Ons het gesien hoe hy 'n hand vol van haar bont voorskoot gryp. Gehoor hoe hy Askoek! roep.

Ons het die kinders van nuuts af onder Talotte se trui sien bult en aankom, een vir een: Tat en Kraaiman en Kolles.

Daarna het ons die plek verlaat en elders gaan woon.

Ons het ons gaan vestig in 'n nuwe omgewing waar die baai deur 'n hawemuur beskerm word en kalm lê soos 'n meer. Die branders spoel ongemerk teen die wit strand aan. Ook die mense leef hier rustig; hulle gaan Sondae kerk toe en woon bidure by, hulle beywer hulle vir die diens van barmhartigheid. Hulle agterplase is met beton geplavei om die sand te tem en bome keer die wind. Op die agterstoepe skommel wasmasjiene. Niemand het 'n wasvrou nodig nie, niemand bleik of blou nie.

Net af en toe is die weer met elektrisiteit gelaai as die lug uit die ooste stoot, en dan wil ons hare nie lê nie.

'n Skuit word vir herstelwerk ingesleep en Pa hoor by die seemanne: Joessie van Talotte is dood. En ons onthou almal vir Joessie met die onpaar oë, een bruin, een blou.

Daarna hoor ons 'n lang ruk niks, en toe hoor ons, lank nadat dit verby is: Mettie is ook oorlede.

Dit hoor ons van niemand minder as mevrou Eckman nie. Ons het die berig van meneer Eckman se dood in die koerant gelees en Ma het dit haar plig geag om 'n kaartjie van meegevoel te pos; al was mevrou Eckman en ons nooit op vriendskaplike voet nie, was ons tog bure. 'n Ruk later kom daar 'n blou koevert met 'n gegeurde brief en 'n lading nuus, onder meer van Mettie.

Mevrou Eckman skryf in 'n geborduurde handskrif: "Van die ding met Verdoes se dogter – die Mettie-kind – weet julle seker nie. Sy het 'n kind verwag. Verdoes wou dit in die begin nog wegpraat, maar hoe steek jy so iets weg, hoe kyk jy dit mis? En toe kom haar tyd een nag. Ons het wakker geword van die geskreeu. Eers dag ons dis maar weer een van daardie Saterdagaande waaraan daar nie keer is nie. Maar toe kom roep die klong, Wieljam, ons: 'Mame sê missies moet kom help.' Mettie het onder die ouma se hand uitgedop en die veld gevat.

"Maar wat hulle nodig gehad het, was 'n dokter – en predikant. Want vir so iets was ons nie ingerig nie: 'n grote kind van twaalf pond. Hy is dood voor hy in die wêreld gekom het, en Mettie etlike dae daarna. Die stomme ding. Maar aan die ander kant was dit seker beter so ... met daardie wellusteling in die huis. 'n Mens voel natuurlik jammer vir Verdoes, maar sy moes tog geweet het. Maar sy hoor ook nie."

Meneer Eckman, wie se bors reeds swak was, het die nag 'n koue gevat.

Ons het hom onthou as 'n grys ou man met 'n snor en 'n chroniese hoesie, wat daglank oor die fabriek se boeke gebuk het; die pa van Johannatjie, die snip, wat ons met haar "selleloid"-poppe vermaak het. Maar Mettie, wie se hare weerskante van haar paadjie met ontelbare knippies plat gesteek was, en die vlegsels wat nooit vanself losgeglip het nie?

"As dit ooit waar is," sê Ma en vou die brief toe. "Mense het 'n manier om 'n storie smaak te gee." En mevrou Eckman kon tog altyd so die matte op die vlak uitklop.

Die stilte wat daarna volg, duur onbepaald.

Eenmaal verbeel Pa hom dat hy Makraai op 'n skuit gesien het; dit kon hy gewees het, as dit nie vir die man se gesig was nie. En Ma hoor mevrou Eckman se naam in 'n versoekprogram oor die radio. Maar dit kon iemand anders ook gewees het.

Ons het heeltemal kontak verloor, want intussen het ons volwassenheid bereik; ons het die wye wêreld ingegaan en staan elkeen in 'n beroep en kom slegs gedurende ons jaarlikse verlof tuis.

Dan sit ons rustig agter die glas van ons voorstoep met handwerk, en hou die spieëling van die son op die see dop, ons gedagtes en gesprekke gevul met nuwe belangstellings en ervarings.

Op so 'n middag, terwyl die beskuitkrummels in die soet oorskietkoffietjies onder in ons koppies lê en dy, piep die voorhekkie en kry ons onverwags besoek.

Ons kan nie glo wat ons oë sien nie: die deurgestikte kappie, voorskoot, kortbeen-mansokkies, plat skoene.

"Talotte!" sê ons vol ongeloof, en Ma roep: "Sarlotta Verdoes!" En die tyd skuif twintig jaar terug, want hoewel die lyf oud geword het onder die klere, is dit nog dieselfde mens wat op winderige dae by ons agterdeur om gekom het, die hand voor die mond, die stem daaragter, die suutjies trap asof die vloerplanke heilig is. En net soos toe, sak sy teen die muur af tot op haar hurke, en Ma sê ons moet vir haar koffie bring.

Toe ons daarmee terugkom, hoor ons haar sê: ". . . met die jongetjiesmense saam gekom – die span het kom voetbôl kyk en toe laat sleep ek my saam."

Maar nie heeltemal onwillig nie, dit kan 'n mens sien aan die manier waarop sy na ons kyk, die verbasing agter die hand dat ons só groot geword het. Maar so skiet die jare verby. "Wat het van die dae geword?" vra sy.

Die Maandae toe ons haar by die wasklip gehelp het om die spoelwaters aan te dra . . .

"Ek het tot nou kort nog vir die mense gewas – van die môre tot die aand in die water geboer, soos 'n eend. Met die nuwe, skerp seeppoeiers het dit party dae gevoel my naels sit los in my vingers." Sy stoot haar hande vorentoe onder die teruggevoude moue van die mansbaadjie uit. Hulle is verkreukel soos iets wat te lank geweek het, die vingers inmekaargetrek, die pinkie en ringvinger van die een hand wil glad nie meer reguit nie. Sy dra 'n rolletjie stywe papier in die handpalm om dit oop te hou. "Nou wil hulle nie meer nie. Rumatiek," sê sy. "Die jig vreet my op. Ek kan nie meer lekker vat nie."

Sy woon nou by die drie jongetjieskinders. Tat het vir hulle 'n huis laat bou. Hy verdien goed op die see en het selfs 'n kar. Die kinders lewe goed. Kraaiman en Kolles het elkeen 'n werk in die fabriek. Hulle is skuitbouers. Die lewe het verander. Niemand kry meer swaar nie. Selfs die mense onder in die Gaat woon in steenhuise; hulle het tuine, want die water wat hulle vroeër moes aandra uit die fabriekstenk, is nou tot voor die agterdeur aangelê. Dis asof die wind nie meer dieselfde vastrapplek het nie.

"Ek moenie kla nie," sê sy, "almal is goed vir my." Sy wys ons die skoene wat sy aanhet, en die rok van winterstof. "Dis alles presentkrygoed. En kos het ek meer as wat ek kan opeet. Dis net as ek aan my kinders dink . . ."

Daar is die verlange na die tweeling, van wie sy lank nie meer hoor nie. Die juffrou skryf nie meer vandat hulle skool verlaat het nie. Sy het wel nog die ou sneppie.

Wieljam, weer, het hom verhuur aan 'n boer doer in die Hantam en bly op die trekpad met die vee. Daar gaan tye en tye om dat sy hom nie sien nie. Soms voel dit vir haar of hy ook nie meer lewe nie . . . of hy saam met Joessie en Mettie weg is.

Joessie het mos verdrink. Oorboord geval en in die toue verstrik geraak. Gedrink gewees die aand toe hulle see toe is. En dit net toe hy 'n geldjie begin inbring het. Maar hy was onregeerbaar. Uit die skool gegaan oor die kinders hom spot – oor sy oë . . .

En Mettie weer . . .

"Sy was in die ander tyd," sê Talotte. "Ek het dit eers nie wil glo nie, want ek het dit nie wil hê nie. Maar so is dit toe; en die jonge-tjieskind, die't toe so 'n kop dat hy nie wil kom nie. Hulle het haar uitmekaargeskeur. En als verniet. Die kind het nie gelewe nie. En sy ook dood . . . dit was vir my die swaarste, dat alles so verniet was. Wiel-jam, wat my stil kind is, het daar voor die Here gesweer, die nag toe sy so ly . . . en toe Makraai die môre oor die drumpel trap, toe vat hy die eerste ding wat hy kan raak vat – die hark. Hy het Makraai met die tandkant bygeloop en hom gekap. Die bloedstreep het in die voetpad af gelê tot by die see. Met 'n kop vol gate is hy op 'n skuit ge-op en ge-weg dat hy nou nog weg is.

"So moet hy oorkom, het ek gesê, dit moet hy lankal oorgekom het, die dooienis, wat hoeka net sit en kos opvreet het!"

Daarna het sy haar kinders alleen grootgemaak met wasgeld.

"Want ek het die bakhuis moet opgee. Op 'n dag was die ien-spekters daar, kamtag om te kyk of dit skoon is. En nie lank nie, toe kom daar 'n brief, ek moet 'n liksens hê om handel te drywe. Iemand het my loop verkla. En oor ek nie vir nog moeilikheid lus was nie, het ek toe maar alles gelos. Nou ry 'n lorrie die brood van 'n ander plek af aan."

Dit klink of daar baie min van ons ou plek oorgebly het. Mevrou Eckman woon nou in die Kaap.

Talotte vertel: "Ek het self gaan help om gordyne en dekens te was voor sy getrek het. Sy't my nog 'n paar flenters gegee toe ek klaar is. 'Dié is darem nie geskik om in die stad te dra nie, Verdoes, maar dis nog te gaaf vir vloerlappe!'" Haar artikulasie is so perfek dat ons 'n oomblik wil glo mevrou Eckman self is daar by ons op die stoep. Maar dan versober sy weer. "Ja, getrek om naby Johannatjie te wees, en daar trou die kind met 'n Johannesberger en vandag sit sy alleen in 'n woonstel. Sy het vir mense geskryf en gevra hulle moet asseblief tog nie by haar verbyry as hulle in die Kaap kom nie, sy verlang dan so. En toe kry hulle haar . . . die mense sê sy sit hulpeloos in 'n rystoel. Vreemdes moet vir haar alles doen. Sy kan haarself skaars roer. Ons grootvrou sit inmekaargetrek van die rumatiek – net soos ek: arme ou hoerdop!"

Sy vat haar gesig met albei haar verknoete hande toe.

Plotseling is dit koud daar op die stoep; die son het tot op die see se rand gesak.

Talotte kom stadig en krakerig orent. "Die voetbôl moet omtrent klaar wees. Tat-goed het gesê ek moet hier wag, hulle kom kry my hier." Onder haar hand deur tuur sy in die straat af.

Maar soos dit met dié spel gaan, word daar agterna saam met die wenspan gevier, en later die aand is daar soms 'n dansparty of bioskoop. Dit lyk asof die jongetjiesmense besluit het om oor te slaap.

Donkeraand sit sy nog by ons, behoorlik verleë. "As hier vir my 'n slaapplek is – sommer in die pakkamer op 'n paar ou sakke . . ."

En Ma sê: "Hier is oorgenoeg plek, Sarlotta. Ons maak vir jou 'n bed op in die huis."

En ons dek vir haar 'n plek aan die tafel. Ná ete lees Ma vir ons Bybel, soos dit die gewoonte is, en Pa maak spesiaal melding in sy gebed van die gas in ons huis.

Daarna gaan Ma kamer toe en haal 'n naghemp uit haar kas en gee dit vir Talotte om in te slaap. Ons bring vir haar waswater en vou die komberse terug.

Dan sê ons nag en elkeen gaan na sy eie kamer toe.

Toe ons die volgende oggend wakker word, is sy reeds op, die kamer is aan die kant, die deken glad gestryk oor die bed, die kussings opgeklop. Talotte wag in die kombuis, aangetrek in haar voorskoot en baadjie en kappie.

Sku, soos 'n kind tussen vreemdes, bedank sy ons om die beurt en dan is sy haastig, selfs te haastig vir koffie. "Straks wil die span al ry."

Ons groet haar by die hekkie en kyk die gestalte agterna – dun, soos die suidewind op sy eensaamste.

Toe sy uit die gesig is, draai ons terug huis toe. Die hoekom wat ons as kinders nooit gepla het nie, maar waaroor ons, noudat ons verstand het, tog wonder, lê op ons lippe. Maar Ma, wat behoort te weet omdat sy die ou plek se geskiedenisse ken, sê niks.

Sy trek die gordyne oop sodat die son kan inkom, en daar sien ons die wasgoed aan die draad in ons agterplaas: lakens en kussingslope en die naghemp.

Talotte moet vroegdag, terwyl almal geslaap het, opgestaan het om dit uit te was. Dit hang vlekkeloos wit teen die blou van die oggendlug.

Hemelbed

Babie is soos 'n wingerdboom wat met volmaan gesnoei is. Die dik, blink trane stoot onkeerbaar deur die vate van haar week lyf en loop oor in die hoeke van haar oë, waar sy dit ongesiens probeer wegpink agter haar bril.

As Ernst vra wat makeer, sê sy dis sommer verkoue. Maar hy ken die weeïgheid van die Plessis-vroue. Sy oorlede ou skoonmoeder kon haar dae lank so sit en was in haar eie trane, tydens 'n huwelik of sterfte, met 'n geboorte, of ná 'n miskraam.

Babie is baie net so; dis so goed hy sien ou moeder Plessis in haar oneindige afmetings daar in die agterdeur staan en uittuur oor die pad – op wag vir 'n kind wat voor skemer in die huis moet wees voor sy tot ruste kom.

"Babie," sê hy, "jy moet weet, Gloudien is nou getroud. Sy het 'n man en haar plig is by hom. Daar kom 'n tyd dat 'n kind sy ouerhuis verlaat en 'n eie nes skop."

"Dit is soos jy sê, Ernst," en haar oë drywe in die water, "maar ek kan maar nie gewoond raak aan die onnatuurlike stilte in die huis nie. Dit herinner my te veel aan Ma wat dood is, en Felix daar in Alsannersbaai, en Gloudien . . . sy is al wat ons oorhet, Ernst!"

Hy herken die kloekstem van 'n hen wat haar vlerke oopgooi om haar kuikens onder haar te versamel, en sê onnodig hard: "Ons het haar aan Sakkie afgegee, Babie. En Sakkie is 'n boorman, hy moet met sy masjien saam trek. Gloudien se plek is by hom. Gee die kinders 'n kans!"

Hy hou hom blind vir die voorskoot waarin sy haar toevou. Dis 'n neiging wat die Plessis's het om te wil saampak. Maar hy is nie so nie. Selfs as kind sou hy, as daar kuiermense kom en hulle huis raak vol, eerder in die kafhoop gaan slaap as om sy kooi met iemand te deel.

Toe die nuk bly steek, het sy ma eendag gevra: "Hoe wil jy maak as jy die dag trou? Dan moet jy saamlewe."

"'n Vrou is 'n ander saak," het hy gesê. Hy het hom 'n hemelbed voorgestel met kantvalle om die troonhemel en sag geplooide behangsels aan die kopstyl, en 'n deken met fraiings wat tot op die vloer reik.

Maar toe kies hy vir Babie. En God moet hom dit vergewe, maar toe hy dertig was, wou hy sy huis verlaat en haar net so by haar mense los, en padgee.

Hy buk by die deur van sy werkkamer langs sy huis in, gryp met al twee hande 'n snymes en begin skil aan die stuk hout wat in die skroef vasgeknyp is.

Jare gelede het hy as vreemdeling na die dorp gekom, een van 'n bouspan wat 'n nuwe polisiekantoor en tronk kom bou het. Toe die werk afgehandel was, het hy aangebly om sy eie onderneming as meubelmaker te begin.

Teen daardie tyd het hy reeds die Plessis's geken. Babie was winkelklerk, en toe sy hom eendag te veel kleingeld uitkeer en hy haar op haar fout wys, het sy bloedrooi geword ... tot in haar oë. Dié skaam streep van haar was vir hom mooi. Haar broer Felix was net die teenoorgestelde: plesierig en 'n kaskenademaker. Saans het die dorp se jongklomp in sy kamer bymekaargekom. Die kooie se matte was eintlik hol gery. Dan speel hy kitaar en hulle sing. Om 'n beter klank te kry, het hy grammofoonnaalde in die hout van die kitaar se bak ingeslaan, patrone van blomme en harte en 'n klawerblaartjie vir geluk. Die twee Plessis-ouers het toe nog albei geleef, en hulle het almal saam in een huis gebly by die getroude broer, Thys, en sy vrou.

Pa-Thys, toe al 'n bietjie kinds, was saans rusierig oor 'n bees wat in die kraal moes kom soos in die tyd toe hulle nog hul eie boerdery gehad het. "Felix!" het die ou gebrul en net wie voorkom met die kierie probeer nader haak.

Felix, sy oë plaerig onder sy kuif, het die verwarring vererger deur vir Ernst voor te stoot: "Praat met hom, hy't die koei die emmer melk laat omskop, Pa!"

Uit haar stoel, waar sy met een van Thys-hulle se kleintjies op die skoot gesit het, het moeder Plessis kamma geraas, maar sonder die nodige erns: "Felix, hoekom trotseer jy jou pa so?"

Die rooi het in Babie se oë opgestoot en sy het angstig gekyk, of hy nie aanstoot neem nie.

Moeder Plessis gee die slapende kind vir sy ma en staan uit die stoel op. "Kom, Myta, kom help dat ons die oubaas in die kamer kry," sê sy.

En soos 'n vlermuis kom daar 'n bruin vrou uit haar verskuilde sitplek agter die vuurherd-gordyn te voorskyn en neem die ou man aan die arm en lei hom na binne agter Moeder aan.

Toe Pa-Thys se kop begin deurmekaar raak, en hý moeilik hanteerbaar, het moeder Plessis die vrou van die plaas af laat kom om te kom help. Saans het sy met plat gesig en uitdrukkinglose oë sit en wag dat die gesin klaar eet, sodat sy haar matras onder die tafel kan ooprol.

Sy was bekend as Myta Soetsyer. Met daardie stip, swart oë kon sy sien. Sy had 'n blik in die toekoms – daar was verborgenhede waarin sy 'n insig gehad het. Maar sy het nie maklik iets prysgegee nie.

Soms, as hy in 'n balhorige bui was, het Felix haar probeer ompraat. Dan skommel hy die teeblare en keer die oorskiet in die piering uit en hou die koppie dat sy moet lees.

Dan sit sy bitterbek.

Maar Felix, die onnut, het geweet hoe om haar tong los te kry, en een aand skink hy vir haar 'n beker wyn. Dis nie lank nie, toe staan die twee oë op Babie, en met die familiariteit van iemand wat die familie van ver af ken, sê sy: "Daar kom 'n bruilof . . . én 'n begrafnis . . . éérs begrafnis en dan bruilof, in een jaar . . . die mense huil nog, dan . . ."

Dit het 'n konsternasie afgegee, maar soos Myta voorspel het, so het dit gekom. Die doodkis wat daar tussen die teeblare gelê het, was Pa-Thys s'n. Hy het een middag self sy koei gaan soek en 'n toeval in die veld gekry. Daarna was hy verlam en bedlêend.

Tydens al daardie winternagte toe Ernst en Babie by die sieke help waak het, het daar 'n verstandhouding tussen hulle gegroei. Sy was sag en inskiklik, en hy het die behoefte aan 'n vrou gevoel.

Toe die ergste droefheid van die begrafnis verby was, het hy haar vir sy ma gaan wys. Sy ma, 'n sterk vrou, het op sewentig nog haar ryperd gevat en die skaap om gery. Toe sy hom alleen eenkant kry, vra sy: "Hoe is haar hande dan so koud, Ernst? Is haar bloed ooit reg?" Sy het vir hulle 'n lappieskombers present gegee.

Hy het begin prakseer aan 'n woonplek vir hom en Babie. 'n Eenvoudige aanbouing langs sy werkplek sou aanvanklik genoeg wees vir hulle twee. Maar hy het nie rekening gehou met moeder Plessis nie.

Haar kop het aan die bewe gegaan en haar oë het dof geword. "Hoe wil jy dan nou vir Babie ook van my af wegvat?" het sy swak gevra.

"Jy moet weet," het Thys se vrou veelseggend geknik, "Babie het tot vandag toe nog nooit van Ma af weg geslaap nie."

As jongste kind is sy by haar ouers in die kamer grootgemaak – nes Thys en sy vrou hul drie klein kindertjies by hulle in dieselfde kamer gehou het. Vir die eerste maal het hy daaraan gedink hoeveel siele die huisie van Thys herberg, hoeveel eters daar elke aand om die tafel aansit.

As hy 'n ekstra vertrek aanbou, kon Babie se ma by hulle kom bly. Die een vertrek word toe twee. Want wat dan van Felix? Wie kyk na hom? Wie pars sy flenniebroeke en stywe sy boordjies? Hy wat al aand wil netjies aantrek. Thys se vrou kon nie vir hom regstaan nie; so tussen die siekte en dood deur het daar vir hulle nog 'n kleintjie aangekom.

Omdat moeder Plessis nog swart gedra het, het Ernst en Babie stil getrou en dadelik hul huis betrek. Gelyktydig het Felix en hul ma ingetrek: Moeder, omdat haar bloed die dunste was, in die voorste kamer wat die meeste son kry, en Felix, wat nog rondgevry het, in die stoepkamer.

"Onthou," het sy ma die dag van die huwelik gesê, "nou het jy anderman se kind onder jou dak," en so die verantwoordelikheid wat saamwoon meebring, op hom probeer afdruk.

Die middelkamertjie was bitter klein, maar die hemelbed het tog 'n staanplek gekry, en dit was mooi. Die baldakyn het amper aan die plafon geraak. Die hoë style waarop die dak rus, was glad soos sydoek geskuur, en aan die versierings het hy maande lank gekerf. Die valle het nog makeer, maar sy ma se lappieskombers was nuut en die kleure helder. Babie sou wel by naaldwerk uitkom noudat sy nie meer in die winkel werk nie.

Want hoewel hy gehoop het dat sy nog 'n rukkie die werk sou behou sodat hulle iets ekstra bymekaar kon maak, het Moeder hom tot ander insigte gebring.

"Die staanwerk op die koue sementvloer agter 'n toonbank is nie goed vir 'n vrou nie. Dit maak spatare."

"En hoe lank sal die dag nie vir arme Ma alleen by die huis wees nie. Sê nou sy kom 'n ding oor?" het Babie gewonder.

"Julle is nes twee ou kooivrouens," het Felix gesê en sy das geknoop om nooi toe te gaan.

Moeder Plessis het haar kop geskud. "Felix! Sie vir jou!"

Maar Moeder had gelyk, want al was daar nie 'n teken van spatare nie, was dit beter dat Babie tuis bly. Die huishouding was veeleisend: Felix het op die uur gewerk en moes op tyd eet, en saans was dit waswater indra, en 'n hemp wat nog op die draad hang, ysters wat moet warm word ...

Ernst self was van vroeg tot laat besig in sy werkkamer. Daar was 'n goeie vraag na sy werk, en die raap-en-skraaphuisgoedjies waarmee hy en Babie begin het, wou hy almal deur stewige, handgemaakte meubels vervang. Saans, wanneer hy daarmee besig is, sou hy graag vir Babie daar by hom wou hê, met potlood op papier wou verduidelik en skets, en haar mening vra.

Wanneer sy dan vir hom koffie bring daar tussen die skaafsels en houtkrulle, luister sy en knik ernstig en sê: "Ja, maar die voorhuisgoed sal moet wag, want Ma sal aanstoot neem as ons hare uitskuiwe. Jy weet hoe verklewe sy daaraan is."

Hy wil die begaandheid van haar gesig af wegsoen, maar dan roep Moeder van die huis af: "Babie!"

"Ek moet vir Ma gaan lees," sê sy en maak die koffiegoed bymekaar.

Moeder se oë was so swak en die Bybelskriffie so fyn. Daarby moes haar hare ook nog uitgekam en vasgevleg word en die rug uitgesmeer.

Sommige aande, as die hoofstuk lank was, het hy al gelê dan hoor hy Babie nog. Hy het gewag, en aan die slaap geraak, en as hy wakker word in die vroeë oggendure, was haar plek langs hom weer leeg. Moeder het geroep. Die suurdeegpot was vol gerys en daar moes geknie word. As dit nie die bad deeg was nie, was dit wasgoed wat die vorige aand ingeseep is, of 'n strykery – en altyd in die nag, asof die dag nie lank genoeg is nie. Dis soos Moeder dit op die plaas gewoond was toe die perde twee-uur soggens voer gegee is en daar drie-uur begin ploeg is.

Elfuur soggens sit en dut Moeder dan in die diep stoel en Babie kan dit na middag toe nie hou nie.

Sy huis is naweke die kuierplek. Saterdagmiddag kom groet Thyshulle vir Ouma en bring die kleintjies dat sy kan sien hoe hulle groei. Die vroue gesels in die kombuis, die kinders speel onder die tafel en tussen die stoelpote deur, hulle skree en lag en die draadloos saai rugby uit. Saterdagaand se pot sop borrel op die stoof en die vuur krul voor by die oond se bek uit.

G'n wonder die houthoop hou nie, en die plafon en mure om die vuurherd begin 'n gryserige kleur aanneem.

"Dit sal help as julle die stoofdeur toemaak. En daar brand sommer minder hout ook uit." Dit sê hy een aand nadat almal weg is en Babie nog aan die kant maak. Hy gooi die vensters oop.

Dadelik vorm daar 'n klamte in haar ooghoeke. "Hoe sê ek dit vir arme Ma wat reeds so koulik is?"

Voordag een oggend kry hy haar op 'n stoel bo-op die tafel met 'n emmer seepsopwater, aan die mure en dak was.

Moeder Plessis kyk met bewende gesig toe. "Sy wil nie hoor nie, maar ek sê vir jou, dis nie goed vir 'n getroude vrou om haar so uit te rek nie."

Bloedrooi klouter Babie toe van haar stellasie af. Sy gaan huil agter die toe deur van hul kamer.

Dit kon nie die muurwassery gewees het wat drie maande later die miskraam veroorsaak het nie. Maar hy moes onthou, Babie het 'n knou weg. Babie mag nie haar arms lig om 'n kooi op te maak nie, en sy moet uitbly uit die koue aandlug.

Van toe af beitel hy saans stokalleen aan patroontjies op 'n stoelleuning. Die koffiekan staan en trek suur op die stoof. Die waswater koel af oor die lou vuur. En Babie lê met yskoue voete in die hoë hemelbed.

Soms, op 'n naweeksoggend, het hy die gier gekry om sommer die wye veld te kies. "Ek weet van 'n byneskis in 'n vyebos. As jy my met die pluis kom help, haal ek vir ons heuning uit," hou hy by Babie aan, net om 'n slag alleen te wees. "Of ons kan 'n volstruisnes soek en dan maak ons vuur en braai die eier gaar. Dan hou ons piekniek, ek en jy."

"Wat van Ma?" vra sy.

Felix sou nooit 'n Sondag lank by die huis bly nie. Hulle kon wel vir Thys-hulle vra dat Moeder daar kom bly, maar Thys se vrou was weer . . . olik.

"Vir Thys," het Felix toe al gesê, "moet 'n mens 'n plank voorhang."

"Felix, Felix," het Moeder betig, en Babie was so skaam!

Ernst was voornemens om met Felix te praat oor die ligsinnige manier waarop hy spot met dié dinge wat saak maak in die huwelik. Veral omdat Babie ook weer so was.

Maar voor hy sover kon kom, was die verwagting weer tot niet.

In die tyd dat Babie in die bed is, bring Felix toe 'n meisie om wie hy lank reeds draai, huis toe: Pikkie Fraser, 'n onderwyseressie.

Sy was mooi; so begeerlik dat geen man dit kon hou nie. En Felix was wild verlief, dit kon elkeen sien. Sy het die dorpskinders Engels kom leer, 'n regte slimkop.

Vir die bleekgebloeide Babie wat tussen die wit kussings lê, sê sy dadelik, terwyl sy met haar hand op en neer oor die gladde hout van die bedstyl vee: "Jy moet jou kos in 'n ysterpot kook, so kry jy elke dag 'n bietjie potyster in. Dit sal help vir jou anemie."

Anemie is bloedarmoede, dit het hy darem geweet, en die ysterpot gaan koop.

"Ysterpot alleen sal nie help nie," het Moeder gesê toe sy dit eendag oor die drumpel van die agterdeur waag tot binne-in sy werkplek. "Ek moet met jou praat, Ernst. Ons moet iemand kry om te kom help tot Babie weer sterk is. Ek het gedink ons moet maar weer vir Myta vra."

"Ja, Ma."

Dit was die een ding. Daar was nog iets. "Ek wil hê Babie moet na my kamer toe trek sodat ek snags na haar kan kyk."

"Maar, Ma," het hy vir die swak ou moeder gesê, "ek kan ook mos maar kyk."

"Ja, Ernst, maar dis nou juis waar die knoop lê." Byna weet sy toe nie hoe om met die ding uit te kom nie. "Dis wat ek vir Babie sê . . .

sy is nog nie mooi op die been nie . . . 'n mens het 'n natuur . . . wat ek wil sê, jóú kyk is nie mý kyk nie. Jy moet verstaan, Ernst."

"Maar, Ma . . ." Nogtans het hy die bakstene gebring om die klein kooitjie se voetenent te lig en van toe af alleen in die hemelbed geslaap. Ná 'n maand kon hy nog net sy eie taai manslyf aan die kooigoed ruik.

Moeder Plessis het vir Myta Soetsyer laat kom.

Toe die hele familie die Saterdagmiddag in die kombuis vergader is, sit Myta ook daar; pak rokke tussen die knieë ingekap, kopdoek, kraaloog.

Thys se vrou, toe ver heen met die vierde kind, stryk haar hand oor haar lyf en wil weet: "Hoeveel gaan ek nog hê, Myta?" Sy skommel haar teekoppie.

"Kyk jy fortuin?" vra Pikkie Fraser met gretige jong gesig.

Myta se ogies blits. "En dié meisietjint?"

Felix trek die meisie styf onder sy blad in en sê besitlik: "Sy's my vrou."

Uit haar stoel sê moeder Plessis: "Nee, Felix . . . wag jou tyd af."

Die meisie is die enigste wat nie ongemaklik voel nie. Sy lag en hou haar hand, palm boontoe, voor Myta. "Sê my, wat sien jy?"

Sonder om na die hand te kyk, sê Myta: "Ek sien net wat is. Dis hoeka so." Sy wys met 'n dun vinger na Felix. "Dis waar wat hy sê." Sy staan op en skud haar voorskoot daar voor hulle almal uit soos 'n mens krummels vir die hoenders uitskud ná die tafel afgedek is.

"Myta," roep moeder Plessis bewend oor die lasterlike tale, en Thys se vrou maak die agterdeur oop. Babie is bloedrooi. Thys sê Myta is deur die blare.

Ernst het binnetoe geloop. Toe hy by Felix se meisie verbystap, kry hy haar reuk: 'n eiesoortige reuk, bitter en soet tegelyk, soos 'n oop roos.

Smagtend staan hy in sy kamer ... en onthou dat sy gelag het; 'n laggie wat diep uit haar bors uit kom, deur haar roomwit nek opstoot oor trillende rooi lippe; hy onthou haar nat wit tande, haar wange, hare ...

Ingehok loop hy na die venster, skuif dit op, net om vas te kyk in die grys muur van sy werkkamer. Toe kry hy die gevoel dat hy nie langer kan nie, dat hy moet wegkom, 'n slag asem kry.

Hy is na sy ma toe. Sy het toe reeds afstand gedoen van haar boerdery, die landerye verhuur, die vee verkoop, maar sy het steeds in die ou plaashuis gewoon; met haar hoenders en melkbok en groentetuin 'n onafhanklike lewe gelei.

Toe hy alleen by haar aankom, vra sy op haar reguit manier: "En waar is Babie?"

Sy het nie saamgekom nie, sê hy toe en noem die laaste misgeboorte as verskoning.

Maar sy aanvaar dit juis nie as verskoning nie. "En jy los haar in so 'n tyd alleen by die huis om te kom kuier! Watter stoffasie mansmens is jy dan?"

Sy kon nie weet wat die omstandighede daar by die huis was nie; hoe Babie met haar rug na hom op die hemelbed lê, sy in haar holtetjie, hy in syne, elke sening in haar lyf styf gespan as hy sy arms om haar sit: sjuut, want die mure is dun en langsaan is Moeder wat sleg slaap en goed hoor, en aan die ander kant moet hulle rekening hou met Felix wat nog jongmens is ... En die traanmerke soggens op haar kussing. En nou die leë bed en die nagte wat hy daarin lê en omsug en deur die oop venster na die sterre kyk wat so ver knip in die donker hemel.

"As jy hierheen kom, bring jy jou vrou saam. Anders bly jy by haar. 'n Mens moet die bed wat jy vir jou opmaak . . ."

Hy is die volgende dag terug. Dit was reeds ná middagete toe hy tuis kom. Die huis was stil, die kombuis aan die kant, die vadoeke oopgeklap en opgehang. Felix was nie daar nie. Moeder se deur was toe, sy en Babie het gerus.

Die venster in sy kamer was nog oopgeskuif soos hy dit die vorige dag gelos het, die kooigoed net effens reggetrek soos dit die laaste tyd maar was. Hy het die raam laat sak, sy skoene uitgetrek en onder die lappieskombers gaan inkruip, sy kop in die kussing gewoel, en diep gesug.

En toe stokstyf geword. Die sterk, bittersoet reuk van Pikkie Fraser was daar in sy bed. Hy het vir seker geweet: sy het die vorige nag daar geslaap. Nie sy alleen nie, maar Felix ook. Terwyl sy eie vrou langsaan by haar ma op 'n smal ysterkooitjie gelê het, het Felix en die meisie sy kooigoed omgewoel!

'n Gevoel het oor hom gekom asof hy van kop tot tone in die kookwater gedompel is. Dit het uit hom gebars. Hy wou die lakens skeur, die dak lig, die mure omstamp.

Babie! Babie! O, Babie!

Babie het in die kamerdeur verskyn, verskrik deur sy krete. Sy het vir moeder Plessis gaan roep. Moeder het gekom en hom versterkdruppels ingegee. Sy het toegelaat dat Babie daardie nag by hom bly.

Toe Gloudien gebore is, het hulle haar op die hemelbed by hulle grootgemaak omdat daar nie nog plek vir 'n bababed in die middelkamer was nie. Toe sy ouderwets begin word, het sy by haar ouma ingetrek, totdat moeder Plessis oorlede is, die jaar toe Sakkie die dorpswater kom oopboor het; en die stoepkamer wat altyd Felix s'n was

totdat hy delwerye toe is, het Sakkie s'n geword, totdat hy en Glou-
dien ...

"Nee, Babie," sê Ernst, en hy draai die verknoeide stuk hout uit die
skroef los en stof die houtsplinters van sy klere af. "Nie weer nie, nie
van voor af nie. Laat Sakkie en Gloudien by hul boor bly, dat hulle
kan lewe. En ons moet ook lewe."

Toe neem hy 'n swaar kliphamer op en trek die deur van sy werk-
plek agter hom toe.

In die middelkamer staan die hemelbed strak, met regop style, op-
gemaak met die verbleikte lappieskombers, vasgedruk tussen die mure.

"Babie," sê hy toe hy die swaar hamer lig en die eerste hou kap, "die
hemelbed het 'n groter staanplek nodig; hy was te lank afgeskeep."

Die middelmure is maar een steen dik, die pleistering kraak mak-
liker weg as wat hy gedink het, die stene gee pad, en namate hy die
gat ruim, val daar 'n streep sonlig uit die voorste kamer oor die vloer
tot by sy voete.

"Babie," sê hy vir haar wat betraan op die drumpel staan en toe-
kyk, "wil jy nie vir ons bed 'n val begin plooi nie?"

'n Kaartjie na Die Kruis

Hy sit penorent met sy knieë teen mekaar en die plat tassie op sy skoot. Die sitplekgordel het hy liggies oor sy skouer gehang, maar nie vasgegespe nie. Sy een hand rus op die knip van die deur, met die ander klem hy die sitplek vas – reg vir uitklim. Hy praat vir die eerste maal weer toe hulle op die snelweg indraai en saam met die middagverkeer uit die stad ry.

"Meneer kan my net bring tot op die nasionale pad. Daar waar die bord sê: Ma'esb'ry, daar kan meneer my aflaai. Da'venaar," sê hy met sy vreemde bry-uitspraak, "sal ek maklik geholpe kom. Die mense ry nou ertappels uit die Sandveld aan en ons plek se fabrieklorries loop ook. As 'n drywer my raaksien, sal hy my oplaai. Die mense ken my – ek moet net eers op die oop pad kom."

Sy mond tuit toe en hy soek met albasteroë na 'n landmerk.

Hy kyk die rygoed een vir een agterna soos hulle van agter verbykom. "Dalk kom kry einste Laing my nog hier. Hy het suffel draaie gehad om te ry, hy kan maklik nog aan die agterkant wees. Straks haal ek hom nog in. Ek sal daar regoor die olietenke afklim, dis te sê as dit nie te ver uit meneer se pad is nie."

Hank kyk na die nederige skouertjies onder die donker, gestreepte dubbelborsbaadjie, en die smal rand van die natgereënde hoed. Die winter het reeds ingetree en dit word aand in die stad. Die ou man moet 'n sterk geloof in die Voorsienigheid hê. Sedert hy hom die middag vir die eerste maal in die bank gesien het, kom Hank Uren al hoe meer onder die indruk daarvan.

Hy het uit die reën ingekom op die tydstip toe daar nie juis meer mense binne was nie. Half uitasem, vreemd en verwilderd het hy deur die draaideur gestap, met 'n gespartel uit die kompartement losgekom, en in die middel van die vloer bly staan met die tassie in die een hand, sy hoed in die ander. Sy baadjie was toegeknoop, 'n veterdun dassie om sy nek, en 'n effense randjie hare bokant sy ore. Die some van sy snuifgroen broek en sy swart skoene was nat. Hy het bly staan en asemhaal en rondkyk, en toe met trapsoetjiestreë oor die rooi mat na Hank toe aangekom. Hy het tot teenaan die toonbank gekom waar Hank bondels note en hopies munte aan die tel was. In sy stadige bry het hy gevra: "Meneer, ek het net kom hoor of julle my nie aan 'n paar rand geld kan help nie."

Hank het na die mond en oë gekyk en na die hoed. Die bol was in 'n optimistiese punt gedruk.

Hy het 'n stapel randstukke in die geldlaai teruggeplaas. Dit was twaalf minute voor vyf. Waarskynlik het die ou man hom uitgekies omdat hy op die oomblik niemand bedien het nie. Moontlik het die ou nie die bordjie raakgesien nie. Hank het dit vorentoe geskuif. "Hierdie toonbank is reeds gesluit," het hy gesê. "Sal u asseblief na die kassier langsaan gaan?"

Hy het omgedraai en die trollie met geld na die brandkluis gestoot. Toe hy terugkeer, was Smuts met die ou man besig. Die ou was aan die beduie: "Meneer, jy het my nou verkeerd verstaan. Ek wil nie 'n tjek kleinmaak nie. Hoe moet ek sê?" Hy het verby Smuts na Hank gekyk, hom herken en met sy oë ondersteuning gesoek. Hulle was geel en vaal, met fyn rooi aartjies wat oor die bol vertak. "Ek moet sesuur die trein vat en ek het nie genoeg kontant by my vir 'n kaart-jie nie. Ek het 'n paar rand nodig," het hy dringend gepleit.

Hank het om die toonbank gekom. Sy ondervinding met sulke ou mense is dat dit gouer gaan as jy self die onttrekkingsvormpie invul. "Gee my net u boekie, asseblief," het hy gesê.

Die ou man het sy hoed gelos en met sy kort, dom vingers die baadjieknope begin losmaak. Toe het hy sy hand in sy binnesak ge-steek en 'n bruin koevert uitgehaal en daaruit het hy 'n boekie geskud. Dit was sy identiteitsdokument. Hy het dit oopgevou en sy nommer en naam getoon: Magiel Coetsee.

Hank het dit geneem en daarna gekyk en dit toe teruggegee. "Ek wil u spaarboekie hê. Die geletjie. Het u dit?"

"Nee," het Magiel Coetsee gesê, "ek het nie so iets nie. My besig-heid werk anders . . ."

Agter hulle het iemand 'n hoesie gegee. Hank het Magiel Coetsee opsy geneem sodat Smuts die laaste kliënt kon bedien. "Laat ek nou hoor wat u wil hê."

Magiel Coetsee se oë was groot en oop van angstigheid. "Ek sit 'n bietjie in die nood. Ek het ve'môre 'n geleentheid Kaap toe gekry en toe't daar 'n misverstand gekom, en daar ry die man my agtermiddag weg. Nou sal ek moet trein vat om by die huis te kom. En al plek waar ek geld vir 'n kaartjie kan kry, is . . ."

"Meneer Coetsee, het u 'n rekening by ons?" het hy gevra.

"Ja," het hy geknik. En dan: "Nou wel, nie 'n rekening nie. Maar ons het geld op die bank. Dit moet hier wees. By die vyfduisend rand. Dis lêende geld . . . van my dogter se kind; ons kleindogter. Dis in trust vir haar gesit. Ons kry elke maand die rente. Hulle betaal Maart en Augusmaand uit. Hulle gee dit vir die welsyn en die juffrou bring dit vir my vrou. Dis hoe dit werk. Nou het ek so gedink, as meneer my 'n voorskot daarop kan gee, net 'n paar rand vir die trein-kaartjie, sal ek bly wees. Dat ek net by die huis kom. Net soveel as wat 'n tweedeklas tot by Die Kruis kos, en iets ekstra vir die bus tot in die Baai. So vyf of ses rand, het ek gedink . . ."

Smuts het oorgeleun. Hy het waarskynlik die meeste van die storie gehoor, nietemin vra hy: "Wat is dit nou?"

Hank het kortliks vertel.

Coetsee het nader gekom en hulle in die rede geval: "As julle my net die paar rand kan leen."

"'n Lening op 'n vaste belegging van 'n onmondige kind?" het Smuts met 'n skeptiese glimlag gevra.

"Ja," het hy gretig geknik, "dis in trust vir die kind. Ons sôre vir haar. My vrou en ek maak haar groot, van haar kleindag af." Sy sluk beweeg op en af en sy oë sak. "Sien, meneer, die dogter was minder-jarig, en nog op skool. Hulle het haar weggestuur. En die hof het die man maak betaal. Die papiere is alles by die huis. Ek is ve'môre in so 'n haas daar weg, ek het nie gedink om dit saam te bring nie. Wie't dan ook só 'n gedagte gehad. Ek het moet maak om by die pad te kom, of Laing ry sonder my; hy hoet net een keer en as jy nie klim nie, ry hy jou weg. Maar julle moet dit in julle boeke hê – van die geld. Dit is daar. Die welsynmense het dit in trust gesit. Julle is mos die trust?"

Sy oë het kinderrond geword.

Hank kon hom ruik – die nat van sy klere, die modder aan sy skoene, die angstigheid.

Teenoor hom het Smuts gestaan met sy streng rooi snor. "Ek is jammer, meneer Coetsee."

Hy het dit aan Hank oorgelaat om die ingewikkeldheid van die trust, die verskil tussen die kind se trustgeld en die trust wat hy in gedagte gehad het, aan hierdie ou man te verduidelik.

Die bank het leeg geraak. Buite het lang toue ongeduldige mense by bushaltes gewag en die oorgange was 'n miernes. Die rammeling van swaar verkeer het toegeneem.

"Dan weet ek nou nie," het Magiel Coetsee gesê en in sy groot baadjie omgedraai. Hulle het hom deur die glasvensters agterna gekyk, hoe hy die straat omkyk-omkyk oorsteek en tussen die mense wegraak.

Smuts se snorpunte het omgekrul. "Treinkaartjie," het hy gesê.

Maar die onpaar klere, die knakknietjies, die plat tassie het Hank die ompad deur die stasie na die parkeerterrein laat kies. Dit was toe skuins voor ses. Onder die bord wat die vertrektye van die treine aangee, het die ou gestaan, maar met sy rug daarnatoe, skynbaar onbewus van die voorstedelike treine wat elke paar minute vertrek. Oor sy puntige neus het hy die verwarring van mense en uitgange beskou.

Hank het gedoen wat hy die middag reeds wou doen. "Oom," het hy gesê en sy arm aangeraak.

Oom Magiel het omgeruk; onder Hank se hand was sy arm skielik seningtaai. Toe ontspan hy. "O, dis jy. Ek het net wil skrik."

Hank het 'n geldnoot uit sy sak gehaal. "Sal dit genoeg wees vir oom se treinkaartjie?" het hy gevra.

Sonder om daaraan te raak, het hy gesê: "Nee, maar dis nou te laat vir die kaartjie. Die trein is al weg. Hulle sê my hy trek al halfses. Ek het my misreken met die tyd. Die eerste trein loop eers weer Sondagaand."

Rondom hulle het die drukte minder geword. Die mense het huis toe vertrek. Oor nog 'n halfuur sou die parkeerterreine verlate wees. Die naweek is op hande. Hy het gewonder of daar mense was by wie hy die oom kon gaan aflaai; plattelanders het sonder uitsondering familie of kennisse in die stad.

Maar die oom sê: "Ek wil maar eerder na my eie plek toe sukkel."

"Maar hoe?" vra Hank.

"As ek net hier kan uitkom, uit die gewoel uit . . . op die oop pad. Dan sal ek verder wel regkom."

Hank het na die dun, swart skoentjies gekyk.

"Meneer ry nie dalk diékant toe nie?" Die oom was sy rigting kwyt.

"Enige kant toe," het Hank geantwoord, "net watter kant toe oom sê."

Buite waai die wind toe hulle uitstap op die dak van die stasie. Die wye pype van Magiel Coetsee se gabardienbroek het om sy bene gewapper en die skraalheid van sy gestalte afgeteken. Hy het sy hoed diep oor sy kop afgetrek en toe die weer gekyk. "Die wind staan uit die noord," het hy gesê. "By ons was dit ve'môre helder oop weer. Jy't nie kan dink dit lyk só hier in die Kaap nie."

In die motor was hy stil. Hy het niks weer gesê voordat hulle by die uitdraaipad gekom het nie. Dit het weer begin reën en Hank skakel die ruitveër aan.

Oom Magiel vat sy tassie. "Stadig nou," sê hy soos 'n bootsman wat die waters ken, "die uitdraai is net hier voor. Meneer kan nou maar stilhou."

Die wind woeker met die selonsrose langs die pad. Dit waai en dryf die wolke uit die see uit. Magiel Coetsee se hemp is dun en sy dasknoop klein. Die motors ry met ligte aan deur die reën.

"Ons ry maar eers onder die bui uit," sê Hank.

"Dankie, maar ek kan maar geskuil het ook. Hier is mos darem bome."

"In hierdie weer help 'n bos nie. Kyk hoe druip hulle. Oom sal sopnat word."

Die oom gee 'n laggie. "Meneer," sê hy, "ek ken dit. Ek ken van nat word. As jy weet in watter were ek al buite was. Op die oop see. Dis 'n anderster nat as dié. 'n Mens sal nou sê seewater is ook mos maar water, maar hy kan morsig nat word. Maar later voel jy hom ook nie meer nie. Sal nie help jy sit jou teë nie. Jy gee maar kop."

Hulle is by die afdraai verby. Daar is padbouwerke aan die gang. Die grond is omgeploeg en platgesleep en tot 'n modderpappery vertrap. Voor hulle strek die teerpad swart en reguit teen die bult uit. Die reënveërs swiep reëlmatig en straaltjies water hardloop ewe vinnig teen die ruite af. Die stad lê nou ver agter hulle.

"Daar maak dit nou oop Ma'esb'ry se kant toe. Lyk my die weer trek net oor die Kaap," sê die oom. "Ons het nog nie vanjaar bra reën gehad nie. Ons wag hom nog. Dis 'n droë Meimaand. Die see wag ook. Dis dié dat die snoek nog nie gekom het nie. Die mense kan nou sê dis die fynmasnette wat die snoek se kos wegvang, maar ek sê dis die droogte. Dit moet oor die see ook reën, anders gee hy nie sy oes nie. En dis droog, meneer. Ek sê ve'môre vir Laing, toe ons so ry en ek sien hoe lyk die veld: só droog het ek dit laas in my kinderjare gesien. Die jaar toe Pa verkoop en ons Baai toe getrek het, was dit so droog, die kommekrankers het nie eens kos gegee nie. Snoek was trippens een en vir 'n kop het jy niks gekry nie. Deesdae sleep hulle hom deur die nat sand en laai 'n lorrievrag en niemand traak of hy pap anderkant uitkom nie. Elkeen wil net vinnig geld maak. In my dae was daar nie vir jou genade nie.

"Ek is van my sestiende jaar af ingebreek. Ek het begin trol in die tyd toe hulle nog die koers op die sterre gekyk en die lanterntjie bo aan die mas gehang het. Ons het die bolyn met die hand getrek en die vis met die mandjie geskep. 'n Man het jou skoon breek gebeur aan 'n skep vis. En voel maar hoe voel jou rug as jy honderd mandjies geskep het. Vandag se jong manne weet nie meer wat werk is nie. Dis nou alles outomêtiek en haaidrôliek. Maar wat anders kan ons gedoen het? Jy's arm en jy't nie geleerdheid nie . . ."

Hy leun vooroor. "Is dit nou 'n lorrie daar voor in die pad – of wat sien ek?"

Hank wen sy oë aan die vals lig. "Nee, oom, dit lyk na een van die groot busse."

"O, van die spoorweg? Anders wou ek sê, as dit dalk Laing is, hy't rooi lere op die bak. As ons hom kan inhaal . . . Maar hy is seker al verby. Hy's maar altyd haastig, die transport het hom vroeg en laat op die pad. Dié dat ek ve'môre vir hom sê: Jy hoef nie vir my draaie te ry nie, jy kan my net hier voor die stasie aflaai, in Adderleystraat. Ek sal verder regkom. Ek het Abram se adres. Ek kan maar verneem. Want ek wil niemand tot oorlas wees nie. Maar hy sê: Ou Giel, enige tyd, dis nie vir my moeite nie, ek kom dieselfde pad terug. As jy half-vyf hier op die hoek wag, kan jy weer saamry huis toe. Dié dat ek nou nog nie kan verstaan nie; ek was tog vieruur op die hoek, daar by die robot waar hy gesê het. Ek het op die plek gestaan, en toe hy kom – dit was hy, 'n mens kan nie 'n fout maak met die lere nie – toe steek ek my hand op, en ek wys vir hom stop, en dit lyk of hy slek. Ek dink, ja, die rooi lig gaan hom vang, en ek staan terug. Maar wat ek weer sien, hier kom hy verby, en dis dwarsdeur die lig, en een hou weg. Ek het nog 'n ent agterna gehardloop . . . maar wat. Daar staan ek toe."

In die skemerte het sy gelaatstrekke spits geword.

Hank voel die behoefte om te rook. Hy haal sigarette uit. "Oom," bied hy uit sy vol pakkie aan.

"Dankie, maar ek rook nie, ek het 'n paar jaar gelede al opgehou. Dis nie goed vir my are nie. Verkalk, sê die dokters, toe los ek dit geheel en al. Daar lê Ma'esb'ry nou. Laai my net daar op die knop af. Anders word dit dalk ver vir jou. En vir my ook. Jy weet hoe dit met 'n geleentheid gaan."

Maar dis buitendien laat. Dis ook reeds sterk donker en nuwe reënwolke bou op.

"Ag, oom, terwyl ek halfpad is, ry ek maar deur."

"Waarheentoe?"

"Oom het mos gepraat van Die Kruis."

"Boetie, weet jy waar Die Kruis lê? Dis ver ... en dan is dit nog 'n ent Baai toe daarvandaan. Jy moenie om my ontwil omstand maak nie. Ek wil jou nie moeite aandoen nie."

"Dis nie moeite nie, oom."

Langsamerhand ontspan oom Magiel. Hy gee 'n hoesie en sit terug teen die kussing. Hank het die radio aangeskakel en die verwarmer ook. Die eentonige suising van die lugreëlaar en die sjorgeluid van die bande op die nat pad wil hom net lomerig maak, toe oom Magiel uit sy baadjiekraag praat: "Voel jy nie lus vir 'n slukkie koffie nie? Dit sal nou seker nie meer so warm wees nie, maar hier is nog 'n bietjie oor in die bottel. En daar is nog van die padkos ook wat my vrou vir agtuur ingesit het. Ek gaan nooit sonder 'n drinkding en 'n stukkie smeerbrood op die pad nie. Jy weet nie waar jy dalk beland nie. Dit het die seewater my geleer. Jy weet nie wanneer jy weer huis haal nie. En ek kry mos die gebewe op my maag as ek nie eet nie, 'n soort swakte.

"Ampers los ek ve'môre die kos. Ek sê vir die vrou: ek is nou-nou by Abram-goed, ek gaan maak daar agtuur. Hoe lyk dit ek kom met my eie kos daar aangesit? Al asof hy nie sy eie broer iets te ete kan gee nie. Maar wanneer kom ek by hom uit! Eers op die middag. Want waar loop dwaal ek nie? Ek het nie geweet dié Konstansie is so 'n groot plek nie. Ek het my stokflou gestap en g'n mens weet van Abram Coetsee nie. Tot ek later die adres vir 'n man wys wat daar in 'n tuin spit. Hy sê toe ek moet 'n bus vat, en hy wys my waar, anders het ek seker nou nog loop en soek.

"Ek sê vir Abram, dit was darem soveel makliker toe hulle in die woonstel in die Tuine gebly het. Maar hy sê hulle moet speelplek hê vir die kind, en sy vrou is so oor 'n tuin. Die Ingelse is mos so oor rose. Die groentetjies wat hulle daar het, lyk maar eenvoudig. Ek sê vir Ellenôr hulle moet vuurherd-as oor die koolplantjies skud of anders moet hulle dipwater sprinkel, die luis vreet die kool skoon op . . ."

Hy knip die plat tassie oop en haal 'n vaalpapiersak uit en vou dit oop. Hy breek die krummelrige brood en gee 'n stuk vir Hank aan. Hulle eet en daarna deel hulle die koffie; eers skink hy vir Hank in die doppie en toe drink hy die oorskiet. Dan skroef hy die bottel toe en skuif die tas onder sy voete in.

In die wye geel baan wat die ligte werp, vlieg bossies en gras weerskante van die pad verby. 'n Dorp se ligte knipper en verdwyn. Hulle steek 'n rivier oor. Oom Magiel het weer stil geword. Later sê hy: "Hier voor moet jy links draai. Die pad is korter deur die vleie, as jy nie omgee vir 'n stukkie grondpad nie."

Dan ry hulle in die skaduwee van 'n donker berg langs. Toe die berg agter hulle is, kry hulle die grondpad.

"Dis jammer dis nag," sê die oom, skielik helder wakker, "anders kon ek jou gewys het waar ek grootgeword het. Ons het hard ge-werk op die grond, maar ons het goed gelewe. Geld het ons nie gehad nie, maar daar was altyd goeie kos op tafel – ons het elke week 'n slagding geslag en nog tussenin wild ook geskiet. Daar was baie eters. Dis snaaks hoe die verlangste 'n mens by tye beetpak. Dan wens jy sommer weer almal terug onder daardie strooidak.

"Ek sê vandag vir Abram, as ek so terugdink was dit die beste dae, al het ons rogbrood geëet. Maar hy weet nie, want hy't op witbrood loop grootword in die Baai."

Hy sit vorentoe en steek sy hand in sy binnebaadjiesak. Hy bring 'n koerantknipsel te voorskyn. "Jy kan nou nie lees nie, want jy moet in die pad hou, maar dis Abram."

In die dowwe paneelliggie kry Hank 'n idee van 'n groot man met 'n bril.

"Hy was drie weke oud toe kry sy ma die koorssiek, en toe sy sterwe, het Ma-hulle hom gevat en grootgemaak. Ons het soos eie broers grootgeword, al was hy niks van ons nie. Pa het nooit onder-skeid gemaak nie.

"Dis ek wat gekeer het toe Pa hom ook ná standerd ses uit die skool wou haal om te help verdien. Abram moet gaan leer, hy het die kop. Ek het toe al gesien wat dit beteken om nie geleerdheid te hê nie. Jy kom net oral voor toe deure te staan. Daarom het ek gesê vir Abram moet dit anders wees. Ek sal daarvoor sorg. Hier is my twee hande.

"Abram het vir bee-kom geleer op Stellenbosch. Vandag is hy 'n baas met sy eie kantoor en 'n blink kar en hy het 'n huis in Kon-stansie. As Pa gelewe het, kan hy trots gewees het op Abram. Ek weet hoe ek gevoel het toe die kind vir my die kiekie uit die koerant uit gebring het. Oupa, sê sy, kyk, hier staan Abram Coetsee ... sy's so slim, sy lees die koerant van hoek tot kant. Ek sê vir die vrou: dis jou waarlik onse Abram, en dit voel vir my ek kan vlie ... tot by hom."

Hy hoes. Die pad is sinkplaat en stowwerig. Hank kan die stof ruik. Hier het dit nie gereën nie.

"Jy skud uitmekaar uit. Maar met die teerpad is dit soveel verder. Jy kan 'n man nie kwalik neem as hy nie sy ryding op die ou paaie wil trek nie. Jy sleep 'n pad gelyk – en jou kar se pens deur, sê Abram. En die stof gee sy kind asma. Maar dis darem nou nie meer ver nie. Daar's die ligte nou. Dis Die Kruis-stasie."

Hulle gaan oor die treinspoor.

"Hie'venaar is dit afdraand see toe. Jy sal hom netnou ruik. Hier's die ou skooltjie. Ons het elke môre die ent van die huis af hierheen moet hardloop, die hele distansie. Sommer in die hardloop ons kos afgesluk, want ons was altyd laat. Daar was die diere om te versorg. Ek en Abram sit en praat vandag daarvan, hoewel hy eintlik nog te klein was om te help. Maar hy onthou van die varke wat hy moes keer by die mied en die koue wintermôres as jou tone wil afval. Jy kan jou nie indink hoe dit was nie, daar voor die lekker kaggelvuur in sy studeerkamer.

"Ek sê vir hom: waar is die ou dae? Hy sê: ja, die ou plaas. Mens kan sien dis nog in sy bloed, hoe kan dit anders, hy's daarmee gebore. Daar in Konstansie het hy ampers 'n plaas, met vrugtebome en wingerd, en 'n huis twee verdiepings hoog, en dit vir twee mense en die ou kindjie. Dié kan nie 'n woord Afrikaans praat nie, hy verstaan my nie. Hy kyk net vir my toe ek klop en ek sê vir hom: dis jou oompie Giel. Maar hy klap die deur toe en ek hoor hom hardloop en sy mammie roep.

"Ellenôr kan haar darem so op 'n manier behelp. Sy ken my. Toe ek vir haar Abram se portret wys, lag sy en sê: Oh, really, it is too riediekielis. En sy sê Abie is op kantoor – dis soos sy vir hom sê: Abie – en ek sê ek weet, en ek wil hom nie onnodig hinder nie, ek wag maar tot hy agtermiddag huis toe kom, ek stap sommer maar solank in die tuin rond. Maar sy sê nee, sy kyk of sy hom in die hande kan kry, en sy lui.

"Dis nie lank nie, toe draai daar 'n kar in en dis Abram. Ek sê ek wil kyk of hy darem geleer het om 'n snoeiskêr te gebruik, en hy lag en sê hulle het twee tuiniers. Dis nie 'n wonder die kool lyk so van die luis nie, terg ek hom. Ons gaan sit toe in sy studeerkamer. Hy wil weet of ek al geëet het. Kompleet nes oorlede Pa; gasvry. Die bediende bring vir ons koffie en toebroodjies – die vrou is weg om te gaan tennis speel – en ons gesels. Tot die telefoon later lui. Toe't ons soveel gepraat dat hy glad vergeet het van 'n vergadering. Hy sê: Boetie, nou moet ons spring anders is ek laat; ek moet vieruur in die stad wees. Vergadering en agterna 'n onthaal, en ek moet sommer saamry. Ek sê nog maar ek is nie aangetrek vir so iets nie, en hy sê hy wens hy het 'n verskoning gehad. Maar vir hom is daar nie wegkomkans nie. So is die besigheidswêreld, 'n gejaag. Ook maar 'n lewe ...

"Hy laai my toe op die hoek af waar Laing gesê het ek moet wag."

Die een oomblik kon hulle nog die sterre sien. Toe slaan die mis skielik toe: eers net 'n dynserigheid, dan is dit stikdig. Hank draai die ruit aan sy kant af en steek sy kop uit om beter te sien. Die klammigheid warrel in. Dis sout en bamboeserig.

Dan is hulle tussen huise. Enkele straatligte val oor laemuurhuisies met klein vensters en smal deure en skulpwerwe.

"Hier is ons," sê oom Magiel gedemp, soos 'n mens sal praat as die mense al slaap. "Ons gaan eers binnetoe om koffie te drink. Jy kan nie die ent pad terug aanvat sonder 'n versterking nie."

Hy stap stywerig vooruit in die gruispaadjie, draai die deur se knop, vat die ligmaakgoed raak en steek 'n kers op. Potte en panne blink in die vuurherd.

"Straks," fluister hy by die stoof, "is hier nog 'n lewendige koletjie." Hy blaas en die assies roer en die fyngoed vat. Hy stoot die ketel oor die vlam en hulle wag dat die water kook.

"Wil jy nie rook nie?" vra die oom. En uit sy baadjie se bosak haal hy 'n sigaar, nog in sy blink omhulsel, met 'n bandjie om sy pens. "Dis nog wat Abram my gegee het toe hy my op die hoek aflaai. Dis vir die pad, Boetie, sê hy, en ek dink nie daaraan om vir hom te sê ek rook nie meer nie; van die are verkalk het, word ek partykeer so duiselig."

Terwyl hy nog praat, gaan die middeldeur oop en daar staan 'n vrou met 'n kers in haar hand, haar bolla los, 'n tjalie oor haar skouers gegooi. Haar gesig is nog dom van die voorslaap waaruit sy wakker geword het.

"Giel," sê sy swaar, "is dit jy? Laing is dan sononder al terug ... ek dink jy kuier nog. Was jy dan toe nie ...?"

Agter haar het 'n kind verskyn, opgeskote en met 'n lang nagjurkie en vinnige oë waarmee sy na haar ouma en toe na haar oupa kyk.

Aan hóm is daar nog die klam ruik van die stad se reën, en die modder van sy broer se kooltuin kleef aan sy skoene.

Met ronde kinderoë kyk hy na sy vrou. "Ja," sê hy, "ek was daar, maar dis koud in die Kaap. Het jy dalk iets te ete vir die meneer wat my kom wegbring het?"

Die vrou trek die tjalie stywer om haar skouers. Sy kom dek borde op die tafel en bring 'n emaljeskottel van die vuurherd af. Oom Magiel lig die deksel.

"Snoek," sê hy. "Dit sal nie smaak soos dit moet nie. Hulle is ondermaat vanjaar. Ek het dié klas onder my arm vasgeknyp en van die bokstang afgehaal en teruggegooi in die see. Maar ek sien hulle vang hulle vanjaar. Nie ons ou manne nie, maar dié wat nie van beter weet nie, wat nie traak wat word later nie."

Terwyl die vrou en kind toekyk, eet hulle asof dit nie reeds middernag is nie.

Met die smaak van jongsnoek in sy mond ry Hank terug deur die vleie. Maar daar is ook die oë van die kind en die gesig van die vrou. En daar is die twee skilpadhandjies van ou Magiel Coetsee, met die stompgewerkte vingers, en die duur sigaar met die blink sellofaanomhulsel wat nooit gerook is nie.

Halwe hemel

Ons sit by die voorhuistafel wat byna ons hele eetkamer vol staan: ons pa, Ma, Edie, ons sustertjie, en Wilfred en ek. In die syspieëls van die buffet word ons oor en oor weerkaats sodat daar nie vyf nie maar vyftien mense om die tafel is.

Die borde het rosie-randjies en die messegoed ivoorhewwe. Alles is van my pa se tant Dolly: die meubels en ook die gestyfde tafeldoek, die botterpot en glase en wynkraffie. Net die klein lemoentjies op die vrugteskaal is ons eie.

Uit die plafon hang 'n olielamp aan 'n swaar ketting. "David!" roep Ma elke aand voor ete. "Dis tyd om die lamp op te steek!"

Dan vou ons pa sy koerant toe en trek sy baadjie aan. Hy laat sak die lamp uit die dak, lig die glas af, draai die pit op, steek dit brand, sit die glas terug en draai die vlam laer sodat dit nie rook nie. Die ge-wone vaal van ons eetkamer is skielik pienk soos die lampskerm waar-deur die lig skyn.

Waar ons pa aan die kop van die tafel sit, lyk ook sy gesig pienk, en uit sy oë skyn twee lampe. Hy vryf sy hande. "Dis byna net soos die ou dae op die plaas, Bea," sê hy vir Ma. Toe oom John nog geleef het en tant Dolly so oud soos Ma was, hul seuns vyf fris boerknape, en ons pa klein Davey.

Ons vat hande vir die tafelgebed en dis asof die diensmeisie met 'n palmtak agter tant Dolly staan, die kaalvoet kokvrou op haar oop handpalms die skottels indra.

Pa sê amen, die stoele skuur oor die gladde plankvloer en Ma stuur die broodbord om. Nadat die brood uitgedeel is, lig ons pa die deksel van die skottel voor hom. In die spieëls blink 'n stuk heuningkoek in 'n dam dik, geel stroop. Ons pa snuif en lag met sy mond. Hy tel sy mes en vurk op en druk die mespunt deur die was en sny 'n blokkie vir elkeen af.

Wilfred vou sy harige arms om sy bord en sê met 'n droëbroodkorsie in sy kies: "Ek eet my brood kaal, ek wil nie heuning hê nie."

Ma sê: "Wili, kou eers klaar voor jy praat." En sy sit haar hand op sy voorkop om te voel of hy nie koors het nie. Die are loop blou onder sy dun, wit vel.

Ek sê: "Ons het gespeel, hy is warm gestoei." En Edie sê: "Ek is sterker as Wili, ek het hom gewen."

"Heuning laat my maag pyn," hou Wilfred aan. "Ek wil liewer vleis hê, asseblief, Ma?"

"Ek ook?" vra Edie dadelik en stoot haar bord met heuning terug.

"Die vleis is môre se kos," sê Ma. "Buitendien sal jy weer droom as jy swaar kos in die aand eet, Wili."

Wilfred wil huil. Hy knip sy oë en ons pa tok met die mes se hef op die tafel. "Heuning en brood is perfek. Dis kos vir konings. Julle moet bly wees ons het volop heuning. Kom, eet nou, ons wil nog gaan stap."

Hy stuur die bakkie om waarin ons ons bolletjies uitgekoude was sit. Ma gebruik dit vir haar meubelpolitoer. Sy is 'n restoureerder van antieke meubels. Haar vingers het die bruin kleur van ou vernis of grond.

Nadat ons afgedek het en alles weer op hul plek is, neem ons pa haar hand en klim ons die rant agter die huis uit.

Ons woon aan die end van 'n grondstraat aan die rand van die dorp. Dit word 'n voetpad wat deur 'n stuk veld loop na 'n klipkoppie. Van bo af is ons huis klein met wit mure en 'n spits dak en gewel. 'n Tuin van outydse rose en lemoenboompies en werfgras is binne 'n lae ringmuur aangelê. Daar is ook 'n saffraanpeer en vyebome en 'n wingerdprieel. Die bakoond en soldertrap en skoorsteen lyk eg, maar is kamma. Alles is nuut en jonk, behalwe die amandelboom in die hoek van die erf. Die boom is baie oud, die stam is gekraak en skilfer af en is groen van die mos. Dis 'n oorblyfsel van die ou amandelboord wat grootoom Jan Stiglingh daar geplant het, sê ons pa. Hy was die oupa van oom John en tant Dolly se seuns. Ons erf was deel van hul dorpsgrond voordat dit verdeel is. Die dorpshuis van tant Dolly-hulle is onderkant ons huis agter die bosgaasheining.

Ons huis is gebou op die fondament van grootoom Jan se perdestalle. Die waterkrip is voor ons agterdeur. Die tuin word uit die put natgelei. In die smidswinkel is daar 'n blaasbalk en aambeeld, en daar het Ma ook haar werkkamer.

Ons speelplek is in die skaduwee onder die amandelboom. Ons bly in die koeltekol, anders vertrap ons die tuin en pla die bye. Bye is gevaarlik as 'n mens by hulle lol. Tant Dolly het hulle agtergelaat toe sy na die woonstelletjie getrek het. Volgens die nuwe dorpsregulasies is dit ontoelaatbaar, maar die korwe is diep onder die heining ingeskuif. Een van die dae, sê ons pa, trek ons met hulle veld toe. Sodra hy die regte stukkie grond raakgeloop het. Hy is 'n ingenieur, maar sal eerder 'n boer wil wees.

Die plaas onder die boom het hy vir ons help maak. Van die leiwater uit die krip is in 'n rivier afgekeer. Die grond is diep uitgeskraap met 'n hoë wal aan die een kant en 'n sandbank aan die binnekant. Dit loop met 'n wye draai see toe. Op die draai het hy die huis gebou met 'n ringmuur rondom en buite die muur die skuur en skeerhok, perdestalle en 'n kraal en varkhok. Daarvandaan loop paaie na die lande en vlei-af rivier toe, en met 'n pont oor die rivier na die soutpanne. Wanneer ons in die skool is en Ma besig is om vernis en verflae van die ou tafels en kaste af te maak, is hy by die werkbank besig om vir ons ploeë en windpompe en karre en waens te maak. Ons diere is van potklei en sade en stokkies. 'n Varksog lê die hok vol.

Nes die wintervark wat tant Dolly-hulle elke jaar gevoer het. As sy te swaar is om op te staan, skiet die ooms haar tussen die oë dat sy net daar inmekaarsak. Hulle gooi kookwater oor en skraap haar spierwit en katrol die karkas in 'n boom op.

Edie druk haar vingers in haar ore en hardloop weg as ons pa vertel. Maar hy sê ham en wors is winterkos. "Langs daardie rivier," sê hy en staan wydsbeen oor ons speelplaas, "het die mense soos konings geleef." Die vleie het gelewe van die voëls, die kelkiewyne het geraas as hulle opvlieg. Die springers het saam met die gety in die rivier op gekom en die nette was vol.

So was dit van ouds af. In die tyd van die Kompanjie het hulle vis en vleis en sout aan die Kaap gelewer. Bote het in die rivier op gevaar om handel te dryf; die laaiplek is nog daar, die houtkaaie tussen die palmiet. Hoogliede het dikwels daar kom oornag. In die winter het jaggeselskappe oorgebly.

Dan haal ons pa die foto-albums uit: die mans met gewere op perde, honde, waens vol wild. Saans was daar 'n fees in die groot huis: die vrouens is koninginne met klere van kant en sy, die kinders prinse en prinsesse.

Ons pa is die een met die krulkop en fluweelpakkie tussen ons ouma Edith en oupa Bill Vaughan. Ouma Edith was tant Dolly se suster, oupa Bill 'n bankier van die Kaap, waar ouma Edith 'n dansskool bestuur het.

"Sy was 'n career girl," sê ons pa. "My regte ma was auntie Dolly. Dit was my huis daardie, 'n paleis." Hy was altyd vakansies daar; met die trein gereis tot waar die spoor eindig en daar met die kapkar afgehaal. Hy kon voor langs die koetsier sit en die leisels hou, en is toegelaat om by die groot seuns in die kafsolder te slaap, te swem en roei en voëls te skiet, met die wa veld toe te ry as hulle die byekorwe gaan uithaal, en stukke van die vet koek af te breek en te eet.

"Dit was die lewe, dis wat ek vir my kinders ook wil hê, Bea. Niks sal my gelukkiger maak nie as om my eie grond te hê waarop ons almal onder een dak kan saambly, vir altyd."

As hy so praat, glimlag Ma net. "Dis 'n droom," sê sy.

Hy kyk oor ons akker grond. "Dit kom nog, dis net die begin dié," belowe hy.

"O, Davey," sug Ma dan en roep ons van ons speelplek weg. Sy haal die skoffels uit. Ons moet haar help om die aartappels op te erd en die kool- en uiebeddings skoon te maak.

Die groentetuin is aangelê op die ou mishoop voor die stalle waar die grond vrugbaar is en die onkruid maklik ná die reën opskiet. Almal moet help. Selfs Edie het 'n vurkie.

Sodra die tuin skoon is, het ons pa belowe, neem hy ons een aand lande toe waar die boere nou besig is om te ploeg. Hy sal die ooms vra of hulle ons 'n kans sal gee om op een van die trekkers te ry, en miskien te bestuur ook. Die saailande begin net anderkant die veldjie. Ná donker kruip die groot, geel ligkolle oor die lande en skuif ons die gordyne oop om hulle dop te hou. Teen die skuins kontoerwalle lyk dit asof hulle wil omval. Die lekkerte slaan in knoppies op ons uit as ons daaraan dink. Dis soos leisel hou.

Oom Michael skuld ons pa 'n guns. Soms doen hy vir iemand 'n werkie; hy gaan kyk na 'n stukkende masjien en in plaas van geld neem hy iets in ruil. Hy het 'n nuwe kolf aan oom Michael se geweer gesit. Ma wou hê dat hy 'n skaap vra, maar toe sê hy: "Nee, ek het vir Donnie beloof, en nou is die ploegtyd byna verby. Ons sal 'n ander plan maak met 'n skaap."

'n Skaap kan hy altyd op 'n vendusie kry. Daar was juis 'n veiling van ou meubels waarna hy wou gaan. Toe hy die volgende oggend die waentjie agter die Land Rover haak, lag Ma en sê sy moes eintlik kon saamgaan om te keer dat hy die hele boedel opkoop, maar daar is die leunstoel wat moet klaarkom. "Laat die kinders 'n bietjie help," het Pa gesê, en vir ons: "As julle mooi werk, kan ons vanaand 'n plan maak."

Ons hande was seer geskuur toe ek en Wilfred ons oorpakke gaan aantrek, net reg om lande toe te gaan. Later het Ma begin bekommerd raak oor Pa, maar hy kom opgewek daar aan met die leë waentjie en praat van 'n gelukskoot – iets wat hy nie kon oplaai nie. "Tien hektaar!" en hy slaan sy arms om Ma.

"Davey!" roep sy uit.

"Ja, 'n plaas," sê hy. "Jy kan jou dit nie verbeel nie, die grond is pikswart van vettigheid, die bome oerreuse, die geboue histories. Die huis is ten minste honderd jaar oud en van klip met solderbalke so dik soos jou lyf. Daar is 'n vuurherd in die kombuis. Dis 'n vonds. Ek het dadelik 'n opsie geneem!"

"David!" sê Ma met skrik.

"Ons kan die kans nie laat glip nie. Die mense moet verkoop. Die man is siek, die vrou 'n invalide. Hulle is oud. Moet niks verder sê nie. Ons gaan môre saam daarna kyk."

"En die kinders?" vra Ma. "Hulle is in die skool."

"Edie gaan saam. As ons vroeg ry, is ons betyds terug. Anders moet hulle onder die boom speel. Hulle sal veilig wees as die hekke toe is. Ek het 'n afspraak met die agent gemaak."

Ma sien dat dit nie 'n speletjie is nie. "David," sê sy terwyl sy slaai kerf vir ons aandete, "is jy seker dis die regte ding om te doen?"

"As ons wil koop, moet ons dit nou doen," sê hy.

"Maar waarmee sal ons die grond betaal?"

"Ons sal 'n plan maak. Ons het die huis om te verkoop."

"Ons huis?" vra Ma. "Maar ons het so hard gewerk aan die huis, David, ons het soveel moeite gehad om die erf te bekom. Dis nog nie eens heeltemal klaar nie, ek het nog soveel planne ..."

"Ons moenie agtertoe kyk nie, Bea, maar vir die toekoms beplan. Ek sal die plaashuis vir jou mooi regmaak. Ons kan dit self doen. Dis 'n uitdaging, 'n avontuur, 'n spanpoging."

Hy steek die lamp aan. "Laat ons eers eet. Dan sal ons saam besluit." Hy vryf sy hande. Op tafel is daar 'n feesmaal. Op die skottel lê 'n ham. Die varkboudjie het hy van iemand gekry vir wie hy iets gedoen het. Hy neem die blinkgeslypte voorsnymes en voor dit aan. Die dun skyfies vleis eet ons met aartappels en slaai uit ons tuin.

Niemand praat meer van 'n trekker of lande nie. Môre is 'n belangrike dag. Hy en Ma het baie om te bespreek en ons moet ná ete reguit kamer toe.

Omdat Wilfred in 'n laer klas is, kom hy vroeër as ek uit en toe ek die volgende middag by die huis kom, is hy reeds op die plaas onder die boom en wei sy vee, het hy 'n span osse voor die ploeg.

Maar ek is die landbouer en ek sê: Span uit die osse, matie, ek gebruik die trekker, ek gaan die hellings ploeg. As ons ons eie plaas het, bestuur ek, jy is nog te klein.

Toe is hy kwaad en klim in die boom. Later sê hy hy is honger. Ek sê hy moet raap gaan trek, maar hy sê raap is te sterk, dit brand sy mond. Ek gee hom die oorskietkorsies uit my skoolblik en sê Mahulle sal nou-nou terug wees, en hy sê: Ek wed jou hulle kom eers donker hier aan, hulle het ons vergeet en sal ons laat doodgaan van die honger. En hy gly teen die boomstam af en klouter met die geut op en wikkel sy lyf deur die klein badkamervenstertjie. Ná 'n ruk kom hy uit met 'n stuk ham in elke hand en volgepropte kieste.

Net toe hou die Land Rover voor die deur stil en ons pa gee vir ons die V-teken voordat hy die oop voordeur sien, en Wilfred met sy vol mond.

Wilfred gaan aan die huil. Ma sê sy moes vir ons iets te ete gelos het. Pa sê hy is teleurgesteld en sy gesig word rooi. "Nou het jy jou deel gehad, Wilfred."

Dié aand kry Wilfred 'n leë bord voor hom. Dit breek sy hart, sê ons pa, maar Wili was ongehoorsaam: hy het ingebreek en gesteel. "Dit," sê hy vir Ma, "is wat ek wil probeer verhoed. Dis waarom ek nie in die stad wil woon nie. Anders kon ek my eie onderneming begin het. Maar ek wil my kinders teen ongesonde elemente beskerm. Ons is helaas hier ook blootgestel aan allerhande invloede. Ek sien geen ander uitweg nie . . ."

"Maar soveel geld, David?" fluister Ma. "Daar is die deposito en daarna die paaiemente. Waarvan sal ons leef?" Hulle sit met pen en papier. Wilfred het by Edie gaan inkruip. Ek hou die ligte dop wat al kleiner en flouer word op die agterste lande.

"Ons sal 'n plan maak. Solank 'n mens kan plant, hoef jy nie honger te ly nie. Op tien hektaar kan ons genoeg kweek vir onsself en vir die mark. Jy sal sien, ons sal geld verdien, ons moet net hard werk."

"Maar die verband, David?"

"Ek het daaroor gedink," antwoord hy. "Ons moet aunt Dolly nader. Sy het ons nog altyd gehelp."

Ons het 'n lang ruk by haar in die dorpshuis agter die bosgaas-heining gewoon voordat ons huis klaar was. Totdat die ooms die dag daar aangekom het, nie met 'n kan melk en eiers en 'n geslagte skaap soos gewoonlik nie, maar met 'n lorrievrag werkers. Oom Michael het na ons halwe huis gaan kyk en vir ons pa kom sê: "David, ons wil jou help met die huis. Ons wil hier sluit. Moeder het nou self sorg nodig, en jy en Bea wil seker ook graag op jul eie wees met jul kinders."

Daarna het dit gou gegaan. Hulle het tant Dolly na die woonstel geneem en ons het uitgetrek en die groot huis is toegesluit. Oom Michael het die bos sleutels kom haal. Soms neem ons nog vir tant Dolly 'n bakkie jellie op 'n Sondag.

Ma het dié middag vir Edie haar nuwe rok aangetrek en 'n lint in haar hare gebind. Ek en Wilfred moes in die tuin speel nadat ons tant Dolly gegroet het. Sy het dat Ma vir ons koekies uit 'n glasbak gee en met haar vet handjies geklap en mooi, mooi gesê vir Edie met die rooi wange en swart lokke.

Daardie aand skink ons pa vir ons elkeen 'n kelkie wyn en toe ons glasies klink, lyk Ma 'n bietjie hartseer. "Die liewe ou mens," sê sy.

"Sy het altyd 'n oop hand vir die wese gehad," sê ons pa.

Nou kan ons begin dink; ons moet ons verbeel: 'n waterstroom kom uit 'n kloof af en loop oor die werf tot binne-in 'n dammetjie.

Daar sal ons eende en ganse kan aanhou. En hoenders, sê Edie. Ons sê hoenders swem nie, en ons pa sê, toe sy haar lip uitstoot: as Edie hoendertjies wil hê, kan sy hulle kry. Daar is plek vir alles, ook vir 'n koei.

Wilfred wil varke hê. 'n Vark met twintig kleintjies. Dan sal ons die helfte van hulle hans moet grootmaak, sê ons pa, en sal daar nie genoeg melk vir onsself wees nie. "Moenie vir Wili terg nie, David," sê Ma, en hy sê: "Jy kan jou varkies kry, Wili. Ons sal 'n plan maak met die melk, 'n surrogaatma soek om te help soog." Ons almal lag. "Wili met sy groot vleislus," sê Ma. "As die vark nie genoeg is nie, kan ons tarentale skiet, of duiwe, daar is duisende."

Ons neem natuurlik ons byekorwe ook saam. Oom Michael sal weet hoe om 'n byekorf te vervoer. Die ooms sal seker nie omgee om vir ons die vragmotor met die lere te leen om ons trek te ry nie.

Hokaai, keer Ma, die huis moet eers verkoop word. Dit behoort maklik te wees, so 'n goeie, nuwe huis, sê ons pa. As alles goed gaan, kan ons reeds in die vakansie trek. As dit 'n bietjie langer duur, maak dit nie saak nie. Donnie is slim en Wilfred se werk is nog nie ingewikkeld nie, hulle sal maklik die agterstand inhaal.

Ons kan nie wag nie. Wilfred gaan by die winkels om en kollekteer dose. Ons het 'n plaas gekoop, vertel hy vir almal. Ons gaan met varke boer. Voorlopig pak hy sy blokkies en boeke en kryt in. Toe sy klere. Die dag toe die skool sluit, vou hy sy blou hemp en grys broek op en wil dit net weggee. In die plaasskool dra die kinders gewone klere en loop kaalvoet.

Hy staan juis in sy onderbroek met die bondel klere by sy voete, sy ribbes een-een onder sy stywe vel, toe daar swaar voetstappe met die stoeptrappe opkom. Oom Michael kom binne, en agter hom die vier ooms. Ons wag dat hulle moet vra: David, wanneer bring jy die seuns? Dis hul laaste kans, ons maak vanaand klaar.

Maar oom Michael staan met opgerolde moue voor ons pa. "David, wat is dit wat ons hoor van 'n plaas?"

Ma kom met deeghande uit die kombuis. "Dis nie 'n plaas nie, net 'n hoewe," sê sy met haar sagte stem.

Oom Michael kyk nie na haar nie. "Nog beter. Jy wil op 'n hoewe gaan boer, David. Wat weet jy van boerdery? Jy wat nog nooit een dag se werk in jou lewe verrig het nie. Om te boer is nie om met 'n seloentjie rond te loop en hasies en patryse te skiet nie. Jy dink seker Bea en die kinders moet die plaaswerk doen terwyl jy loop en droom. Jy moet 'n slag wakker word, man!"

Ons pa staan so klein en vaal soos Wilfred voor hulle.

Ma sê: "Michael, wil julle nie sit nie. Dan bring ek tee en kan ons rustig gesels. Ek kan verduidelik. Dis alles nog net planne, niks is nog gefinaliseer nie, ons kan niks doen voordat die huis nie verkoop is nie."

"En die geld wat julle van Moeder probeer kry het?"

"Dis maar net 'n lening, die deposito totdat ons die huis se geld het. Dan betaal ons alles terug."

"'n Lening, soos die meubels wat julle steeds gebruik?"

"Dit was 'n geskenk van haar, ons sou dit nooit anders geneem het nie. Sy het dit aan David gegee," sê Ma.

"Bea, laat David self praat. Hoekom moet hy altyd agter die vroue wegkruip?" Vir ons pa sê hy: "Jy het jou ouers kaal gelewe al daardie jare op universiteit. En wat help die dubbele kwalifikasie jou? Jy, 'n man met drie kinders, doen futselwerkies. Nou kan jy hulle mae nog vol kry met brood en slaaiblare, maar die een of ander tyd sal jy daardie grade uit jou sak moet dop en vir jou 'n verdienste kry. Die munisipaliteit soek 'n landskapargitek. Miskien wil jy daar gaan aan-klop. Want geld kry jy nie van Moeder nie. Die bankbestuurder het ons vanoggend gebel. Sy wou 'n kontantbedrag trek en 'n aftrek-order in julle guns teken. Gelukkig het ons haar tekenregte gekansel-leer toe sy vergeetagtig begin word het."

Die vyf ooms staan soos vyftien mans met are wat swel in hul nekke en gesigte van klip.

Ons pa het gaan sit met sy kop in sy hande. Dit lyk of Ma hom wil sus soos vir Wilfred wanneer hy een van sy nagmerries het.

Wilfred het uitgehardloop. Net in sy onderbroekie staan hy onder die amandelboom met die graaf. Hy spit grawe vol sand en gooi dit oor ons plaas. Hy vertrap die huis en stalle en diere, en sand vlieg oor die vlei en lande, die rivier en pont en oor die heining en heuning-neste.

Dan begin skreeu hy soos 'n vark wat geslag word. Uit die bos-gaas het 'n vaal wolk bye gekom. Hulle dreun oor hom en pak hom toe. Hy vlug oor die werf, deur die groentebeddings en reguit na die waterkrip waar ons grootoom Jan Stiglingh se perde gesuip het, lank gelede, toe ons pa nog klein Davey was, met fluweelkleertjies aan en krulle wit soos wolke.

Oesjietjie

D ie middag by die graf het Duif se ou mame amper naar ge-
word en Koekie was te swak om te staan. Die kind moes hulle
keer of sy spring agter die kis aan in die gat. Dit het vir Bawa en
Adam gekos om haar vas te hou.

Om te dink sy gaan so te kere en Duif was nie eens haar regte pa
nie! Die mense het onder mekaar gepraat. "Dis oor hulle haar die
lyk laat sien het," het Bawa agter die kind se rug beduie. "Dis antie
Florrie. Hulle het die kis oopgemaak om die mense te laat kyk, en
toe vat antie Florrie haar agter die gordyn in. Daarna het sy so be-
gin raas."

Koekie was baie kwaad toe sy dit hoor; sy het gesê: "Laat antie
Florrie net probeer om een graaf grond op Duif te gooi!"

Florrie Monk was toe glad nie by die begrafnis nie.

Sy en Koekie sal mekaar nog byt en opeet.

Dit was 'n fout dat Duif en Koekie so deur aan deur met haar kom
bly het. Hulle moes eerder van die begin af by Duif se ma op Voor-
berg ingetrek het. Maar hoe gemaak met Bawa en Adam wat al die
jare dat Duif in die Kaap gewerk het, na haar gekyk het? Al is dit sy
huis wat hy self gebou het, moes daar vir eers 'n ander plan gemaak
word.

In die Kaap wou hulle nie langer bly nie. Koekie het 'n inslaap-
werk gehad en toe die kind begin skoolgaan, moes hulle haar by

vreemde mense laat loseer. Duif se kop het lankal huis toe gestaan, en toe hy die werk by die padmakers kry, was dit sy kans. Van die padkamp af was dit nader Voorberg toe, en hy en Koekie het opgepak en getrek.

Hulle het toe reeds uitgevind van die huisie wat leeg staan op Willemse se plaas. Willemse wou nie juis verhuur nie. Die plek was klein en half ongeskik. Daarby het vreemdelinge gewoonlik moeilikheid beteken; buitestanders is nie maklik deur die plaaswerkers aanvaar nie. Maar die drie voor hom was aangetrek in netjiese winkelklere.

Hy sou nie omgee om die kragtige bruin man in diens te neem nie. Dog dit was Koekie, skaars skouerhoogte langs Duif, wat vorentoe getree en gesê het sy kan werk, en verniet wil sy ook nie bly nie. Sy het 'n swart handsak, boepens en verweerd teen haar nuwe rok, onder haar blad uitgehaal en oopgeknip, tussen die kompartemente gevroetel en geld en 'n getuigskrif uitgehaal. Daarby, het sy namens Duif gepraat, is hulle nie heeltemal vreemdes nie. Duif is 'n Alkaster van die Voorberg en sy is 'n Meeldammer. Hul kind is goed grootgemaak, sy kan haar gedra. Sy het die dogtertjie van agt jaar vorentoe gestoot om die meneer te groet. "Dis nou Usche," het sy gesê. Onder die kuif wat soos krulriet uit die vlegsels spring, het die kind skamerig uitgeloer en dag gesê, toe met haar blinkleerskoentjies weer teruggestaan.

"Skaflike mense, en dalk nog 'n aanwins," het Willemse later teenoor sy vrou opgemerk.

Koekie is 'n regte rooimier. Soos 'n wyfiedier wat kom nes maak, het sy die eenvertrekhuisie aangeval en 'n woonplek daarvan gemaak: die kombuis en slaapkamer met 'n gordyn afgeskort, linoleum op die vloer gegooi, prente teen die mure gehang, die dreskas versier met teegoed en drinkglase. Die stoof en yskas is spierwit en werk met gas.

Meteens had Willemse se vrou 'n uithaler-huishulp, want Koekie kan ewe goed kook as skuur. Sy ken nie van sonsit nie; as haar werk klaar is, loop haal sy klei en pleister haar mure af, sy sny riet en help Duif om die swak plekke in die dak te stop. Saans sit sy laat met brei-werk by die olielamp. Daar is selfs 'n tuintjie voor die deur.

Ook Duif is hardwerkend en hy sorg vir sy huis. Hy verdien goed op die paaie. Vrydagaande klim hy met vol winkelsakke van die bus af. Daar is volop te ete en te drinke, daar is ook genoeg geld vir koel-drank en lekkergoed. Smiddae koek die kinders op die skoolpad om Usche saam. "Oesjietjie, Oesjietjie, ou dan daar, gee stukkietjie, hap-pie, lekkie!" Dan kraak die bros tameletjie, lek hulle die druppels van die roomyshoring af, eet hulle die poloniebrood uit haar kosblik.

Florrie Monk staan op die stoep van haar lang huis wat 'n meer-katnes is van kinders en kleinkinders vir wie sy herberg gee. As sy die kind saam met haar eie aangestap sien kom, kreukel haar gesig in plooie van skiklikheid. "Hoei!" roep sy sonder om die vreemde naam te noem, en hou 'n warm askoek soos lokaas uit. Die kind vat dit, maar gaan sit en lek die vet en stroop op haar eie drumpel af.

Sy is 'n eenkantkind. Koekie maak haar so groot. Sy word soos 'n pop aangetrek en moet haar klere oppas. Haar speelplek is nie verder as die harde kleiwerf nie, waar daar vir skophokkie blokke en sirkels getrek is. Ná skool moet sy haar hemp en sokkies en broekie uitvryf en die dag se leesles leer en somme maak. Daarna gaan sy musiek oefen. Twee maal 'n week het sy les by die juffrou oorkant die spruit. Sy het ook ballet in die Kaap geneem, en kan op die punte van haar tone dans. Die satynskoentjies is op die laaikas neergesit langs 'n portret van haar in 'n kort uitskoprok met bandjies oor die skouers. Uitgevat in dié rok is sy een middag musiekles toe, maar het nooit daar uitgekom nie; halfpad verlei om saam met die kinders in die swemgat te duik. Daaroor het Koekie haar 'n drag slae gegee wat almal kon hoor, al was die deur toe.

Dié Koekie het haar geite, al kom sy hóé goed voor. Op 'n reëndag as die vroumense met nat hout sukkel, sal sy katvriendelik aanbied: Bring die kos, kom sit by my op. Ook die panne met brooddeeg. Dan draai sy net 'n knop en die vlam skiet op. Maar op 'n naweeksaand as almal prens en vrede en vol vrolikheid om die kolebak sit, die ertappels onder die as bak, die kuikenmielies wit oopskiet en die pot vleis op sy lekkerste prut, is dit skielik verby. Koekie gooi die vuur dood en roep die kind binnetoe, en Duif moet ook inkom. Die deur word toegemaak en die slot ingehaak.

Hulle kom nie weer uit voor Duif Sondagaand die bus vat nie. Die kind sal wel die slops loop uitgooi of water tap, iets by die winkel gaan haal: maagbitters of dulsies en Coke. "Mammie het gal," sal sy sê as iemand vra.

"Gal!" Florrie krink haar slanghalsnek en sê tussen afgekoude kake deur waar sy onder haar eie afdak die bees- of skaapkop staan en haaraf maak: "Dis nie van te veel vetterige vleis Vrydagaand nie, of die skille en bene wat die eters voor haar deur gemors het nie. Iemand het eerder te na aan Duif gesit. Dis jaloersgeit; sy jaloers Duif alte veel, en sy jaloers die kind net so! Dis oor sy nie self kind kan kry nie; oor die kind nie haar s'nne is nie!"

Want dis Tillie se kind.

Tillie van Florrie was nog in die skool toe sy die dag die stuipe kry. Sonstraal, het Florrie gedink en 'n flenterlaken opgeskeur vir bande.

Dit help teen die trekkings as dit styf om die maag geknoop word. Dis met die bandomdraaiery dat sy toe sien hoe dit met Tillie is. Hoe dit gekom het, wis sy nie. Haar meisiekinders het sy nie laat rondloop nie. Saans steek sy die kers op en slaan die Bybel oop. Snags slaap sy voor; die een wat wil uit, moet by haar kooi verbykom. Maar dis toe só, en die kind lê onderstebo. As sy vooraf geweet het, kon sy Tillie se lyf uitgesmeer het. Maar toe die pyn kom, kruip die kind op en bring die stuipe aan.

Oumeester het sy kar gegee tot op die dorp, daarvandaan is Tillie met die ambulans hospitaal toe in die Kaap. Iemand moes heelpad 'n lepel tussen haar tande hou, anders het sy dié nag haar tong afgekou.

Florrie was nie saam nie. Daardie tyd kom Mannetjies net uit Valkenberg uit en was daar nie met hom huis te hou nie. As sy by was, sou sy nie toegelaat het dat Tillie die kind afteken nie. Nie ten gunste van Koekie nie!

Maar Duif is toe naasbestaande, haar eie susterskind, en hy had 'n goeie werk by die papierfabriek. Hy en Koekie was sonder kinders. Toe word die kind aan hulle toegesê.

Hulle het haar Voorberg toe gebring vir die doop: Theresa Usche Gwynneth Milka Alkaster.

Toe die string name afgelees word, het Florrie uit die kerk gestap. Koekie het haarself vernoem en die vrou by wie sy werk en die welsynjuffrou. Die laaste naam is uit die Ou Testament gehaal. Op die plaas het Usche Oesjietjie geword: dit het geklink soos die Ditjies en Ballies en Toytjies van wie sy familie is – al dink Koekie hulle is beter as ander.

Koekie drywe die kind: sy moet altyd eerste staan in die klas, haar skoolrok se plooie word elke oggend ingestryk, haar rapport word elke kwartaal vir mevrou Willemse gewys. Sy wil glad hê Duif moet 'n klavier koop oor die musiekjuffrou ris sê sy gaan so goed aan. En die arme Duif is soos 'n lam. Koekie ken sy swak plekke. Hy sê swaar nee, veral vir die kind. Daar is altyd 'n ekstratjie vir haar in die sak: 'n tros blink armbande wat sy oor haar hand druk, of seepbelletjies om deur 'n ring te blaas. Hulle sou na die end van die jaar toe kyk, as hy sy bonus kry, of daar geld vir 'n klavier is.

"Kla-een, kla-twee, kla-drie, kla-vier," het die kind gesing as sy eenbeentjie hokkie speel.

Voor die einde van die jaar verskuif die padkamp na die volgende padbou-area, en slaan Duif 'n naweek oor. Dis nie moontlik om gereeld huis toe te kom nie. Die eerste week was daar 'n boodskap by die winkel, en ook 'n koevert met geld. Die volgende week was daar weer geld in die pos. Toe niks.

Koekie, gewoond aan die handevol wat Duif huis toe gebring het, moes knyp. Haar loon was nie genoeg vir die winkelskuld nie. Dit moet oorstaan tot Duif eendag kom. Toe die kind teen die einde van die derde week begin tranerig word, kla sy haar nood by mevrou Willemse, en die vrou stel voor dat hulle die kantoor van die padmakers bel.

Daar hoor hulle dat Duif siek geword het. Hy het die gasse van die gesmelte teer waarmee hy werk, ingeasem, hoofpyn daarvan gekry, en poeiers gedrink wat sy niere aangetas het. Hy is met nierversaking in die hospitaal opgeneem, maar reeds soveel beter dat hy binnekort ontslaan sal word. Hulle wou die familie nie onnodig ontstel nie.

Nogtans leen Koekie by Willemse geld, en sy en die kind is met die trein na Duif toe. Hulle het teruggekom; Duif met drie koeverte pille wat die suster gegee het, Koekie met 'n lys dieetinstruksies:

baie vloeistof en vars groente. Hy sou eers ná die Nuwejaar sy werk hervat.

Duif het in so 'n mate aangesterk dat hy, toe die perskes begin ryp word, aangebied het om in die stoor te help. Op dié manier kon hy die treingeld by Willemse gelyk maak. Toe die skoolvakansie kort daarna aanbreek, het die kind van haar speelplek op hul werf verskuif na die plaat pampoene onder die akkerboom waar sy haar dag omgemaak het met akkers en stokkies en droë blare.

Aan een van die sytakke van die boom het Duif vir haar 'n skoppelmaai vasgemaak. Dit was nie 'n gewone swaai nie, maar 'n enkele dik tou waarvan hy aan die onderpunt 'n knoestige, driedubbele knoop gemaak het om as sitplek te dien. Soos 'n spinnekop aan sy draad, het sy haar dae om geswaai aan die tou, terwyl die trekkervragte perskes aangery en ingedra word.

Met 'n plukkis op sy skouers het Duif eendag vlak voor die deur inmekaargesak. Hy is terug hospitaal toe. Toe dit blyk dat hulle niks meer vir hom kan doen nie, is hy teruggestuur.

Die somer was op sy kwaaiste, selfs die rietdakhuisie was soos 'n bakoond, en hulle het 'n matras onder die boom ingedra, in die koelte in. Die kind het by hom gesit.

Koekie het nou dubbele skof gewerk: soggens by mevrou Willemse in die huis, namiddae saam met die pakkers in die skuur. Dit het met hulle skraps gegaan. Duif het sy laaste betaling voor Kersfees ontvang. Daarna was hy nie op meer geregtig nie, omdat hy nie lank genoeg by die firma in diens was nie. So het die man by die kantoor gesê toe Koekie die nuwe loop van die siekte rapporteer. Nadat mevrou Willemse tussenbeide getree het, het hy beloof om met die sosiale werkster te praat en iets vir hulle te probeer reël; hy kon miskien 'n klein toelaag bewerkstellig: 'n pensioentjie. Maar eers nadat die doktersverslae ingedien is.

Gedurende die lang somerdae pas die kind haar pa op. Sy dra kommetjies fonteinwater vir hom aan; om te drink en ook om hom mee af te spons. Nadat sy hom gelaaf het, vou sy die waslap vierkantig en lê dit oor sy warm voorkop, smeer dan sy styfgeswelde arms en bene en buik met Vaseline in totdat hy blink soos donker hout. Dan neem sy 'n bloekomtak en waai die vlieë weg. Sy waai en waai tot sy oë toeval. Hy slaap vir lang tye, maar is nie beter as hy wakker word nie.

"Een van die dae begin die skool," sê sy op 'n dag. "Ek sal in standerd een wees. Ons gaan nuwe boeke kry. Ek gaan 'n nuwe musiekboek ook kry. Die juffrou het bestel," babbel sy. "As ek gereeld oefen, gaan ek vir die eksamen speel. Mammie sê 'n mens moet jou eie klavier hê. Maar ek wil nie regtig nie. Ek hou nie danig van klavier nie. Ek wil verpleegster word, ek hou van siek mense, om hier by jou onder die boom te sit, tussen die akkers en pampoene en die skoppelmaai, kyk hoe wieg die tou, Pappie, Pappie! Pappieee!!!"

Duif het die dag sy eerste koorsaanval gekry, hy het aan die ruk en bewe gegaan en was klappertand toe die mense by hom kom. Die kind het toe al die kommetjie water oor hom omgekeer en hom met haar rok afgedroog en 'n sak oor hom getrek.

Dit het grootmenssake geword en Koekie was verplig om hulp te kry. Sy het Bawa van Voorberg af laat kom om te kom kooi opmaak en kos kook. Daar was nie brood in die huis nie en die vuur onder die driepoot was koud. Die gasbottel was toe lankal leeg. Die kind was aan't verwaarloos. Haar hare, altyd mooi uitgekam en vasgemaak, het pluiserig geword; daar het wit kolle op haar gesig uitgeslaan soos dié van kinders wat omlope het, of wurms.

Sy huil stilletjies en op 'n dag kry Koekie haar in 'n hoekie sit met haar vuiste in haar mond gedruk.

Bawa sê: "Antie Florrie was hier." Florrie het kamma met 'n kommetjie groentewater gekom vir Duif. Duif kon toe reeds nie meer by die matras onder die boom kom nie, en het in die afgeskorte kamer gelê met die venster bo sy kop wyd oopgespalk vir lug. Florrie het hom die sop gevoer en toe sy loop, vat sy die kind aan die hand, tot binne-in haar kamer waar sy die deur toedruk. As Duif sterwe, het sy gesê, vat hulle haar terug, want sy weet dit nie, maar Koekie is nie haar eie ma nie. "Jy behoort by ons, Tillie is jou ma." Só het Florrie met die kind gepraat.

Koekie was boos. Eers raas sy met die kind: "Vir wat huil jy daaroor? Ons het nog nooit vir jou iets weggesteek nie, ons het jou alles vertel toe jy groot genoeg was om te verstaan! Hoekom het jy nie vir antie Florrie gesê nie?"

Toe loop vlieg sy vir Florrie in. "Skaam jou, antie, om die kind so op te ja. Kyk hoe lyk sy!" Die kind se oë was dik gehuil. "Dink liewer daaraan, toe Tillie op die skoolbanke verwagtend geraak het en daar niemand was om die kleintjie –"

Florrie het ingesny: "Jy moenie dinge verdraai nie, ons Monke gooi nie 'n kind weg nie, julle het met 'n slinterslag –"

Koekie het haar doodgepraat: ". . . toe het ek en Duif vorentoe gekom. Ons was bereid. Noudat ons haar groot het, nou wil julle haar terughê. Tillie het man en kinders. Wat wil hulle met nog maak? Julle is klaar te veel vir een huis. En wie sê die kind wil by julle wees? En wat van ons? Wat van my? Sy sit hier vasgegroei!" en Koekie wys op haar hart.

"Jy, wat voel jy? Jy is niks van haar nie. En Duif staan nie daar op nie. As Duif sterwe, kom sy terug na haar mense toe. Jy kan nie vir haar sôre nie."

"En hoekom skielik nie? Wie het al die jare help werk?"

"Nie jy alleen nie. Jy kan nie eens na jouself kyk nie. Hoe sal dit sonder Duif gaan? Hier is hy skaars twee maande siek en julle is toe onder die skuld. Ek hoor jy slyp jou tande vir pensioen. Julle moet nog eers sien of julle iets van sy werkplek gaan kry."

"Dis vir die kind. Mevrou sê hulle sal vir haar gee; sy help my met die aansoek. Ek kan werk. Daarby het ek 'n huis. Die huis op Voorberg kom volgens kerkwet na my toe."

"Maar dit staan op die genootskap se grond. As jy nie oppas nie, vat hulle dit onder jou uit. Want julle gee herberg aan Adam en Bawa."

"Adam en Bawa kyk na Ma. En Bawa help my met die siekte."

"Adam en Bawa leef ongeërg. Hulle is nie getroud nie. Dis teen ons kerk se wette. Jy maak die kind in sonde groot. Ek sal sien dat jy nie jou voet in daardie huis sit nie." En Florrie gord haar met 'n skoon voorskoot en kopdoek en sit af predikant toe.

Daardie selfde nag sterf Duif.

Terwyl ou Mietjie die lyk uitlê en Bawa kamer skoonmaak, is Koekie vooruit en agteruit om haar dinge gedoen te kry: 'n wit rok vir die kind, swart vir haarself. Die kantoor moet in kennis gestel word. Hulle wil 'n afskrif van die doodsertifikaat hê. Sy moet die welsyn laat weet. Wat om haar aangaan, weet sy skaars, sy laat Mevrou die oplui- en praatwerk doen.

Haar huis sit vol wakers; mense kom van naby en ver om vir laas na Duif te kyk wat gekis agter die toegetrekte gordyn lê, te aardig, so blou en styf. Oë word met doekpunte afgevee, neuse in die voorskoot gesnuit. Die arme kind. Vir haar kry hulle nie verder as die drumpel nie. Dis te donker daar binne. Hoekom steek hulle nie meer kerse vir haar pappie aan nie?

Florrie het kerse laat haal en met 'n kersvlam in elke hand lei sy die kind agter die gordyn in.

As dit kon, het Koekie daardie einste dag ná die begrafnis padgegee. Maar dis nie net vir bondel en klim nie. Sy sou moes wag tot haar sake afgehandel is, dit vra tyd, die possak kom maar twee keer in die week.

Om vir die pensioen in aanmerking te kom, moet sy 'n huweliksertifikaat toon, skryf die welsynbeampte. Daar is 'n vorm om in te vul. Sy moet besonderhede verstrek oor hul woonplek, inkomste, hoeveel kinders daar is. Mevrou Willemse help vul in. Die laaste vraag het Koekie onkant. "Die kind is nie ons eie nie. Sy is aangenome."

"Wettig aangenome?" vra Mevrou.

Koekie knik. Usche het die Alkaster-naam.

In dié geval moet hulle net die aannemingsertifikaat saam met die ander dokumente stuur.

Koekie het die swart toeknip-handsak onder uit haar klerekas gaan haal. Hul belangrike goed is alles daarin weggebêre: foto's, briewe, koerantknipsels met doodsberigte; ook die lang, bruin koevert met hul papiere. Koekie het dit voor Mevrou oopgemaak, trou- en geboortesertifikate uitgehaal, hul doopseels. Toe, met vingers wat skielik dom is, begin sy grawe. Die briewe word een vir een oopgevou, foto's deurgeblaai, die koevert heeltemal oopgeskeur. "Dit was anderdag nog hier, ek hou dit altyd hier. Vandat die juffrou dit vir my gegee het, nadat die laaste tjap daarop gesit is; ag jaar al."

"Miskien het jy dit net verlê," stel Mevrou haar gerus en stuur Koekie om nog 'n keer te gaan kyk.

Nadat sy die kamer omgekeer het, weet sy: "Dis weg. Iemand moet dit gevat het. Dis gesteel. Ek weet dit. Dis antie Florrie." Koekie is heftig oortuig. "Sy het in my goed gekrap. Die dag toe ons Duif begrawe het, het sy kans gehad om in die huis in te gaan. Sy wil my kind hê, toe kom vat sy die bewys. Wat maak ek nou?" Sy byt haar vingers. "Mevrou moet asseblief help. Mevrou moet met Florrie gaan praat."

Willemse se vrou het haar hare reggestoot en saamgestap. Florrie Monk staan voor haar agterdeur by 'n bad diksel waarin sy 'n bank vuil klere inweek.

Versigtig benader Mevrou haar. Sy wil nie onenigheid hê nie, dis nie die tyd vir baklei en kwaaivriendskap nie. Sy wil hê hulle moet soos grootmense optree. Dit gaan hier om die siel van 'n mens. "Dink aan Usche. Hoe moet sý voel, sy het nou reeds haar pa verloor, en nou wil jy haar van haar ma af wegneem. Jy maak nie mooi nie. En jy het ook geen wettige aansprake nie."

"Ek is die ouma," sê Florrie en stroop haar hande af, "niemand het die reg gehad om die kind weg te teken nie. Ek kan daardie papiere uit Pretoria uit laat terugkom het, ek is Tillie se ma, en Tillie was nie mondig nie. Dit het ek vir die welfare-juffrou gesê ook. Toe sê sy: Jy het klaar soveel kleintjies, oudste. En Koekie se werkgewer het kamma sulke goeie rekommente gegee. Toe los ek dit maar. Daardie dag moes ek gepraat het. Maar ek was bang. Nie vir Koekie nie, maar vir my God! Want hy kan die kleintjie laat sterwe het, en wie sit met die smart! Nie sy nie, want sy het nie die kind gebaar nie, maar Tillie, en ek, die ouma. En daar was die arme Duif." Duif wat anders nooit 'n kind sou hê nie, en so graag wou. Altyd met ander mense s'n op die knie gesit het, verleë gelag het as die mense hom spot oor hy nie mans genoeg is vir Koekie nie!

Florrie het byna onder Koekie ingeklim. "Jy, Koekie, kan jou eie kinders gehad het as jy hulle nie tot niet gemaak het nie. Later, toe kan jy nie. Jy's nie verniet 'n geraamte nie. Is 'n wonder jy't jou nooit doodgebloei nie. Toe maak jy of dit Duif is. Jy's 'n vark, Koekie, en 'n sleg. Jy kan 'n goeie werker wees nes jy wil, maar as jy saans jou baas se deur agter jou toeklap, is dit 'n ander Koekie wat die straat vat! Jy's die naam Ma nie werd nie. Ek vat die kind. Sy is myne. Ek het die hef in die hand!" En Florrie klap met haar nat palm op haar plat papierbors.

Soos 'n dier spring Koekie op haar. "Gee!" skree sy en pluk aan Florrie dat 'n paar roksknope spat. "Jou ou vuil trens, ek het nie my kind snotneus grootgemaak nie!"

"Nee, want jy't 'n ander laai. Ek ken jou onder jou fênsie maniere. Jou mure is nie dik genoeg nie, ek weet wat in jou huis aangaan, wat jy van die kind laat aandra en vir Duif leer drink het: bitters en koeldrank tot hy die heilige rooi bloed pis. Duif is nie van kopseerpille dood nie —"

Koekie se gesig het vaal geword. "Die Here is my getuie —"

"Moenie laster nie; waar's die kind, roep haar liewer, dat sy kom sê. Laat sy vertel van die boks wyn in die koelkas, en die maagbitters en witdulsies —"

"Mense!" Mevrou Willemse kom tussen hulle in en verloor byna haar bril. "Wag! Hoekom wil julle mekaar uitroei? Florrie, kry jou rus. Ek wil niks verder hoor nie. Koekie, los. Bly uit mekaar se klere uit. As die papier weg is, is dit weg. As Florrie dit geneem het, laat haar dit hou. Dis nie belangrik nie. Ons kan altyd 'n duplikaat aanvra. Intussen sal die sosiale werker tevrede wees met die doopseel. Ek sal alles aan haar verduidelik. Sy sal die beste weet en doen wat reg is vir die kind. Sodra ek van haar gehoor het, sal ons weer praat. Gaan nou huis toe, Koekie. Florrie, laat daar vrede wees."

Op die middaguur is die werf onnatuurlik stil. Onder die pot-deksels uit walm die reuk van kos. Terwyl die vrou aanstap, hoor sy Koekie roep, sy roep die kind se naam: Usche! Oesjie! Oesjietjie!

Die kind antwoord nie.

Onder die oorhangtakke van die skoppelmaaiboom is daar slegs 'n ligte roering. Dan sien mevrou Willemse: die kind hang kop onder-stebo aan die dik tou, haar bene oormekaargeslaan om 'n greep te kry. Haar arms hang los van haar lyf af terwyl sy heen en weer swaai oor die plek waar Duif die lang somer om gelê het, en haar pluis-kuif vee deur die stokkies en droë blare en maak die grond gelyk.

Die vrou van Jakob Els

Die vrou van Jakob Els was 'n stewige mens met sterk arms en bene, breë heupe en 'n vol boesem. Onder die slaprandkappie wat sy ver teruggevou het van haar smal voorkop af, was haar ronde gesig stralend blink, met 'n skyn van geluksaligheid in haar klein, weggedoke oë.

Die lewe het sy gevat soos dit kom. Meestal was dit goed vir haar. Sy het nie meer verwag as wat sy daaruit gekry het nie. Die klein genadegawetjies het sy met dankbaarheid ontvang.

As die suurdeeg die oggend die deegkom vol rys, of die seeppot skei nadat sy 'n flukse hand vol sout bygegooi het, sug sy voldaan. Met 'n gevoel van vervulling maak sy dan die brood op en pak die wit stene op die spensrak weg om droog te word. Deurwasem van die soet reuk van muskaat en die varsheid van kapokwit bollings seepskuim, dink sy nie meer aan die bakkerbos se vlam in die bakoond en die dampende brousel van vet-en-loog oor die oop vuur op die blakende werf nie.

Sy aanvaar die gang van die seisoene wat hulself aanmeld met son en wind en reën. In daardie geweste is dit byna altyd somer, warm en droog en onderhewig aan die suidewind wat stofsnuif opkarring uit die vaalverbleikte bog. In die herfs, as die weer omslaan na oos, kom wolke rooisand oor die horison aangerol. Dis die voorloper van die kortstondige winter. Met die noordekenter kom die koelte.

Die dorstige aarde ontvang die eerste reën, suig dit op en gaan aan die lewe. Opslag slaan bitter uit en die gousblom en stinkkruid kleur die wêreld in tinte van geel. Kiesieblaar en soutslaai rank die kaalte toe.

Maar eers, voordat die veld uitbot, steek die koekemakrankas kop uit. Die groen kroeshaarpolle wat hul vrugte in die sand ryp maak, gee kos.

In die voue van sy verrekte baadjiesak dra Jakob die geurige, oranjekleurige pitjiesvrugte vir sy vrou aan. Nog voordat hy hulle uit-haal, herken sy reeds die wilde, soet reuk. Sy teug diep aan die dik ou sandmanne wat sy tussen haar palms rol totdat die velletjies deur-skynend sag is, reg om te bars. Sy maak haar mond oop en laat dit op haar tong lê, en suig totdat die teer omhulsel breek en die saad loskom. Die donker pitjies loop in haar keel af.

Sagte buitjies reën lyf die winter in. Dit sak uit in die nanag. In hul warm kooi luister Jakob Els en sy vrou na die ligte suising op die sinkdak, en dink aan die saad in die omgedolfde lande, en die oes waarop hulle hoop. Soggens buig die grashalms diep onder die swaar vrag druppels.

Dit gebeur nie dikwels nie, maar as die wind op noordwes draai, staan daar 'n stormweer op en kom die onweer oor die see aan. Die aanslag van die reën klink soos kartetse op die skuins dak. Water raas in die geute en vloei oor die stoep. Die vloed sleur die grond weg en spoel vore oor die werf, oor die barre grond.

Onverwags breek die skanse om die vrou weg en gaan sy onver-klaarbaar aan die huil, en onbedaarlik, sodat Jakob nie weet wat om te doen nie. "Moenie so huil nie, asseblief," soebat hy magteloos en probeer met onbeholpe gebaartjies troos. Maar hy kan nie. En sy kan haarself nie keer nie.

Daar kom tye dat sy stilletjies huil, terwyl sy wasgoed inseep en uitvryf, en op die bos natspat om die hardnekkige vlekke uit te bleik. Saam met die bloederige waswater keer sy maand ná maand 'n verwagting in die los sand uit.

Die vrou van Jakob kan nie kinders kry nie; sy wat in soveel opsigte geskik is om ma te wees. Nie net het sy die warm, moederlike figuur en geaardheid nie, maar sy kom ook uit 'n groot huisgesin.

Sy is die oudste van Jan en Annie Visser se dertien kinders. Hulle het haar Cecilia laat doop. Sy was 'n pragtige baba, stroopsoet en spekvet. Die outjie kon uit haar velletjie bars. Sulke twee kieste, hul stoot die ogies skoon toe wanneer sy lag.

Van dié kind, dink Annie nog, maak sy 'n model, toe die oggendnaarheid haar oorval en daar van gesmokte rokkies en fyn maniertjies niks kom nie.

Cecilia was skaars twee, toe weet sy van suikerprop in die mond steek as die tweeling skree. Sy klim saam met hulle in die wieg en skommel hulle totdat hulle al drie slaap, ingeryg soos klein varkies in 'n trog.

Wat Annie sonder haar sou doen, wis sy nie. Wanneer haar pa bedags slaap, pas sy kind op onder die boom verste van die kamervenster af; sy vee neus af, ruil doeke om, help bad en voer, en die speenoudenetjie vat sy snags by haar in die bed. Dit word 'n uittelspeletjie: een vir my, een vir Ma.

Sy was toe lank reeds nie meer Cecilia nie; die boeties en sussies het haar kortweg Sissa genoem.

Sissa was 'n plomp jong meisie. Mooi was sy nie, daarvoor was haar gesig te stoets, die neus te kort, die mond wyd met vol lippe en groot, wit tande. Haar hare was te min vir 'n vlegsel. Sy het dit agter haar ore vasgesteek. Die los, bont voorskootrokke wat sy vir haarself aan-mekaargestik het, het sy soos 'n uniform gedra, gerieflik om uit te dop as 'n kleintjie suurmelk oor haar skouer opbreek, maar fatsoenloos.

Vir Jakob was sy goed. Hy was nie meer jonk nie en alleen met die veetroppe op sy uitlegplaas anderkant die Knakiesberg.

Dit het 'n gewoonte geword dat hy wintertyd sy kwota snoek-mootjies by Jan Visser kom koop. Daarvoor het hy voornag opgestaan, sodat dit nog donker was as hy kom aanklop. Wat hy raakgesien het as die dogter kom oopmaak, was die plaat parsysters op die swart stoof, en die wal strykgoed eenkant op 'n stoel gestapel. Terwyl die ander nog slaap, was sy op en aangetrek en aan die gang. Dis sy wat vir hom koffie geskink het en hom weggehelp het met die vis, en nie omgegee het om haar voorarm diep in die pekelkuip in te steek nie.

Meer nog, sy kon so aandagtig luister, én uitvra na sy lewe op die veepos, die bees en skaap en bok. Soms, wanneer hy 'n storie van ver gaan haal het, by die tyd toe sy oupa-goed agter winterweiding aan getrek het en die veewerf aangelê is, het hy sy tyd gruwelik versit.

In haar verbeelding het sy die hartbeeshuis so duidelik gesien, met die kookskerm langsaan, geslaan van doringtakke, die werf van sand en bossies en klip, die klipbakke onderkant die huis waar die vee kom drink, die gepakte bokkrale, die bokke en hul lammertjies wat so ver-maaklik is, maar wat 'n man tog so kan laat sukkel.

'n Boklam is nie elkeen se maat nie. Bokwerk is eintlik vroumens-werk. En dis nie eens elke vrou wat daarvoor kans sien om ma vir 'n stuk of honderd boklammers te wees nie.

Hulle het gewag tot Annie se laaste kind van die hand af is voor-dat hulle trou. Sissa was toe vier-en-twintig.

Sy was nie haastig om met 'n gesin te begin nie. Dit kan wag, het sy ligtelik daaroor gepraat, sy wil eers 'n bietjie voel hoe dit is om loshand te wees. Maar dit nie regtig bedoel nie, want sy weet: met 'n vrou gebeur dinge mos maar. Hoeveel male het sy dit nie met haar eie oë gesien nie, hoe haar ma 'n kind wat nog wil drink van die bors moes weghaal, hoe die spatare aan haar bene swel, hoe sy lusteloos word terwyl haar lyf verander.

Die drievertrekhuis op die veepos was nes Jakob dit beskryf het, van die kookhuis met grondvloer tot die dassievelkaros waaronder hy slaap. Voorlopig het hy 'n nuwe dak laat opsit, en sy het self die mure afgewit en die vuurherd met rooi klei bestryk. Maar toe die binnekant netjies gemaak was met die goedjies wat sy saamgebring het, met die dreskas, en die linoleum op die voorhuisvloer, was dit lamtyd.

'n Bok is 'n wilde ding en die ooie gooi maklik lam weg. Daarom word die lammers agtergehou as die trop soggens veld toe gaan. Die swakkes kom in die lammerkraal en dié wat al kan wei, loop los op die werf.

Die geblêr van die lammers laat die ooie smiddae vroeg aanstreep huis toe, hul uiers stokstyf van die melk.

Gewoond aan 'n span iesegrimmige kleintjies wat saans almal gelyk wil bad en eet, kom Sissa gou die slag agter. Voor die ooie op die werf is, keer sy die lammers almal in die kraal. Dan melk sy eers, en daarna kry elke bok haar lam. Sy het later net geweet om die regte lam vir die regte ma te gee. Die melk wat sy uithou, kry die bokkies bedags. As hulle haar sien aankom met die emmer en bottels, word sy vertrap, en dié wat nie dadelik 'n speen kry nie, suig aan haar hare en klere en vingers, sodat sy taai is van die slym wanneer almal dik is.

Haar natuurlike slag met die jonggoed het Jakob die skaaplammers wat die ooie in 'n droë jaar los, laat huis toe bring, en die klein varkies ook. Vir een soort moet daar eiergeel by die melk geklits word as hy nog nie bies gehad het nie, vir die ander 'n lepeltjie room, en as die melk te sterk is en die mae werk, dous sy met haarlemensis en wonderkroonessens.

Op dié manier bring sy 'n flukse boerdery op die been. Die oop bossiewerf wil uit sy nate bars. En Sissa is blink verhaar.

Jakob Els glo nie aan 'n blylêdier nie, lag sy as die familie haar terg dat sy by die dag ronder en swaarder word. Die bont voorskootrokke het aan haar gespan. Die eerste keer toe sy met 'n lap goed by haar ma aankom en vra dat sy effens ruimer moet knip, het haar ma veelseggend na haar lyf gekyk. Maar daar was niks. Sissa het elke maand gewas.

Eers het dit haar nie gepla nie. Haar lewe was so volkome saam met Jakob. Wat meer kon sy vra as om saans in die ou kookskerm by die grondherd langs hom te sit, die skaaphondjies by hul voete. Dan vertel hy hoe hulle die douspoor van 'n bokkie gehou het, muishond of skilpad gesoek het, 'n hasie gevang het, waarvan hy die sagte kwassie vir haar bring.

Sy streel haarself daarmee, oor haar wang en in haar nek en oor haar mond; dieselfde sagte kielierigheid as die haasvelkaros waaronder hulle snags lê.

En langsamerhand kom daar tog 'n begeerte. Toe sy teenoor haar ma bieg, vertel Annie van 'n vrou wat sy geken het, wat vyf jaar getroud was, en toe 'n bottel wit medisyne by haar dokter gekry het. Die bottel was skaars leeg, toe sit sy.

Hulle was by 'n dokter, sy en Jakob albei. Sy het haar aan allerhande toetse onderwerp, maar toe daar sprake is van sý saad ... Jakob was sommer ongemaklik kwaad, dat iemand kon dink ... is hy miskien 'n ... 'n ...?

Een maal daarna het sy die moontlikheid van aanneming aange-
roer. Die wit kring om Jakob se mond het haar laat skrik, en sy het
laat staan; en die dinge vir hom gedoen wat vir kinders bedoel was:
oondkoek gemaak en bakpatats en kwepers om uit die skil te eet.

Maar die aande het al hoe korter geword. Veral as dit koud is, het
Jakob vroeg kamer toe gegaan. Hy het gekla van 'n pyn in die bors.
Dit het begin met 'n wind wat hy nie kon afsluk nie. Die kos, het hy
teenoor haar gekla, is dalk te kragtig – die wors en lewer en gebakte
eiers wat sy vir ontbyt voorgesit het. Die lekker vet stukkies borsvleis
in die bredie het hy eenkant toe gekrap. Kerrie en tamatie en soetig-
heid stoot ook die gebrand in sy sluk op.

Hy het maer geword. Voorheen was hy altyd skraal, die ene sening.
Hy stam uit die dun Else, mense wat nie moeg word nie, wat die end
van hul krag nie ken nie. Hoe Sissa ook probeer het, sy kon nooit
daarin slaag om 'n bietjie vleis aan sy lyf te kry nie. Als wat hy eet,
word weer net so verbrand.

Nou was hy uitgebrand. Hoewel hy nooit daaroor gepraat het nie,
het hy sy teleurstelling in sy werk begrawe. As hy 'n seun gehad het,
sou dit anders gewees het; sou hy hom saamgevat het, oral op die
plaas; kon hy hom 'n dikkop- of kiewietnes gewys het, geleer het
watter veldkos om te eet, leer korrel vat het op 'n voël in die vlug.

Hy bring lang dae in die veld deur, span draad en maak kampe, lê
pype om water by die suipings te kry, kap bosse uit en ploeg lande
om, saai voer vir die vee. Om in dié wisselvallige omstandighede ge-
noeg kos en water vir die diere te voorsien is 'n voortdurende stryd.

'n Boorgat het juis ingegee, en hy was die dag by die windpomp
besig om die pype op te trek toe hy die toeval kry. Toe die warmte
in hom opstoot en die sweet oor hom uitbreek, het hy van pure

benoudheid sy hoed afgepluk en van hom weggegooi voordat hy inmekaartuimel, bo van die platform af. Die handlanger het gekeer dat hy hom nie onder te pletter val nie, maar hy was nogtans pimpel en pers en is vir dood huis toe gedra.

Dit was sy hart. By die swak maag het hy toe nog die hartkwaal ook. Voortaan sal hy versigtig moet wees om homself nie te veel te vermoei nie. Sy dae van klim en klouter, van nagte deur ploeg, is op 'n end. Dit besef hy self.

Afgesien van die twee veewagters was hulle heeltemal alleen daar onder die Knakiesberg. Sissa verpleeg hom met sorgsaamheid in die bed terwyl hy van sy kneusings herstel. Maar sy krag het hy verloor. Sy eens bruin gesig het 'n grys kleur gekry, sy neus staan skerper uit, sy oë sit dieper, en 'n weekheid het oor hom gekom.

Hy kyk na haar op. "Wat gaan ons doen, Sissa?"

Haar ouers, toe reeds bejaarde mense, het lank reeds aangehou dat sy en Jakob hul huis by die see moet oorneem en daar kom bly sodat hulle saam kan wees. Jakob kon die lande verhuur, en een maal 'n week na die veepos ry waar die wagters oog hou. Vir wie breek hy hom nou nog?

Maar die plan is altyd uitgestel, hy moes dip of dous of skeer. As hy en Sissa vir die ou mense gaan kuier, was dit nooit langer as 'n naweek nie. En Sondagmiddag gun hy homself skaars rus totdat die vroumense die skottelgoed klaar gewas het, dan begin hy onrustig word en moet Sissa hul goedjies bymekaarsit.

Die grond is in sy grein; hy is vasgewortel daaraan. Die stil veepos het hulle gedra deur goeie en slegte tye. Die plek is vir hulle alles; dit het ook haar tuiste geword.

Van hul voornemens om die huis te verander en verbeter het daar nooit iets gekom nie. Dit was nie nodig nie. Die kamer en voorhuis en kombuis was vir hulle genoeg, en die kookhuis van ouds met die grys as van die herd.

Met sy hande slap op sy knieë het hy na haar opgekyk.

Sy het gerusstellend oor sy kop gevee, daar waar die hare al min geword het en die kopvel geel deurskyn. "Ons bly net hier, Jakob," sê sy sonder om verder daaroor te dink. "Ons sal regkom. Die somer is al verby, dit reën een van die dae, dan is daar genoeg kos vir die skaap. Daar is niks om jou oor te bekommer nie. Word jy net sterk. Ek sal na alles kyk."

Met haar voete stewig toegeryg in uitgetrapte velskoene, haar roksmoue hoog opgerol, vat sy by hom oor.

Hy het ingesien dat die boerdery te groot is. Van alles was daar te veel. Hoeveel het twee mense soos hulle tog nodig om van te lewe? Die bees word dus verkoop, en hulle besluit om net genoeg skaap oor te hou vir slag en om Jakob besig te hou as hy weer beter is. Die lande laat sy oorlê. Die bokke het sy gehou. Selfs in tye van droogte kan hulle vir hulself sorg. Hulle sal op hul agterbene staan en in 'n bos klim om die hoogste toppe by te kom.

Soggens vroeg, solank die ketel kook, stap sy bokkraal toe. Die lammers wat heelnag by die ooie geslaap het, is dik gesuip. Sy keer hulle weg en melk haar beker vol vir oggendkoffie en pap. Dan laat sy die wagter die trop veld toe jaag.

Vir Jakob laat slaap sy laat. Nadat sy opgestaan het, druk sy die haasvelkaros styf agter sy rug in om te keer dat hy nie afkoel nie. Sy laat hom tot sonuitkom slaap, totdat sy al haar draaie buite klaar geloop het. Dan kom versorg sy hom. Sy pas hom op soos 'n kind en kook vir hom sagte kossies: pap en bokmelk, meelpampoen en kookvleis met 'n lang sous, sag sodat dit van die been af val, 'n lymerige balsem vir sy swak maag.

En langsamerhand kom sy kragte terug, stap hy weer, elke dag 'n entjie verder met behulp van die taaiboskierie wat sy vir hom laat sny het. Totdat hy eendag weer veld toe gaan.

Die winter was toe omtrent verby. Die tyd van die koekemakrankas was lankal verby sonder dat hulle dit agtergekom het. Hulle het glad nie daaraan gedink nie. Moontlik het die diere dit afgewei. Sissa was so besig. Die bokke het die jaar drielinge gegooi en sy het haar hande vol gehad met die lammers.

Die veld was 'n lus om te aanskou, die slaaibosse het om die huis geblom, soutslaai en pietsnot het soos 'n tapyt gerank, die rooi van aalwyne en katjietee het in die klipperigheid gevlam.

"Ek stap 'n entjie," sê Jakob die middag en vat sy kierie. Hy is soveel beter, daar is kleur in sy gesig en hy het meer asem.

Dog Sissa is versigtig. Sy laat hom 'n frokkie dra en wolsokkies aan sy voete. "Moenie te ver gaan nie," vermaan sy.

Sy self maak reg om af te gaan na die klipbakke. Die bokke is reeds in aantog. Nadat sy die lammers in die kraal gejaag het, laat sy die ooie verbykom. Sy melk en keer elke ooi se lam vir haar uit. Maar laat dit aan die veewagter oor om klaar te maak toe sy Jakob sien terugkom. "Melk julle maar klaar." Die aandlug is skielik skerp. En sy wonder of daar nog vuur in die herd is.

Haastig maak sy eers 'n draai by die hoenderhok, strooi voer en haal die paar eiers uit.

Jakob is voor haar in die huis, en toe sy oor die drumpel stap, ruik sy dit: die skoon, fris naeltjieruik van die blou lelietjies. "Pypies!" roep sy verruk uit en druk haar gesig in die bossie blomme. "Is dit vir my? Waar kry jy hulle?" Na regte behoort die veldlelies reeds uitgeblom te wees.

"In die rietveld," antwoord hy.

Dadelik is sy besorg. "So ver?"

Hy glimlag. "Nie so danig ver nie. Maar dis die laaste ..." Hy sak neer in 'n stoel en sy druk 'n kussing agter sy rug in, blaas die vuur aan om melk warm te maak.

Nadat sy die kastrolletjie opgeskuif het, haal sy 'n pot uit en sit die blomme in die water, en toe sy weer omdraai, merk sy dat hy aan die slaap geraak het. Maar hoekom is sy mond so blou? Sy hande so koud? En sy voorkop so klam? Sweetdruppels so groot soos haar duimkop slaan op hom uit.

"Nee!" Sy roep die Here se naam, en dan roep sy Jakob s'n. Maar hy antwoord nie, hy hoor nie meer nie. Sy arms hang slap en sy vingers val oop.

Die veewagter se vrou het hulle so kom kry daar op die vloer voor die vuurherd: Sissa met Jakob in haar arms.

Asof hy een van haar swak jong lammers is, het sy hom opgelig en toegevou in haar voorskoot wat nog na vars bokooi ruik.

Woestyn

Die twee mense het die vreemde in getrek sonder om te weet waarheen hulle op pad is. Hul bestemming is nie op die landkaart aangeteken nie. Voor die Kompanjie en die fabriek se tyd was die Kranse bloot 'n landmerk vir kreefvangers aan die rotsagtige kus.

Vir Emma is dit 'n eindelose reis van 'n dag en nag met die trein, en daarna duur dit nog 'n voormiddag per motor. Toe sy eenmaal, tam en rysiek, haar oë oopmaak, is hulle in die middel van 'n onherbergsame vlakte waaroor 'n skroeiwarm wind woed, en rooi vlae sand opskep waarmee dit wals tot aan die einder waar opgeefsels beef soos wasem bo 'n kookpot.

Woestyn, het sy die oggend gedink toe hulle op die verlate klein stasie tussen dorre rante afklim, en gevoel soos die swanger vrou van wie Jesaja skryf, wat voor 'n draak uit die woestyn in gevlug het. Die dogtertjie op haar arm is weinig meer as 'n baba; twee en 'n half jaar oud met donsige haartjies, 'n vel lig soos haar eie, en sensitiewe blou oë.

Wahl het sy hoed diep oor sy hoë voorkop afgetrek en gehelp om hul tasse na die wagtende motor te dra. Hy en die bestuurder gesels, waarskynlik oor die fabriek. Die naam McKenzie duik kort-kort op, soos 'n dobberende boei vasgeanker onder die water.

Sy is steeds oorbluf deur die haas waarmee dinge die afgelope weke gebeur het: McKenzie se brief uit die bloute, die werkaanbod, die dringende oproep: Hoe gou kan Wahl kom? Hulle het hom nodig.

Die hele plaas het reeds daarvan geweet en hy het klaar besluit voordat sy gehoor het: hulle trek, sy moet inpak.

Dit sou nie die eerste maal wees nie, en sy was versigtiger. So ver? So godvergetend ver? Nogtans het sy geweet hulle moes gaan. Mc-Kenzie bied hulle 'n uitkoms.

Wahl het toe al geruime tyd nie 'n vaste werk gehad nie, hulle was sonder geld of heenkome, sy en die kind rondgeslinger tussen familie wat al begin wonder het wat van hulle gaan word.

Hul trek is kom laai en met 'n vragskuit vooruit gestuur. Hulle is van treinkaartjies voorsien, en daar was iemand om hulle by die stasie af te haal. Die kar, het die man opgemerk, is die enigste op die Kranse, en behoort aan die baas. Al wil jy, waarheen ry jy, en dit op só 'n pad?

Dis ná die middag toe die Kranse in sig kom. Die wind het toe al stil geword en die getande baaitjie lyk kalm en liggroen, maar waar die strome dieper werk, is die kiel donkerblou en die rotse gevaarlik.

In die bedenklike beskerming van 'n halfversteekte rif staan die fabriek van sink en plank, gedeeltelik op land, met 'n verlenging wat uitflap oor 'n houtkaai.

'n Tiental huise van sink met spits staandakke en ingekamp met hakiesdraad, is agter die winkel op die hoogte bo die baai geleë. Die huis waar Emma en die kind afgelaai word voordat Wahl na sy nuwe werkplek geneem word, is aan die buiterand van die Kamp; een van drie platdakgeboutjies op 'n sanderige werf omring deur doringbosse.

Dis 'n drievertrek met 'n aangeplakte kombuis en grondstoep; die binnemure en plafonne van hout, bruin geverf. Binne is dit tingwarm, en vuil. Hul huisraad het reeds aangekom en is in die voorhuis staangemaak: die teekis met breekgoed, 'n tafel en stoele, kooie en klerekas, 'n bietjie losgoed in paraffienkiste.

Met die kind in haar sy weifel Emma in die middel van die warboel toe 'n vrou haar deur vol staan; swart gevoorskoot en kaalvoet, haar kop klein geknoop in 'n donker doek, die oë uilagtig geel in 'n nes van plooie. Sy is Sankies Kok, Emma se naaste buurvrou.

"In die huis met die evergreen voor. Hy lok vlieë, maar hy maak skade, en is slaapplek vir my hoenders." So stel Sankies haarself bekend.

Sankies is die eerste en oudste intrekker op die Kranse. Haar man, Jek, is destyds saam met twee agente gestuur om 'n geskikte plek vir 'n fabriek te soek. Met 'n kano van seil is hy tot in die middel van die baai waar hy 'n boei met die Kompanjie se naam daarop geanker het. Die eerste tyd het hulle onder 'n seil agter 'n doringbos geskuil voordat daar vir hulle 'n sinkhok opgeslaan is.

Terwyl die geboue opgeslaan is, was sy die enigste vrou tussen die mans en moes sy sien en kom klaar met 'n drom water en net die noodsaaklikste kosgoed wat vir hulle afgelaai is.

In dieselfde asem waarmee sy Emma laat verstaan dat swaarkry haar voorland is, bied Sankies aan dat sy melk by haar kan kry, en botter, en mis om haar stoep te smeer. Sy hou nie net hoenders aan nie, maar ook 'n koei en 'n vark wat sy met kombuisafval voer, van broodkrummels tot vleiswater.

Met Sankies se hulp is die meubels min of meer reggeskuif toe Wahl later, vergesel van die McKenzies, terugkom. Emma het 'n kamer skoon waarin hulle kan slaap, en vir McKenzie en sy vrou kan sy 'n stoel aanbied, wat hulle bedank. Hulle het net kom groet voordat hulle vir hul aandwandeling gaan. Mevrou, in sagte wit skoene, huiwer op die drumpel; McKenzie, 'n groot teddiebeer van 'n man met 'n rooi snor, wil van Emma weet of sy tevrede is.

Ja, dankie, antwoord sy sonder om na die vuurherd te kyk waar die stoof vars ingemessel is. Sankies het belowe om klei te bring waarmee hulle die kaggel kan uitwit. McKenzie behoort hulle goed genoeg te ken om te weet dit hang nie van haar af nie, dis Wahl by wie die knoop gewoonlik lê.

Wahl is 'n skrander man wat wyd bekend is vir sy vakmanskap. Van kindsbeen af het hy hom in sy pa se smidswinkel op hul plaas besig gehou met masjinerie, om dit uitmekaar te haal en weer inmekaar te sit. Met sy aanleg en verstand sou hy ingenieur kon word, maar hy het verkies om as ongeskoolde werker by die fabrieke te begin. Daar het hy met McKenzie kennis gemaak, en hom laat ompraat om as deeltydse student by 'n tegniese kollege in te skryf en sy diploma te behaal. Die twee mans was 'n span totdat die Kompanjie die ouer man bestuurder gemaak het van die Kransfabriek. Toe McKenzie gaan, het Wahl die werk bedank en ook geloop.

Hy is bekend daarvoor dat hy nie lank op een plek bly nie, dat hy soos 'n voël is wat in die vleilande gaan sit waar die kos volop is, waar hy dan genoeg inneem om terug te vlieg na sy broeiplek. In hulle geval is dit die familieplaas waar sy mense hóm ontvang, maar glad nie vir haar en die kind nie.

Uit die nederige verblyf buite die ringmuur van die opstal is sy ingeroep na die groot huis om te help skoonmaak en bak. Wanneer die koek dan uitgekeer staan op die spenstafel, deel die ou dame met die knypbril laag op haar neus rantsoen uit oor die onderdeur vir die skoondogter wat haar lelik misgis as sy hoop om eendag daar noi te speel; al was Wahl ook 'n boer, wat hy nie is nie.

Selfs nadat sy die vensters oopgegooi het, is dit moeilik om te slaap. Hul drie stuks lê ingeryg op die grootkooi, sy en Wahl met die kleintjie tussen hulle. Emma is dit nie meer gewoond om saam met Wahl in een kamer op dieselfde bed te slaap nie. Op die plaas trek hy by sy broer in wat nie getroud is nie – net soos sy suster, die oujongmeisie – en word hy deel van 'n huishouding van ongetroudes van wie die weduweemoeder die houer van die lewensreg is.

Soms wonder sy hoe dit gekom het dat sy en Wahl getroud is, hoe sy kon gedink het dat daar iets van sou kom. Maar toe het sy nog drome gehad.

Nugter wakker gly sy van die bed af en voel haar pad tussen die skamel rangskikking van meubels in die voorhuis deur tot op die sandwerf waaroor die wit lig van die Melkweg skyn. Teen die vaalheid van die nag is die buitelyne van die huise en bosse donker afgeteken. Die swart vinger van die fabriek se skoorsteen wys op na die sterre wat helder en onblusbaar soos fakkels brand. As een sou val, sou sy kon wens: Dat die plek vir hulle goed sal wees. Dat Wahl nie op 'n dag soos 'n voël in 'n hok sal begin spartel en hom bloeduit spook teen die tralies nie. Dat hy tot rus sal kom.

Vir haarself begeer sy niks meer nie as dat die koelte van die nag deur die wye moue van haar nagrok oor haar moeë lyf stroom.

Sy keer haar gesig na bo en die aanraking van die lug is soos die streling van 'n veer, of blomblaar, of die asem van 'n geliefde teen haar vel. Dan vlieg 'n kiewiet op en skree versteurd. En sonder waarskuwing blaas die wind se warm teug in haar nek.

"Oostewind," sê Sankies Kok, "dis sy nes dié. Hy waai hom so; hy waai jou seerbek en hy waai jou mismoedig, hy maak jou hare op jou kop staan en hy maak jou humeurig." In die plek van die kopdoek het sy 'n deurgestikte kappie met 'n groen voering op. "Jy moet vir jou kind 'n kopding opsit en vir jouself ook; julle wat nie vel het nie, brand gaar in hierdie plek."

Die wind het toe al weke aanmekaar gewaai, elke dag. Hy het 'n tyd vir opkom en 'n tyd vir gaan lê: van nanag tot namiddag.

Dit was omstreeks twee-uur daardie nag toe die verraderlike warm tog oor Emma geblaas is. En tot die oggend toe het sy lê en luister hoe dit vererger, en met woedende geweld aan die huis pluk en in die skoorsteen dreun.

Dis 'n doodmaker wat uit die son uit kom en walletjies opwerk teen elke graspol en bossie; wat die rooi sand tot binne-in die huis waai. Dit bring ook vlieë; lastige huisvliegies wat in die dakke draai, en groot, vaal brommers waarvan die maaiers lewend in die wêreld kom en die kos besmet.

Die huis word ondraaglik warm as Emma die vensters en deure toehou. As die vuur brand, is die kombuis 'n oond. Sy laat die kind onder die tafel speel waar sy haar verbeel dit meer beskut is. Maar die enigste leefbare plek is onder die kooi op die kaal plankvloer. Wanneer die sinkplate kraak, rol die dogtertjie daar in en raak aan die slaap, en Emma self dikwels ook.

Eers wanneer die wind bedaar, so skielik as wat dit opgekom het, gaan hulle buitentoe. Dis so stil dat selfs die son op een plek bly hang, en uit die swart steenkoolpad wat afloop na die fabriek, slaan die hitte vurig op. Emma vat die kind aan die hand en hulle neem 'n emmertjie met vieruurkoffie vir Wahl weg.

Reeds op die winkel se hoogte is daar 'n verandering in die lug. 'n Lawende koelte kom hulle tegemoet van die see af, en wanneer hulle deur die oopgeskuifde staaldeure van die hoë gebou stap, slaan daar 'n klammigheid op uit die sementvloer.

Hulle betree Wahl se wêreld van polsende masjiene, aangedryf deur kruis-en-dwars dryfbande en asse; koelkamers waar die ys spierwit en dik aan die pype pak. Sy weet nooit vooraf waar hy gaan wees nie, in die werkwinkel of inmakery of kreefhuis. Met die kind op haar arm soek sy dwarsdeur die fabriek en buite op die kaai met die trollie-spoor langs tot voor op die punt waar die kreef afgelaai word. Iemand roep in 'n skuit se masjienkamer af, waarna Wahl met die trapleertjie opklouter en die beker by haar aanvat. Aaaa! sal hy sê en drink, en sy sal wegkyk oor die water en die son se flitsende ligbaan, terwyl die gety onder die houtkaai deur klots. As sy die leë kannetjie by hom neem, lê die donker oliemerke van sy vingers daarop afgedruk.

Hoewel die rotsige strandjie verloklik groen is, durf sy nie langer in die son vertoef nie. Die kind se wange skilfer en haar eie ooglede prik; trane vorm in die hoeke en word korserig droog. Dus vat sy die steilte terug aan, verby die winkel en verby die Kamp waar die vroue van die spitsdakhuise nou die waaisand van hul stoepe wegvee. Ná al die weke ken sy nog nie enigeen van hulle goed nie. Hulle weet wel van mekaar en groet as hulle mekaar in die winkel of slaghuis teë-kom, maar soos vreemdelinge.

Slegs mevrou McKenzie kom onder die oordak van haar stoep uit om 'n geselsie aan te knoop. Die wind was weer erg, maar daar is die aande om na uit te sien, die lang soel aande wanneer 'n mens ver kan gaan stap. Sy en McKenzie is ywerige stappers en verkies die strand en die paadjies oor die kranse, waarvandaan die uitsig panoramies is. En waar daar 'n verskeidenheid vetplante groei – vir 'n rotstuin. Hulle het ook op 'n grot afgekom, waarskynlik van Strandlopers, met oorblyfsels van werktuie, interessante artefakte wat die kinders gedu-rende die vakansie versamel.

Mevrou se stem slaan deur. Haar kinders, 'n seun en 'n meisie, is op kosskool op die dorp dieper die binneland in, ver daarvandaan.

Weens die afstand en die paaie kom hulle nie gereeld huis toe nie. Maar binnekort is dit vakansie.

"Hulle is al so opgewonde, veral om die baba te sien!"

Mevrou herinner haar die tyd voor die baba se koms toe die vrypostige tweeling met hals en mag wou voel hoe die voetjies en vuiste binne-in Emma se maag woel, en hulle met ore styf aangedruk teen haar buik geluister het na die hartklop.

Maar dan was dit tydelik vergete, besnuffel hulle soos jong honde die kombuis waarheen hulle gelok is deur die reuk van konfyttertjies waarmee hulle toe al bederf was, die perfek uitgerysde klein rosies. Met skilferdeeg, het mevrou dikwels geprys, is Emma 'n kunstenaar. Die slag het niemand haar geleer nie; sy het 'n natuurlike aanleg, net soos Wahl met sy talent vir masjinerie. Hoewel daar geen vergelyking te tref is nie. 'n Som kon sy nooit maak nie.

Van sy werk het sy slegs 'n oppervlakkige begrip. Haar betrokkenheid strek nie veel verder nie as die besmeerde oorpak wat hy saans kom uitdop, en waaraan sy haar kneukels deurvryf. Probleme wat by die fabriek opduik, bespreek hy met McKenzie, waarna hy ingewikkelde diagramme teken op velle bloudrukpapier vasgespeld aan 'n tekenbord.

Binne die eerste week het hy die tweede slaapkamer vir homself as werk- en studeerplek ingerig, sy boeke uitgepak en penne en inkbottels en meetkunde-instrumente rondom hom opgestel. Wanneer sy die kind op die dubbelbed aan die slaap sus, lê hy op die smal ysterkooitjie met een van die dik Engelse boeke van die kollege, die kussing dubbel gevou agter sy nek, sy kop later ingewoel daaronder om die geluide van die kind uit te sluit.

Die swaar boeke is die enigste leesstof in die huis, behalwe die

Bybel, waarvan sy dele uit die hoof ken en wat vanself oopval by die Hooglied van Salomo waar die pers-en-groen pouveertjie lê. Wahl se eerste geskenk aan haar toe sy sewentien was, en alles volmaak.

Nou verslind sy selfs die verkreukelde binneblad van 'n ou tydskrif wat iemand onder in die boom van die ontbytkosmandjie geplaas het. Om dit dan op te frommel en vuur te maak met die halfvoltooide liefdesverhaal.

Skemeraand as die mans en vroue in pare by haar huis verbystap, of families groepies buite vorm en gesels, die stemme van kinders in die oopte weergalm en hulle pad-af ren, hou Emma 'n oog oor haar dogtertjie in die sandkol onder die stoep, altyd op haar hoede vir skerpioene of oorkruipers en koringkrieke, gedagtig daaraan dat die dokter ver is.

Dis Sankies Kok, wie se ou man weg is op 'n kreefskuit, kus-op, wat sonder vrees vir dorings of gifgoed kaalvoet deur die opening tussen die bosse kom om Emma geselskap te hou. Dis sy wat Emma touwys gemaak het daar in die begin: haar vertel het hoe laat die visbakkies agtermiddae uitkom; by wie sy moet koop wat nie die vel van haar ore sal trek nie; dat die poskar ook Maandae groente van die rivier af saambring; dat sy Vrydag wanneer daar geslag word, niertjies en lewer vars van die slagbank kan koop. Van tyd tot tyd dra sy 'n paar hoendereiers toegevou in haar voorskoot aan, of 'n bekertjie karringmelk.

Dié aand is dit 'n stuk botter onder 'n klam doek. Vir die handtertjies wat mevrou McKenzie gevra het Emma moet bak. Dit sal in die nag moet geskied, want tertdeeg wil koelte hê. Sy sal in die voorhuis moet werk, in die koue tog naglug deur die halfoop voordeur. Voordat die wind opkom en die deeg uitbraai. Met albei hande vee sy oor haar gesig, en oor haar skrynerige, dik geswelde ooglede. Sankies het dit toe reeds gemerk. Haar uilagtige oë het geel sirkels om die pupille. Hulle priem deur die donker: "Het jy al weer geskree?" Van ellende sou Emma kon huil.

Daardie nag het sy wakker geword van 'n pyn in haar oë wat haar blindelings na die vuurhoutjies in die blaker laat voel het. Sy was toe reeds gewoond aan die krapperige oogballe wanneer die wind fyn stof opwerk, maar dié nag is hulle so toegewas dat sy hulle met nugter spuug moes natmaak om te kan sien.

Sankies het haar brilglase aan haar grou flennie-onderrok afgevryf en weer gekyk, dié keer binne by kerslig. "Dis seeroog wat jy het, mens. As jou klein-kind nou nog luier gedra het, kon jy hulle met 'n pisdoek uitgevee het." Die naasbeste is soutwater.

Toe sy ingepak het, het Emma aan haar kind gedink en haar huisapteek ingerig met middels teen maagkrampe en kroep en tandesproei. Sy gaan skep dus seewater, doop stukkies watte daarin en dep die etter uit haar ooghoeke.

Sankies kom drup kasterolie in. Dit maak koel, maar nie gesond nie. Hulle probeer boracic lint en koeksoda, en dan bossiegoed. Kiesieblaar help vir seer oë, maar sy tyd is verby. Die aftreksel van taaibosblare kan jy ook probeer, as jy het. Of die sap van sydissel. Jantjie-bêrendse-bos. Vinkel. Hulle laaf haar oë met 'n warm kompres van vinkelsaad tussen lappies. Dan is die rate heeltemal op.

"Hoekom laat jy nie dat McKenzie vir jou iets van die dorp af saambring as hy die kinders gaan haal nie?" gee Sankies aan die hand. Doktersmedisyne.

Emma het 'n briefie gestuur, en die ganse stuk pad saamgery, oor die windverwaaide vlakte, deur slaggate en knikke en deurslag van sand. Dit duur 'n hele voormiddag daarheen en nog 'n halwe dag terug, en word die langste wag van haar lewe. Ná die middag, nadat sy die kind aan die slaap gewieg het, bly sy ook lê, en kan haar kop skaars oplig toe kardeure klap en die voordeur oopgaan.

Die McKenzie-kinders het nog niks verander nie. "Emma! Emmieee!" roep hulle met stemme uitgerek en skerp soos treinfluitjies. Hul skoene dawer oor die vloerplanke. Al waaraan hulle dink, is sjokoladekoek en 'n moontlike nuwe speelding. Hulle storm op die kamer af, en die bed waar die kind begin huil het; steek dan vas toe hulle haar in die skemer sien, op 'n hopie gekrul. "Is jy siek?"

Selfs toe Emma die baba verwag het, die laaste maande toe haar maag groot en hard was soos 'n uitgeswelde waatlemoen, het sy nooit gaan lê nie en kon hulle reken op iets lekkers in die koekblik.

"Ja," fluister sy nou, "my oë." En kyk verby hul beteuterde gesigte na McKenzie. "Het jy my medisyne gebring?"

Aan die manier waarop sy hand na sy baadjiesak gaan en vroetel, en leeg te voorskyn kom, en hy swaar teen die deurkosyn aanleun, weet sy hy het dit nie.

Toe hy "Vergeet" mompel en sy kop laat sak, voel dit vir haar sy kan dwarsdeur die kooi sit.

Niks wat sy in haar lewe deurgemaak het, was erger as haar seer oë nie. As kind was sy nooit sterk nie; sy het wurms gehad, en eenmaal 'n lintwurm waarvoor hulle haar Stockholmteer saam met 'n rosyntjie ingegee het. Selfs toe sy leeg gebraak agter 'n bos gelê het, het sy nie so na aan doodgaan gekom nie. En die pynlike geboorte van haar baba wat sy deurgemaak het met die bystand van 'n ouvrou, terwyl Wahl godweetwaar aan 'n dorsmasjien gewerk het en sy gesmag het dat hy haar moet vashou, het haar nie so verlore laat voel nie.

Sy het nooit regtig iemand gehad nie. Toe sy ses was, is sy van haar susters geskei om by ander mense te bly, om 'n maat te wees vir 'n niggie. Handige stuurdingetjie later. Onmisbare diensmeisie. In wie Wahl belangstel. Die knap klein kêrel wat laat kom is toe die klavier se pedaal breek, wie se hande vir niks verkeerd staan nie. 'n Aantreklike man met 'n smal gesig, reguit neus, diep oë en 'n inkennige geaardheid. 'n Randeier wat nie dans nie, maar tog by is, en al hoe meer by totdat die mense haar begin terg: Jy moet oppas, ken jy vir Moeder?

Sy ma het sy nie te sien gekry met die eerste kuierslag nie. Die voordeur is nooit vir hulle oopgemaak nie. Hulle is op die stoep ontvang waar sy suster later vir die meisies elkeen 'n glas melk op 'n skinkbord aangebied het. Die jong mans het, nadat hulle die perde versorg het, omgestap buitekamer toe om te rook en dambord te speel.

Sy moes toe geweet het wat om te verwag: 'n vrot vryer. Dis soos sy ma hom grootgemaak het.

Terwyl die inflammasie haar oë opvreet, beteken hy vir haar niks. Selfs die kind kan hy nie hanteer nie, hy het nooit die slag aangeleer om sy eie dogter vas te hou nie. Slegs wanneer hy met 'n stuk staal te doen het, is daar gevoeligheid in sy vingerpunte.

'n Godverlatenheid bekruip haar. Sy is in die steek gelaat; deur McKenzie ook, wat vir hulle hierdie afskeephuisie op die rand van die Kamp gegee het, waar sy 'n vreemdeling bly. Sy voel verwerp, soos die Wahls haar verwerp het, hoe hard sy ook al probeer het. Sy was selfs gewillig om na hierdie uithoek saam met Wahl te kom. Sy hét probeer! In haar is daar nie meer 'n geluid oor om te kreun nie. Sy kan nie verder nie, en lê met die ondraaglike pyn in die donker kamer.

Sonder dat sy dit weet, het die nuus van haar siekte tog versprei.

Toe 'n jong seun die Saterdag met sy fiets na die nabygeleë panne ry om soutvis te koop, wil die mense weet: Hoe gaan dit met die vroutjie van die nuwe enjinier?

Nie beter nie, antwoord hy. Die man is glo al buite raad. As daar nie 'n verandering kom nie, vat hy sy vrou en kind terug waar hulle vandaan kom.

Die mense is verslae. Dit kan nog nooit wees nie. Dis dan so 'n deeglike man. En die vroutjie net so bruikbaar: 'n bekwame bakster. Daar móét 'n manier wees om hulle hier te hou.

Uit die winkeltjie by die panne stuur hulle toe die blikkie salf, 'n groen blikkie met 'n swart katjie op die deksel. Katsalf help vir alles.

Die vingers van Sankies ruik na snuif. Sy maak simpatieke klapgeluidjies toe sy Emma se ooglede optrek. Hulle is te swak om vanself oop te gaan. Sy wil flou word toe Sankies die bolid omdop om die salf diep onderin te smeer, en dit weer aftrek. Onder die salfpleisters klop dit soos 'n sweer. As Sankies oopmaak, loop daar 'n sous uit.

Wonderbaarlik word sy gesond. Ná 'n paar dae kan sy opstaan en uitgaan.

In dié tyd het gewillige hande haar versorg, haar lakens omgeruil, die kussings omgedraai, koel kant boontoe, en haar koorsige gesig afgespons. Nie net Sankies Kok nie, maar ook die vroue van die Kamp het daagliks hulp aangebied. In haar tyd van nood het hulle om haar saamgeskaar en haar versorg.

Met oë wat nooit weer dieselfde sal wees nie, kyk Emma om haar heen. Haar kind sit gerus in die holte van 'n vreemde skoot met 'n teddiebeer wat die McKenzie-kinders ontgroei het; groen-bruin en nie meer nuut nie, een kraaloog uitgeval, maar snoesig. Haar gesiggie, blink gesmeer met bokvet, is omraam deur die rand van 'n diep-bolkappie met 'n deurgestikte groen voering.

Die vloer van die kombuis is spierwit geskrop, die vuurherd nuut afgeklei, die misstoep vars gesmeer. Daar is vis en brood op tafel. En die emmer, toegeknoop met 'n dun neteldoek, is vol water.

Op sy tyd het die wind gaan lê. Voorlopig is hy uitgespook. Die aarde is tot op sy bodem skoongeskraap. Met dankbaarheid ontvang dit die koel kenter wat dynsig uit die see daaroor aanrol.

Mantel

Dis nog nag toe Jiemie Peypers aan sy kamervenster kom tok en Simon, sonder om lig te maak, in sy seilbroek klim, sy kaal voete in die swart waterstewels steek en die viskis met snoekgereedskap oor sy rug swaai.

Toe die koue van Meimaand hom volbors vang, wens hy dat hy die vorige aand toe hy sy goed bymekaargesit het, tog maar sy pa se ou baadjie gevat het. Nou ontsien hy die huismense wat dalk wakker sal word as hy teruggaan kombuis toe. Vandat sy pa siek is, kry sy ma min rus.

Sy kakiehemp is dun, maar sy lyf is taai. Sy skouers is breed, sy arms sterk en seningrig. Op sewentien is hy nog nie heeltemal uitgegroei nie, tog is daar reeds die klank van 'n man in sy stem.

Gesels-gesels stap hy en Jiemie af strand toe waar die snoekvangers wag om die bakkies af te dra en deur te roei skuit toe.

Die snoek is ver. Die skuite het die vaart by Rondeklip uitgesteek, maar toe word die weer sleg en die skole het vinnig voor die noordwestestorms afgeloop, weggeraak, en eers weer in die Bo-baai uitgeslaan. Hulle wat met bakkies werk, het 'n paar agter die blindings gevang, maar die vorige dag het hulle tot regoor Steenboksfontein geroei sonder om iets te kry. Die skuite wat verder af geloop het, het heelwat by Elandsbaai gevang, moontlik die agterpunt van die skole wat verbygeloop het.

Jiemie, wat 'n bakkie van die fabriek het waarmee hy dwarsdeur die jaar werk, het een van die skippers gevra om hom te sleep tot by die vis.

Soos 'n gans met 'n tros kleintjies agter haar aan, loop hulle in die skemer by die onderpassasie uit tussen die eiland en die fabriek. Die Rap-masjien dreun met 'n ghoep-geluid, en die man aan die roer stuur suid-suidwes om die snoek te gaan soek waar hulle hom laas gelos het.

'n Natneusbriesie stoot uit die ooste, van die wal se kant af, en druk 'n vaalte agter op die see vas. Verder is die lug oop en skoon. Dit lyk of dit 'n mooi dag gaan wees.

In klompies sit die manne op die dek; hulle rook, en eet 'n stukkie. Later, as die snoek opreg byt, sal daar nie tyd wees om aan kos te dink nie. Die dynserige kuslyn met landmerke skuif verby: Malkopbaai, die Duin se rif, die Grootrif, Wadrif se vlei, en dieper die land in Klipfontein se berge waaragter die dag vir hulle rooi maak. Dan wasem die Soutpan, fyn soos rookpluise.

Simon kry die bekende soutruik van die panne waar hy grootgeword het; waar hy gebore is en hulle nie lank gelede nie nog geboer het.

Hy ken die kus van die land se kant af soos die palm van sy hand; die duineveld waar hul vee geloop het en waar hy saam met sy pa gejag het. Van die pan tot by Elandsbaai ken hy die wêreld, en het hy die brekers wat witkap omslaan in die westewind dopgehou as hy help om duinsiek skaap bymekaar te maak. Tot by sy knieë het hy in die skuim geloop as die seebaard uitspoel ná 'n kwaaisee. Maar veral ken hy die rou, rooi stukke kaalgekapte land tussen stroke bos op die rug bokant die pan, waar die oostewind hul grane drie jaar agtermekaar weggewaai het, sodat hulle net doppe en angels geoes het. En verplig was om vendusie te hou.

Sy pa was nie meer 'n heel man nie, en toe die boerdery vir hom te veel word, is Simon uit die skool gehaal. As oudste van die kinders en enigste seun is hy van kleins af oral ingespan, by die skaap en op die lande en in die jagveld. Maar wat toe kinderspeletjies was, was op 'n dag verby. Sy ma en twee susters is hulpelose vroumense, sy pa aan die een kant verlam. Voortaan sou hy vir hulle moes sorg.

Hulle het toe reeds die plan gehad om Baai toe te trek waar die kans op 'n verdienste beter is. Met die wa en span donkies wat hulle uitgehou het, sou hy karweiwerk kon doen, vars drinkwater aanry en verkoop aan die dorpsmense, en brandhout uit die bergwêreld. Sy pa kan ook velskoene maak en skoene versool. So het hulle gedink.

Manalleen het hy toe die donkies deur diksand gedryf, dromme gelaai en volgemaak, en vragte berghout opgekap. Maar van water en houtmaak alleen sou hulle nie kon bestaan nie. Wanneer daar 'n kans gekom het, het hy saam met Jiemie uitgegaan en algaande met die see te doen gekry, kreef gevang, en hotnotsvis, en snoek.

Vandat dit begin lig word, het die dekhande hulle stadigaan begin inrig en laaitjies van plank gepak waarin hul dag se vis kom sodat die vangste nie deurmekaar raak nie. Hulle tel hul deel van die sardynaas uit en kry hul lyne en hoeke agtermekaar. Daar is 'n span wat vroegtydig begin om die bokstang te sleep en die snoek wat graag in die skuit se stroom loop, te lok. Hulle hou ook hul oë oop vir tekens van kleinvis waarop die snoek wei; vir rob en malgasse, pelikane en sterretjies en malmokke.

Maar dis eers heelwat verder, as hulle Witsand verby is, en Bo'jaanberg se punt, anderkant Mosselbaai se rif, dat hulle in die snoekveld kom. Die skuit begin stadig loop totdat die snoek stoot. Toe hulle die skool bo het, en die eerste vis vasslaan, slek die skipper en maak hulle die bakkies los.

Simon en Jiemie roei 'n ent weg, maar nie te ver van die skuit af nie. Die een is aan die rieme, die ander werk die bokstang. Eers wanneer hulle iets voel, gooi hulle die aaslyn af. 'n Man moet 'n stywe stryk roei om 'n sterk stroom te maak.

Jiemie het sy lyn vorentoe gegooi en toe dit heeltemal uit is, die bokstang begin intrek. "Jakob Galant met die goue tand, vat my stang, dat my stang kan brand!" sê hy spelerig. Bo die gevaarlike hoek fladder en dans en tart die fraiingrokkie van die dollie wat hy met klein plukkies boontoe bring. Met sy een hand skud-skud hy die lyn, met die ander vat hy kort-kort 'n slag in. Dan gooi hy maar weer af en speel met die dollie, en sleep hom deur die water tot hy sy eerste snoek vasslaan.

Dan sit al twee aas aan. Met een voet word die aaslyn in die boom van die bakkie vasgetrap sodat hulle kan voel as dit begin afloop; hulle hou effens styf tot hulle voel hy trek nou lekker. Dan sit die man hoop en vat vas en bring hom in.

Maar dié oggend gaan dit tiek-tak. Die stroom loop met die dryflyn en hou hom bo. Hulle moet stukkies lood aansit om dit tot die regte diepte te laat sak. En die snoek is skelm. Hy kom vat die sardyn net agter die stert en hy loop en loop, en as hulle slaan, kom hulle net met die hoek op.

Hulle het 'n bietjie sardynaas, maar omdat hulle moet koop, is dit min en later byna op, sodat hulle merendeels met die bokstang vang. Dan is hulle uit die snoek en moet hulle draai en soek, en ingooi en draai en intrek.

Later is hulle 'n taamlike ent van die skuit af. Dit was op die middag dat Jiemie die malmokkie sien sit en in daardie rigting roei. Simon wat met die bokstang speel, voel skielik iets. Toe hy vasslaan, los Jiemie die rieme en vat sy lyn vas. Sy sardyn is weer afgevreet en hy vroetel in die laaitjie by sy voete vir iets om aan die hoek te sit. Met die gefletter van Simon wat sy snoek inbring en nek breek, en Jiemie met die aas, let hulle nie op die mis nie.

Ongemerk het die wind omgeswaai van oos na suidwes en dryf die misbank nader. Een oomblik het die skuit nog daar gelê met die ander bakkies by hom, en toe is hulle alleen.

Om hulle is alles asvaal en so dig dat hulle nie 'n tree kan sien nie.

Waar loop kry hulle nou die skuit?

Hulle roep, maar hul stemme is flou en klink verlore in die digte grys massa wat oor hulle toevou. En daar hardloop die Rap buitekant hulle verby: ghoep-ghoep-ghoep. Sonder om te slek.

Oor die middelbankie kyk hulle vir mekaar. Die bakkies wat naaste was, is opgepik. Hulle twee is net daar gelos in die oop see.

"Hulle dink nie nou aan ons nie, hulle moet self die Baai loop soek in die toemis, nes ons." Jiemie Peypers werk van sy veertiende jaar af op die see, hy ken die lewe. Sonder meer begin hy sy lyn intrek en oprol.

Wat hulle eintlik behoort te doen, is om nader wal toe te gaan en anker af te gooi en te wag tot die mis ooptrek. Maar anders as 'n hotnotsvisvanger dra 'n snoekbakkie nie 'n anker nie, daarvoor moet hulle te veel heen en weer agter die skool aan.

Daar is vir hulle geen ander keuse as om te roei nie. Hulle lê by Rondeberg. Dis ver van die huis af en dit sal bars om daar te kom. Met 'n skuit is dit meer as twee en 'n half uur se loop. Die skuit het 'n kompas. Maar hulle wat nie kompas het nie, sal volgens die seë moet werk. Die branders kom uit die wes. Om te keer dat die swel hulle aan die kant van die bakkie vang, moet hulle halfsee roei. Want roei hulle teen die swel, loop hulle see toe, diepwater toe. En roei hulle voor hom af, gaan hulle wal toe, in die brekers in.

Jiemie sit sy gereedskap in sy viskis en kyk wat hy te ete het. Nie een van hulle het juis kos nie. Baiemaal vat hulle nie eens water saam nie. Hulle maak daarop staat dat hulle vroegdag terug is. Simon het nog van die oggend se smeerbrood en 'n lemoen wat sy sustertjie van die skool af gebring het. Jiemie haal 'n patat uit en koue koffie wat stroopsoet gemaak is met geelsuiker.

Hulle eet en trek dan weg. Albei is jonk, en sterk roeiers. Simon het op die pan leer roei. Daar het hulle 'n platboomskuit gehad waarmee hulle sakke mis na die oorkantste wal geneem het waar sy pa se groentetuine was. Daarvandaan het hulle ook sout aangery wat hulle geraap het as die pan opdroog.

Maar al kon die pan onstuimig raak as die suidewind opreg waai, is dit lank nie die see nie. In die toemis lyk die gewone jobbel soos 'n brander wat wil breek, maak hy wittand om te byt.

Jiemie, wat elke gaatjie en skeurtjie ken, gaan sit agter in die gat om sy ore en oë oop te hou. Simon vat die rieme en doop hulle in; hy gooi sy lyf vorentoe, trap met albei sy voete vas teen die middelbankie en begin met lang, egalige hale roei. Hy meet sy kragte teen die water en die digte wal mis.

Een of twee keer die middag wil dit tog lyk asof die weer gaan oopslaan. Dan gee die son 'n vaal vlekkie sodat hulle min of meer die tyd kan skat en só uitwerk waar hulle ongeveer is. Maar hulle moet raai en op hul sintuie staatmaak. Om te wil weet waar hulle is, dat hulle nie in die klip en branders beland nie, moet hulle luister hoe die see breek. En kort-kort laat sak hulle die bokstang om die diepte te bepaal.

Geleidelik, namate dit later word en die lig verswak, kom hulle nader wal toe. Die mis het al dikker geword. Jiemie het net 'n voorskoot oor sy gewone klere aan. Simon se broek, dig gemaak met lynolie, is hard en styf soos beesvel. Hulle is koud en nat, die klimaat het in hul hare gekruip en deur hul klere tot op die vel.

Vir reën kan 'n mens nog wegkoes, onder hom probeer uithardloop, of skuil agter 'n bos; 'n bos brandsteek en vuur maak. In hul veld het die kers- en vyebos dig gestaan. Voor hul agterdeur was daar 'n yslike houthoop, op 'n koue dag 'n plaat kole op die vloer vir hul kinders. Wildsvleis in die pot. Selfs in die swaarste tye was daar rogbrood en vleis. As die vleis min raak, het sy pa vir hom die haelgeweer en 'n patroon gegee om 'n bok te gaan skiet. In die pan was daar ook 'n menigte voëls; in die biesiegoed hou daar bleshoenders en kolganse en flaminke. Hy het tot dertien op 'n slag neergetrek.

As 'n mens gelukkig is, kan jy omtrent net soveel snoek vang voordat jy uit 'n skool is; dit hang net af hoe dik hulle loop en hoe goed jy 'n nek kan breek.

Die see het langsamerhand van groen na swart verkleur en lek met 'n slap tong aan die ribbe van die bakkie. Simon verbeel hom dat hoe hard hy ook al probeer, hulle nie vorder nie. Onder sy vel bult en vertak die spiere van sy skouers soos die wortels van 'n boom, sodat hy die skifsagte materiaal van sy hemp voel meegee en oopskeur.

Sy ma sal moet lap opsit, miskien die hele agterpant moet inlap met 'n stuk uit 'n ewe ou hemp. Of die skeure na mekaar toe trek met 'n maaswerk van stopsels. Altyd aan die las en plooi om hul lywe toe te hou, die meisiekinders se rokke uit te laat en te verstel, haar eie versletenheid toe te bind onder 'n voorskoot.

Sy sal bekommerd wees. Toe sy merk dat die mis oorkom en dit laat word, sou sy die meisiekinders na tant Anna Peypers gestuur het om te hoor. En tant Anna, meer gewoond as sy, sou haar gerusgestel het: die seuns is met die skuit saam, die skippers ken die koerse.

Maar as die skuit dan inkom sonder hulle, sal sy sy pa nie alleen laat om op die rand van die water te gaan wag hou soos mense maak as iemand verdrink het nie. Hy roep elke minuut van die dag of nag na haar, en sy pas hom op soos 'n klein kindjie. As dit aand word, sal sy die deur toemaak.

Aan die spyker agter die bodeur hang die sakkerige ou baadjie van sy pa met fraiings om die moue en die reuk van vee en veld in die voering: 'n weglambok, die sweet van die ryperd, die vars, warm mis van die beeskraal waarin sy voete wegsak op 'n rypoggend. Hy wil hom vas verbeel hy proe en ruik en voel dit. Maar dis verby, verdamp soos 'n gedagte, en daar is net die gekraak van die dolpenne soos die rieme daarteen beur, en die swaar asemhaling wat uit sy keel opstoot om met die wasem van die mistigheid te vermeng.

Sy bors brand, hy is deurgeskawe en sy boude voel dood. Sy lyf is seer geval tussen deinings en trôe. Af en toe ruil hy en Jiemie plekke om, maar meestal roei hy. Met sy hand bak gemaak om sy oor, sy gesig spits soos hy luister en uitkyk, sit Jiemie agter in die bakkie.

As hulle maar 'n ster gehad het om op peil te trek, twee sterre om in lyn te hou, om op af te stuur tot by die Duin se rif. Daar waarsku Skommelwater jou; soos hy teen die hoë klippe vasslaan en terug-werk, lewe die see en begin die skuit te rol. Dan is jy feitlik in die Baai.

Maar die rif waarvoor hulle moet oppas, is die Grootrif; hy is die gevaarlike een. Daar is 'n klip wat jy nie sien nie; jy weet nie waar hy gaan breek nie.

Jiemie, wat die gevaarplekke beter ken, is op die uitkyk. Skielik hou hy sy hand op. "Hoor!"

Simon laat die rieme in die lug hang. Sy bloed pomp in sy ore. Sonder dat hulle dit agtergekom het, is hulle by die soutpanne verby, en Wadrif en Steenboksfontein. Voor hulle breek 'n wit skuimstreep van die Grootrif. Hulle roei buite om en daarna kyk hulle uit vir die Duin se rif, die skulpgate, Malkopbaai se pienk klippe waar die vars water uitborrel en die vroue hul wasgoed was. Jiemie luister vir die hospitaalklip. Hulle kom voel-voel om. Maar mis tog die onderpassasie. Toe hulle die vuurtoring sien knip, is hulle reeds by Buiteklip verby. In die mis het hulle die lig nie betyds opgemerk nie. Hulle druk vorentoe, en hou om die eiland, om Ewertsklip, die huiskanol en Tandtandjiesklip, deur die bopassasie en tot binne-in die Baai.

Moeg soos 'n hond kom Simon by die huis aan. Sy arms hang slap, sodat die viskis vanself grond toe gly toe hy die kombuisdeur oopstoot.

'n Kers brand op die tafel. Op 'n stoel voor die vuurherd sit sy ma. Met een houtjie het sy 'n flou vuurtjie aan die gang gehou.

"Kind!" Haar stem kom van ver af na hom toe aan. "Hoe lyk jy!"

"Ek weet, Ma." Hy is flaiings. Sy lyf is nie sy eie nie, ook nie sy gesig nie. Sy mond is stram, sy vel trek styf oor sy wange en neus, sy oë sit diep. Uit sy keel kom daar 'n hees fluistering. "Die mis het ons gevang."

Anderkant Bo'jaanberg. Regoor Rondeberg. Net ná twaalf, het hulle geskat. Op hul huisklok wat met hamerslae die sekondes aftik, is dit nou twee-uur. Byna veertien uur het hy en Jiemie Peypers op die smal, nat bankie gesit, geskuur, met krampe in hul bene, hul voete leweloos in suur stewels, verlore en verdwaal en sonder hoop by tye.

Toe die Grootrif voor hulle breek, het hulle weer moed geskep, al was hulle byna klaar. Vrek geroei het hulle in die Baai aangekom, en is hulle reguit jettie toe om die bakkie vas te maak. Hulle was nie mans genoeg om die swaar houtbakkie op te dra nie.

Die snoek moet maar lê tot die volgende dag. Hulle sal seker vlek en mootjie maak. Dié wat nie pap is nie.

Onderwyl hy vertel, het sy sustertjies wakker geword en stil-stil uit hul slaapplek gekom. In hul flenniejurke, slaapwarm en verwonderd, skuif hulle nader om te luister. Hulle hou hom grootoog dop terwyl hy eet van die sop wat sy ma vir hom warm gehou het.

"En hoeveel snoek het jy gevang?"

Die plat wit herebone is bottersag en die varkspekkies soos murg in sy mond.

"Sewe," antwoord hy, met die smaak van hul laaste boneoes en vetvark op sy tong.

Voor die vuurherd vou sy ma haar arms toe in die skamele voorskoot asof sy die dag se verskrikking en ontbering aan haar eie lyf voel. Uit die kamer kom die hortende gehoes van sy pa wat 'n ou man geword het, en verlam is aan sy regterkant.

Net sewe? Sy susters byt hul lippe.

Elke vesel in sy lyf pyn. Maar in die holtes van sy oogkasse weerkaats die hardnekkige vlammetjie van die stompie kers.

"As ek dit nie gedoen het nie, het ons glad niks gehad nie."

Sorgvuldig trek hy die flenterhemp oor sy kop en hang dit oor die stoelleuning. Dan haak hy sy pa se baadjie van die spyker af en hang dit soos 'n mantel oor sy kaal skouers voordat hy in die koue uitstap om te gaan slaap.

Erfgenaam

Lank voordat Fonsie die gesig op die plaaspad teëgekom het, was sy ma al van plan om hom onerfgenaam te maak.

Niemand het beter as sy geweet dat hy sag in die kop is en glad nie mans genoeg vir 'n plaas soos Eden nie.

Van kleins af was hy bang vir allerhande goeters. Die meeste het net in sy gedagtes bestaan, maar was ewe skrikwekkend as die werfdiere met hul uitermate lang horings en skerp snawels.

Ondanks die swepie wat sy hom gegee het om hom te verdedig teen 'n parmantige hoenderhaan of stoterige hansskaap, sou hy nooit 'n held word nie, soos sy oupa Richter wat in die Anglo-Boereoorlog geveg het.

Sy knieë het geknak as die onweer net veraf rammel, en as die donders en blitse slaan, het hy, gereed vir die slag wat hul huis sal tref, in die houtkis voor die stoof skuiling gesoek.

Selfs op 'n gewone dag het hy binne die soliede sandsteenmure van hul huis onveilig gevoel. Muise en rotte het op die solder geskarrel, uilskuikens het soos slange geblaas, en in hul wegkruipplekke agter lyste het kakkerlakke hul pootjies sit en lek. Terwyl kolonies rysmiere stelselmatig die grond onder die fondamente lostonnel.

Vir niks ter wêreld sou Fonsie saans ná huisgodsdiens alleen in die gang na sy kamer stap nie. Sy ma moes vooruit loop met die lig, wat ook heelnag voor sy bed gebrand het. Want hy sien prentjies in die donker.

Deur stompgeknerste tandjies kon hy eers g'n woord uitkry as sy ma hom vra wat dit is nie. Net so min as wat hy kon vertel wat sy uit die dik, Hooghollandse Bybel voorgelees het. Benewel deur die pit van die olielamp, het hy stom geknik en probeer om nie te onthou nie: die mites van Adam en Eva in die paradys, Noag se ark, Moses in die biesiemandjie, Daniël in die leeukuil, Simson, Goliat, Josef die dromer . . .

Daar, op sy veilige sitplek in die warm kombuis, kon hy nog aan die tekens en wonders en rampe ontkom. Maar wanneer hy sy troebel oë toemaak, is hy besoek, hoe diep hy ook sy kop onder die kussings inwoel. In sy ore was daar die geluid van ramshoring en simbaal; mure het ingeval; vuur en swawel het brandoffers en slagoffers verteer. En uit die wolke het gevleuelde gedaantes neergedaal, omstraal van 'n onaardse lig.

Soggens was hy stokflou en kragteloos, verkrimp soos 'n ou mannetjie.

Hy het natuurlik 'n groot skrik weg toe sy pa so vroeg in sy lewe deur die weerlig getref is. Dis 'n genade dat hy niks gesien het nie, maar 'n swart streep het nog lank oor die werf gelê, en die reuk van kruit het tot in die huis getrek. En wat hy nie miskien daar in die houtkis moes aanhoor nie; van die swaard wat daar nou oor Eden hang, noudat Els alleen agtergelaat is met die stomme klein Fonsie.

Sy wêreldjie, wat doodgeloop het in die poort tussen twee sandsteenkoppe, was deurmekaar. Die plaaskom was die speelveld van sy verbeelding, sy Kanaän en Gilgal en Getsémané. Nader aan sy lyf, by die pilare van die tuinhek, het 'n engel nou met 'n vurige swaard gedreig om hulle uit die paradys te verdryf.

Dis tyd dat hy uit daardie houtkis kom, het sy ma besluit die dag toe hy nege word, en hom skool toe gestuur.

Daar het hy dit nie ver gebring nie. Die naaste plaasskool was ver, en omdat hy op 'n perd se rug nie wou klim nie, moes hy die ent loop. Langs die pad het 'n duisternis gevare op hom lê en wag, veral die giftige bergadders. Selfs in die winter wanneer die slange stokstyf verkluim was, het Fonsie 'n knopkierie saamgedra, al sou hy 'n muis nie kon doodgooi nie. Daar het 'n vroegtydige einde aan sy geleerdheid gekom toe die kinders 'n slangvel in sy boeksak steek, en sy senuwees heeltemal ingee. Daarna is hy vir goed huis toe.

Vir sy ma, wat die uitgebreide boerdery so goed sy kon behartig het, was hy nie van veel nut nie, al was hy toe al 'n uitgegroeide kêrel. Die koeie was lankal gemelk, die skape uitgejaag en die werkers op die landerye as hy uit die kamer kom. Want snags kon hy nie tot rus kom nie, het hy van venster tot venster gedwaal en deur die gordyne wat so toegetrek was dat hy van binne af kon uitloer, die werf bespied. Al het hy hóé lank reeds nie meer na Bybelstories geluister nie, was hy steeds bang. Bedag op vreemde spore, het hy soggens om die huis geloop en die vars miershope een vir een in die grond getrap. Eers wanneer hy verseker was alles is veilig, het hy na die windlaaier langs die reservoir gestap en die draad losgemaak sodat die radio se battery kan laai.

Mense het nie dikwels op Eden gekom nie, en later al hoe minder. Sy dag was fanaties ingestel op die sesuurnuus saans. Kop skeef gedraai, het hy feitlik ingeklim onder die kassie, waarvandaan hy die vrouens wat kos maak en tafel dek, met 'n frons en 'n gevaarlike mik van die hand gebied het om stil te bly solank hy die knoppe draai en krakende seine probeer opvang. Toe die Tweede Wêreldoorlog oorkant die waters uitbreek, het hy angstig die verloop gevolg, veral nadat dit skielik so goed as op hul drumpel in Noord-Afrika uitgeslaan het.

Wanneer hy buite was, het hy, met sy hand geskerm oor sy oë, in die son opgekyk en die ruimte gefynkam vir 'n lugskip. Die mauser was gelaai, reg om te vuur as een dit sou waag om te land.

Rewolwer in die sy, het hy twee maal 'n week poswinkel toe gery om die koerante te kry: gevlieg eerder as gery, met die sterk agtsilinderbakkie wat hy sy ma maak koop het. Want hy moes krag en spoed hê om voor te bly as die gevaar kom.

Dit het tot ná die vredesluiting geduur voordat sy vrese bewaarheid is.

Oudergewoonte het hy gaan pos haal. Hy is vroeg weg om weer vroeg te draai. Toe hy talm, het sy ma vermoed dit is Truda Stols wat hom by die winkel ophou. Die gedagte van meer as geselskap was belaglik. Truda was te oud vir hom en het darem seker van beter geweet. Nietemin het haar ergernis oorgeslaan na bekommernis. Die bakkie was nie meer nuut nie en daar was 'n paar lelike slaggate in die pad. En hoe bestuur hy buitendien! Haar verligting toe die bekende stofstreep oor die vlakte uitslaan, was van korte duur.

Fonsie was sonder spraak toe hy uit die bakkie val. Hulle moes hom laaf met suikerwater voor hy kon praat.

Halfpad van die winkel af, net daar waar die pad deur die koppe kom, ry hy in 'n eienaardige weer in, bedompig en benoud. Die kleur van die lug was onnatuurlik blou, met 'n metaalagtige skynsel, en 'n donker massa wolke daarin saamgepak. Uit die wolke kom daar toe 'n trilling, soos 'n elektriese skok. Hy het sy kop vasgegryp en die bakkie het onder hom gevrek. Toe hy nog sukkel om dit weer aan die gang te kry, is daar 'n geruis soos 'n sagte woer-woer. En 'n voorwerp kom aangeseil, eers hoog en toe al laer tot dit reg bo hom is: 'n plat skyf soos twee borde wat op mekaar pas, met venstergaatjies wat vuur spoeg.

Of die gevaarte geland het, kon hy nie sê nie, maar die wesens wat hy beskryf het, kon net so wel uit Esegiël gekom het: gevleuelde mannetjies met hande en bene en gesigte soos mense, maar glinsterend soos blinkgeskuurde koper.

Oortuig daarvan dat dit 'n tuig van 'n vreemde planeet is wat die plaas wil kom binneval, het hy weggejaag. Die merke van sy bande het nog lank in die harde pad gelê. En vir 'n lang tyd het Truda Stols persoonlik hul koerante kom aflewer.

Hy het dadelik begin om die huis te versterk. Behalwe nuwe grendels vir die deure het hy ook die lae klipmuur om die tuin en die terrasse rondom met sandsakke gefortifiseer en stukke yster en pyp soos kanonne daarop gemonteer. Elke af en toe het hy skote met die mauser in die lug afgeskiet om die indringers die skrik op die lyf te jaag.

Onder die omstandighede was dit verbasend dat Truda vir Fonsie kans gesien het toe selfs sy ma raadop was. Maar in vergelyking met die Stolse se eenvoudige huis agter die plaaswinkel was Eden natuurlik 'n paleis, selfs al was die tuin taamlik verrinneweer. Fonsie, weer, sou 'n sorg hê as sy moes wegval, so het sy ma geredeneer. Dat hulle kinders sou hê, het sy nooit verwag nie.

Fonsie en Truda se seuntjie het hulle Alfons gedoop, na sy oupa en grootjie. Hy was van geboortedag af lewendig; hy het sy arms en bene losgewoel en -geskop uit die stywe flenniekomberse waarin hy soos 'n papie in 'n kokon toegedraai was; gulsig gedrink en hom baie vroeg reeds aan goed opgetrek en gestaan. Met sy vonkelende blou oë en swart krulle was hy 'n egte Richter.

Sy ouma sou hom nooit op Eden se werf sien rondloop nie. Hy was 'n kruipkind toe Els Richter een nag stil in haar slaap sterf, voordat sy haar testament in sy guns kon verander.

Aan die leefwyse op Eden sou dit geen verskil maak dat Fons toe baas van die plaas was nie. Gewoond aan sy ma wat besluite neem en voorvat, het hy dit op Truda afgeskuif. Maar hoewel fluks, het sy nie die nodige kennis van die groot gemengde boerdery gehad nie. Sy het haar eie pa, wat sy nikswerd grondjie verhuur het, se voorbeeld gevolg, potlood en papier gevat en uitgereken wat hul inkomste sou wees as hulle Eden se landerye verhuur, tot tyd en wyl Alf oud genoeg is.

Sy het dit by die seun ingeprent dat hy eendag besitter van alles sou wees, en hom so goed moontlik daarop voorberei.

Vir eers sou hy nie soos Fonsie in afsondering grootword nie. As kerkmens het sy Sondae dorp toe gery en dan met die groot, bloesende baba in 'n pofbroekie en gesmokte hempie gespog. Sulke besonderse oë, en die bos hare! Selfs Fonsie moes ingetoë lag as die mense sy seuntjie so bewonder. Maar met verloop van tyd het daar 'n woord hier en daar geval, en het iemand hardop gewonder: Het die woelige kind nie kleintyd dalk uit sy wieg geval en op sy kop beland nie?

Dit het Truda tot op die laaste ontken. Nietemin was hy stadig met 'n pratery, en was die gelispel later nie meer vermaaklik nie.

Die spraakgebrek het nie verhinder dat hy op ses na die plaasskool gestuur is nie. Net soos sy pa het hy die ent gestap, omdat hulle toe nie meer 'n perd besit het nie. En net soos Fonsie het hy swaar geleer, sodat Truda hom met die lesse moes help. En dít het sy noulettend gedoen. Smiddae wanneer hy rooi en natgesweet by die huis kom, het Truda hom skaars kans gegee om sy boeksak oor sy skouers te stroop en sy bord kos te eet voordat sy die ry botteldoppies op die kombuistafel uitpak. Een plus een is? En een plus twee? En drie? As hy by twee plus drie begin sukkel en hakkel, draai sy daardie oorlel dat die trane stroom, en soebat hy verniet: Asseblief tog, Mamma!

Al haar pogings ten spyt, het hy in standerd drie bly vassteek. Die skooljuffrou het aangeraai dat hy na 'n skool vir spesiale onderrig gestuur word, maar hy was reeds sestien. En onverwags het Fonsie voet neergesit: sy kind word nie gesertifiseer nie! Alf moet huis toe kom.

Fonsie het toe nie meer dikwels uit die huis gekom nie. Sy sitplek was nou langs die houtkis. Veral tydens die ryperige winters het hy tot op die middag onder die verekombers gelê, en eers kort voor etenstyd, toegeknoop tot onder die ken, kombuis toe gekom waar Truda vir hom 'n vuur moes aansteek. Met die hondjie, 'n steekbaard wat by hom slaap, ingewoel onder sy baadjie, het hy vir die res van die dag daar gesit, sy oë die troostelose kleur van skottelgoedwater. Namiddae wanneer die kole begin as word, het hy stram opgestaan. "Nee, só kan dit nie gaan nie, dit kan 'n man nie hou nie," het hy dan uitgeput gesug, en begin om die deure te sluit teen die dreigende donker daar buite.

Eden was toe reeds 'n uitgetrapte plaas. Uitbuiters het die grond misbruik en uitgeput en dit, toe die huurtermyn verstreke was, net so gelos. Die Augustuswinde het duiwelsdanse oor die vlakte uitgevoer. Die oorblywende skape het brandsiek en lusteloos aan verdroogde weiding gepeusel. Die windpomp, meestal buite werking, het net genoeg water gestoot vir die huishouding. Die windlaaier het sy vlerk verloor.

En die eens deftige rooidakhuis waar die Richters van vroeër soos landhere geleef het, was aan die verval. Byna g'n ruit was meer heel nie, en die gate was toegeplak met karton en plastiek.

Gaandeweg, namate hulle verarm het, het Fonsie die grond afverkoop totdat hulle nog net 'n plotjie rondom die huis besit het. Toe hul kapitaal uitgeput was, is die losgoed van die hand gesit. Selfs kosbare meubelstukke is verpand, die silwer, en eindelik tant Els se ringe en borsspelde.

Hulle het hoofsaaklik geleef uit wat Truda verdien het met hoenders en die paar beeste op die stukkie berggrond wat haar pa vir haar nagelaat het. Dit, en Alf se pensioen.

Alf het net tot in 'n stadium gegroei en toe gaan stilstaan. Sy kop was effens groot vir sy stewige, kort lyf, en was bedek met welige, gitswart hare. Ook sy swart krulbaard was ruig, sy wenkbroue swaar, die blou oë intens en kinderlik.

In sekere opsigte sou hy altyd kind bly. Gevolglik was hy op 'n welsynspensioen geregtig. Sy ma het die aansoekvorms gaan invul. Hy het self in die ry by die poskantoor gaan staan.

Die hand vol geld wat hy daardie eerste maand ontvang het, het sy oop pupille tot swart speldestippels laat krimp, en styf toegeknoop in 'n sakdoek het hy dit in sy binnesak gedra.

Wanneer hulle een maal in die maand dorp toe ry, is dit steeds met die ou agtsilinderbakkie, wat nie meer oor die krag en spoed van voorheen beskik nie. Fonsie hou steeds die mauser gereed agter die karkussing. Maar sonder patrone. Tussen hom en Truda sit Alf breed.

In die winkel volg Alf sy ma soos 'n skaduwee. Hy betaal net vir sekere goed, die broodnodige kruideniersware, en ook vir die drom diesel wat hulle by die koöperasie gaan volmaak. Dis vir die kragopwekker. Hulle het deesdae elektrisiteit. In die plek van die ou radio het hulle 'n televisiestel aangeskaf.

Elke aand wanneer die dieselenjin in die melkkamer aangeskakel word, gebeur 'n wonder. Die groot, halfleë voorhuis word helder verlig tot in die verste skemer hoek. As die eerste prent op die skerm verskyn, kom skuif Fonsie in. Oopoog en oopmond, met die hondjie styf teen hom aangedruk vir warmte, volg hy die programme, die sprokiesagtige voorstellings van Rooikappie en die wolf, die drie varkies, Gouelokkies, Sneeuwitjie.

Terwyl Truda haarself nuttig besig hou met stop- of breiwerk, maal Alf sy kwota harde suiglekkers vir die aand deur. Dan, as hy die laaste papiertjie opgefrommel het, kyk hy op die horlosie. Met flitsende oë, asof daar tabelle syfers agter sy kykers verbyskuif, steek hy sy hand uit en skakel die kragopwekker af.

Dit skeel hom min dat 'n prent in die helfte afgesny word. Die tyd is om. Hy het dit so uitgewerk; net soveel diesel per aand om tot die einde van die maand uit te kom. Sy ma het hom nie verniet leer lees en reken nie.

Buitendien is dit sý goed. Hy betaal daarvoor. Hy is baas daarvan. Aan die koorsagtige geskarrel na vuurhoutjies om 'n lig aan te steek steur hy hom nie. Ook nie aan die hondjie wat fyn angsgeluidjies onder Fonsie se baadjie uit laat ontsnap nie.

Vreesloos stap hy vooruit: 'n bonkige dwerg met 'n pels hare wat in sy nek af krul, lantern in die hand, die donker spelonk van die nag in.

Maagkoors

M aagkoors het die mense daardie jaar op 'n streep afgemaai. Lang stoete het agter om die bruin skool beweeg na die graftes tussen die doringbosse. In die winkel was die rolle swart roklap byna uitverkoop, sodat die vroue nog net aan hul bene gerou het. In die bakkiestoor het die skrynwerker van vroeg tot laat getimmer om voor te bly met kiste maak.

Die siekte het uitgebreek in die Gaat, die woongebied tussen die duine en die fabriek, onder die arm vissers en kreefvangers.

Daar lê 'n dooie rot op die boom van die drinkwatertenk, loop die storie. Reeds haaraf gegaan. Pienk.

Ma het dadelik die leer in ons eie tenk laat afsak en vir my en Babie laat afklim om leeg te skep en uit te skrop. Dit het beteken dat ons, totdat dit weer eendag behoorlik reën, die brak putwater sou moes drink. Elke druppel is gekook en rondom ons huis is dip gesprinkel.

Dog die kiem was in die lug. Dit het uit die Gaat na die barakke op die hoogte versprei en toe oor die voetpad gespring tot binne-in die Kamp: die agt huise van sink en hout, omspan met doringdraad waarvan die heiningpale omgelê en die draad lank reeds verroes was. Alles onnodig, want ons kinders het hoeka deurmekaar gespeel: huisie-huisie agter die bosse, eiers gebak in die deksel van 'n Bok Polishblik, mossies met kop en kammetjies en neusgaatjies gekook en geëet. Sodat Ellietjie Etkins gegril het: Sies, hoekom moet julle so mors?

Op so 'n dag het Diekie Pieterse, spekvet en kaalstert, met net 'n hempie aan sy bolyf op die werf rondgehol. Ma het net haar kop ge-skud vir die jong vroue wat so ongeërg was, en aangegaan met haar naaldwerk. Dieselfde middag, net toe sy die laaste garingdraad afbyt, word sy laat roep. Sy moet kom kyk hoe lyk Diekie vir haar.

Diekie was net 'n paar dae siek. Ma en ant Lena van langsaan het snags by hom gesit en uit die huisapteke gedokter, rate probeer soos wat hulle maar gedoen het as 'n kind keelseer het of sonstraal kry, in 'n geroeste spyker trap, of as iemand 'n pot kookwater op hom om-trek en daar ernstige brandwonde is. Want die dokter was ver en het net een maal 'n maand uitgekom om botteltjies gekleurde water en kalkpille uit te deel.

Die aand van die derde dag sien Ma-hulle met die aankom na die Pieterses se huis die komberse en kussings hang by die kamervenster uit en die matras lê buite. Toe weet hulle.

Ses skoolkinders is gekies om die kissie te dra, onder wie Babie van ons en die agtjarige Erina van ant Lena. "Ons moet wit rokke hê, want ons gaan sing," het Babie juffrou Sofie se boodskap kom oordra.

'n Taamlike vals koortjie, want nie een van hulle kon juis wysie hou nie. Dis die bruin skool se spannetjie, wat meer was en gewoond aan konsert hou, wat gesorg het dat daar nie skande kom nie.

Ek, wat nog nie in die skool was nie, het gehuil, want Ma wou my nie laat gaan nie. Dit was onweer. Ellietjie Etkins, ons oppasster, moes bontstaan met oustories om my tevrede te hou.

In haar Sondagskoolrok van wit moeselien, met pofmoue soos klein vlerkies, het Erina soos 'n gerub uit die Kinderbybel gelyk. Babie het haar Alice band gedra. Hulle het "Laat ons skyn vir Jesus" en "Oorkant die water" gesing, en die wind wat verkeerd gestaan het, het die wolke oor die see gedryf. 'n Stortbui het uitgesak en die kinders het natgereën.

Erina se dun rokkie was deurnat en sy was triestig toe sy by die huis kom. Ant Lena het dadelik haar lang hare drooggevryf, vuur gemaak en water opgesit, haar gebad en 'n uitgewaste streepsak voor die stoof gegooi waar sy haar kos gegee het. Maar Erina het byna nie geraak aan die lekker soet Maizena-pap nie. Sy het van kop tot tone geril en haar tande het op mekaar geklap van kouekoors.

Ma, wat 'n koorspennetjie had, het haar koors gaan neem. Dit was 104 grade en Erina het soos 'n kool vuur gebrand. Dadelik het hulle begin om haar met koue water af te spons, groenamara ingegee en wildeals getrek. Ant Lena was bang vir die nag wat voorlê. "Ons moet tant Sara gaan haal," sê sy toe haar man van die werk af kom.

Tant Sara was die groot medisynevrou van die kontrei wat al mense wat die dokter opgegee het, deurgehaal het met mosterdbaddens en warm katvelle en bokpens.

Op ons afgeleë dorpie was oom Amos een van die min mans wat 'n motor besit het, al was die bande geslyt en die ligte swak. Hy het dadelik rivier toe gery, waar ant Sara op 'n besproeiingsplaas gewoon het.

Eers die volgende middag het hulle teruggekom. Tant Sara moes op Vaalkrans gehaal word waar sy twee mans met inflammasie gedokter het. Daar was skaars tyd om by haar huis aan te gaan, wat self aan die verwaarloos was omdat die ou oom sonder hulp moes sien kom klaar.

Ek en Babie het by ons kombuisvenster gestaan toe die kar stilhou met die tante in haar donker rok en wit voorskoot en met haar swart sak. Ons het gesien hoe sy waggel-waggel voor Ma en ant Lena die huis instap waar Erina half bewusteloos en ylend van koors lê.

Ellietjie Etkins, wat die vuur gestook en water aangedra en die wasgoed uitgekook het, het gesien hoe Erina onder die laken afgespons word. Hoe die wasem onder die lap opslaan uit die warm plekke, die lieste en blaaie. Om die koors af te werk.

Uit haar medisynesak het die tante Aspro-pille gehaal en gesê Erina moet baie water drink. Sy het raad gegee, 'n nag oorgebly, maar omdat baie mense haar nodig gehad het, moes sy weer gaan.

Ma en ant Lena het alles gedoen net soos sy gesê het, en oom Amos het gery en koorsbos gaan pluk in die berge 'n hele ent daarvandaan. Die blare het hulle getrek en deur 'n lappie en watte gesyg en vir Erina gegee om te drink.

Dit het haar opgeswelde maag laat afgaan. Maar byna kry hulle dit toe nie weer gestop nie, het Ma verskrik kom vertel.

In die bedompige kamer lê Erina met toe oë en papierdroë vel. Vier, vyf maal op 'n dag word sy afgewas. Sy kry doeke aan – ou luiers en lakens wat hulle opskeur.

Almal wag dat sy moet beter word. Daar word soet tee vir haar gemaak en dun gortsop. Sy eet nie. Haar mond is wit van die koors, haar tandvleise en tong en tot agter haar kleintongetjie is spierwit aangepak, sê ant Lena. Ma, wie se vingers fyn en dun is, maak die mond skoon met watte gedoop in water met boracic-poeier. Sy vee met gliserien uit. Die bloed loop.

Niemand behalwe Ma en ant Lena word in die kamer toegelaat nie. Een keer het Babie op 'n kis geklim en deur die hoë vierkantige venstertjie geloer, en amper 'n pak slae van Pa gekry. Erina is net vel en been, haar oë het swart kringe om, haar ribbes wys, sê Babie. Sy is so swak dat sy nie meer roer nie, sy moet omgedraai word. Hulle moet 'n spieëltjie voor haar neus hou om te sien of sy nog lewe.

Oom Amos het weer gery, hierdie keer soos die wind, om tant Sara nog betyds by Erina te kry. Sy is reguit kamer toe, waar die dood in die lug hang. Erina lê so stil, dit lyk of sy slaap.

Die slim ou tante luister met haar oor op die hart, sit haar hand op die maag. Rol haar moue op. "Het julle vir my 'n ou handdoek?" vra sy. Ant Lena het 'n goeie handdoek in vier geskeur. Twee stukke word opgerol en weerskante van Erina se lyf ingesteek dat die beddegoed nie nat word nie. Die ander kom op die maag wat opgeswel staan soos 'n kalbas. Nou asyn. Daar is 'n bottel asyn in die huis. Ellietjie Etkins word winkel toé gestuur om nog een te koop.

Bietjiesgewys giet die tante die asyn oor Erina se maag. Ghloek-ghloek-ghloek, sluk die bottels tot albei leeg en die handdoeke deur-week is. Intussen het die tante laat koffie maak, sterk en swart. Daarvan drup sy onder Erina se tong. Om die hart te versterk. Dat dit nie ingee as die maag losbreek nie.

Pikswart kom dit af, met stoom wat daaruit opslaan, het Ma vertel.

Oom Amos het 'n gat in die veld gemaak en die slops daarin leeg-gemaak en dit toegegooi.

"So ja," sê die tante, tevrede dat die koors eindelik gebreek is, "nou sal sy gesond word."

Nou moet Erina gevoer word. Oom Amos neem sy seloentjie en gaan skiet een van die langbeendikkoppe waarvan daar baie in die veld is. Die vleis is heilsaam van kruie, en kragtig. Maar taai soos rek.

Dis lank en stadig gekook totdat dit so sag was dat Erina selfs die beentjies kon afsuig.

Sy was twee maande lank siek; 'n maand aan die koorssiekte, en daarna het dit nog 'n maand geneem voordat sy kon loop.

Vir ons was dit 'n tyd van ontbering, daardie siekte van Erina. Pa het bedags gewerk. Babie was in die skool. Ellietjie Etkins het ons huis skoongemaak en kos gekook. Nie so lekker soos Ma s'n nie. Ek moes myself saans in die klein sinkbadjie was. Een aand het ek op die bad se rand gesit toe dit kantel en omval. Die water het oor die vloer en onder die kooie in gestroom, tot in die verste hoeke. Dit was soos 'n see. Ek het gehuil en Pa het gehelp opdroog en later die los matte daaroor geskuif. Ek het nie geweet wat Ma sou sê van haar blink vloere nie.

Maar sy was nie daar nie; sy het nooit meer saans vir ons uit die Bybel gelees en na ons gebedjies geluister en ons toegemaak nie. Soggens was sy moeg en haar gesig vaal en dun.

Moenie raas nie, moenie huil nie, jy kan nie daar in nie, sjuut, jou ma slaap 'n rukkie, het Ellietjie my gekeer en onder die kombuistafel laat sit waar sy kon dophou dat ek nie wegloop en by ander kinders gaan speel en ook siek word nie.

Deur ons venster kon ek die huis langsaan dophou waar tant Sara en ant Lena en Ma heen en weer tussen die kamer en kombuis beweeg, beddegoed aftrek, bed opmaak, komme water indra en uitdra en oor die bossies uitskiet; lakens ophang, pap maak, die dikkoppie veer aftrek en sop kook.

Erina se koors was reeds gebreek en sy buite gevaar toe Ellietjie die oggend die dikvleis van 'n skaapboud afsny en maal om frikkadelle te maak. Die kaalgesnyde been het eenkant op die tafel bly lê.

By ons popspeelplek agter die doringbosse het ek 'n blik gaan optel; een van die hoë kakaoblikke waarin ons altyd die mossies gekook het. Dit het ek uitgespoel en vol water gemaak. Die been het net mooi daarin gepas. Ek het dit eenkant op die stoof langs die vleispot geskuif.

"En dit nou?" het Ellietjie gevra.

"My sop," het ek gesê, en toe kamer toe gegaan en met klere en al onder die komberse ingekruip, en my kop toegetrek.

Daar het ek lê en wag dat Ma huis toe kom. Dat sy tant Sara gaan roep. Dat sy na my ook kom kyk. Hoe ek vir haar lyk.

Lyding

Tydens die begrafnis, en ook heelwat later, het Stien nog genoeg te sê gehad oor hoe onvoorbereid Kotie was, oor die kinders se onverskilligheid, en oor Margie Lotter wat 'n doring in haar vlees was.

Stien het altyd 'n los mond gehad, en daarby 'n neus om 'n storie uit te ruik, die neiging om haar eie gevolgtrekking te maak – kommentaar te lewer op die moraliteit en immoraliteit, die onwettighede en ongeregtighede, die owerspeligheid wat soos 'n duiwel los loop in die dorp.

Sy kon breed opgee oor wie met dagga smokkel, wie snags skelm in die goewermentsveld jag, volstruisneste uithaal, watter getroude mans by 'n loopse weduwee kuier om watter siektes op hul stomme vrouens oor te dra. Klakkelose laster wat Teuns verplig het om haar hard aan te spreek: "Daardie bek van jou gaan nog jou gat in die tronk laat sit, vrou."

"Teuns!" Dat die man sulke ongebreidelde tale kan kwytraak! "Wil jy sê ek lieg?" Sy het met haar eie ore gehoor, en self gesien, al loop sy nie juis rond nie, behalwe om te kollekteer in die wyk waar Teuns diaken is. Deur die klein vierkantvensters van haar voorhuis en kombuis verken sy die straat; kom sy te wete wie verbyloop of -ry, of dit bekendes is of 'n vreemdeling; wie winkel toe gaan en wie waar kuier; of dit vir 'n verjaardag is dat Margie Lotter blomme aflewer; voor wie se deur die dokter se nuwe motor met skreeuende remme stilhou vir 'n bevalling of siekte of dood.

In Kotie se geval was hy te laat. Nadat sy die toeval in die groente-tuin gekry het, het sy nog tot by die stoeptrap aangesukkel, die pluk-sel boontjies toegevou in haar voorskoot, en net daar bly lê.

Dit gee toe 'n hele affère af. Die kinders kon hulle nie dadelik in die hande kry nie. Skoolvakansie. Soos hoenderkuikens wat los loop, moes hulle bymekaargemaak word. Daar is ten einde raad oor die draadloos uitgesaai. Een was in Johannesburg, die ander in Durban, Klein-Koos op jag in Namibië; oral behalwe om 'n slag te kom kyk hoe dit met hul ma gaan. Daarvoor is oompie Teuns en tannie Stien mos daar.

Omdat Kotie nooit baie netjies was nie, en eerder doenig met die tuin en lewende goed, moes Stien die huis inderhaas regtrek. Geluk-kig was die koei lankal van kant gemaak en het die munisipaliteit varke in die agterplaas verbied, sodat daar net 'n paar hoenders was.

In die kinders se afwesigheid het daar met die begrafnisreëlings 'n misverstand gekom. As Teuns nie vooruit betaal het nie, was daar byna nie 'n gat nie.

Kotie het wel geld gehad: 'n glaspot vol eiergeld op die spensrak, en koeverte met banknote, party so oud en groot soos kooilakens, onder linoleums en agter portrette weggebêre. Kotie het mos nie 'n bank vertrou nie. Stien het daarop afgekom toe sy uitvee en afstof, maar aan niks geraak nie, om nie later beskuldig te word nie. Of die kinders met Teuns sal afreken, moet hulle nog sien.

Gelukkig kon sy die ondernemer wys waar die doodgenootskap-boekie is, en dis sy wat gesorg het dat die mense wat van ver af kom, iets te ete kry: vleisbolletjies en gekookte eiers. Amper meer en beter as destyds toe Klein-Koos met Margie Lotter se dogter getroud is, waar die eetgoedjies nie groter as haar duim se kop was nie, en die mense honger daar weg is.

So 'n deurmekaar begrafnis begeer sy nie, het sy vir Teuns gesê. Die drie jongetjieskinders was amper laat vir die kerk; Klein-Koos het die diens gemis, maar darem die graf gehaal. Die dominee het skaars amen gesê, hulle het nog gesing, toe maak die drie hulle uit die voete. Ore in die nek huis toe, seker om die testament onder oë te kry.

As hulle gevra het, kon Stien hulle gesê het dis saam met die polis-kontrakte in die boonste laai van die saaidbord. Die sleutel was in haar sak. Hulle moes maar mooitjies wag tot Teuns-hulle eendag die graf toegegooi het. Anders het dié vandag nog wawyd oop gestaan, want nie een van die drie het daaraan gedink om hul ma toe te gooi nie. Dit het Stien 'n dag gevat om die stof uit Teuns se kerkpak te borsel.

Waaroor Stien nie kon kom nie, is dat die skoondogter, Mercia van Margie Lotter, so onstigtelik aangetrek was. "'n Bont skirtjie en onder-baadjie; sommer gewone huisdrag. Geen respek nie, kan 'n mens sien." Stien, wat 'n aangenaaide lap is, en nie aldag goed doen in die oë van die familie nie, het ligrou gedra, dat sy Teuns nie tot skande kan wees nie.

Die rompie van die swart-en-wit pakkie is al aan die knap kant, sodat dit opkruip oor haar knieë en sy moes bly aftrek. Toe Teuns voor al die mense vra: "Ai, Stien, wat het jy tog weer vandag aan?" het sy nie gewys hoe sleg sy voel nie.

Teuns is nie aldag 'n maklike man nie; haastig en kort van draad, sodat sy nie altyd verstaan wat hy wil hê nie. Dan sê hy sy is dom. Maar sy is nie. Die dinge wat haar ma haar geleer het, wat 'n meisie moet weet voor sy man vat, kom sy getrou na. Haar plig is in haar huis, en haar plesier soek sy in haar slaapkamer.

Eers nadat alles verby was daardie dag, het sy haar gaan toesluit en uithuil. Nie net oor Kotie nie, maar die kinders wat hul ma se huis, jy kan maar sê, leeg geplunder het. Sonder om daaraan te dink wie vir almal reggestaan het, sonder om te sê: Dè, antie Stien, hier is 'n ou vadoek van oorlede Ma. Of vat jy die roosboom vir jou, jy het hom nat gedra; ons gaan die huis met alles daarin op vendusie sit, hy gaan net verwaarloos.

Nee, hulle het dit uitgehaal. Solank ander mense blomme op hul ma se graf pak, het hulle 'n graaf gevat en die boom uitgespit en gaan oorplant in Margie Lotter se tuin. Margie wat reeds soveel rose het; hulle sê meer as honderd in die holte onderkant haar huis, waar die wind dit nie kan bykom nie.

Dit was een van daardie outydse pienk rosies wat so lekker ruik, wat die ou mense destyds in die begraafplaas geplant het, wat Kotie van die plaas af gebring het, waarvan sy nog altyd 'n steggie wou vra – as Teuns net 'n bietjie goeie grond wou indra. Hulle het seker gedink sy sal hom stilletjies kom vat. Omdat hulle sélf agter die deur staan.

Sy weet ook wie daaragter sit: die ou lelike meisiekind van Margie Lotter wat kamstig so erg oor Kotie was, al was dit eenmanier Klein-Koos na wie sy gejag het. Waar anders het sy 'n man gekry as hy haar nie gevat het nie? En hy was agter die geld wat ou Lotter hom voorgeskiet het om 'n praktyk te koop. Lotter het ook maar sy oulap uit die fabriek gesteel en sy groot huis laat bou met materiaal wat hy snags uit die stoorkamers aangery het. Iets wat toegesmeer is omdat daar 'n ding tussen die grootbaas en Margie was, so sê die mense wat weet wat daar ná donker agter die hoës se deure aangaan. Oop en bloot vir almal was die werksmense van die fabriek wat bosse uitgekap het en die vragte grond wat die fabrieklorrie kom tiep het vir die roostuin.

Weke later tob sy nog oor die breekgoed waarvan die helfte Teuns na regte toegekom het. Omdat sy destyds toe sy ma se goed uitgedeel is, te eergevoelig was om te vra, moes sy tevrede wees met die ou houtkarring en 'n waterketel. Die Bybel sê 'n mens mag nie begeer nie, maar sy wou altyd so graag daardie groen bak met die hoender-hen op die deksel gehad het. Dié is sy nou vir goed kwyt.

Dis nie vir haar om te oordeel nie; Kotie het altyd gesê sy kan nie saampraat nie, sy het nie kinders nie, maar sy sou hare anders grootgemaak het. Hulle ten minste geleer het om dankie te sê vir die mense wat help betaal het om hul geleerd te kry. Sy weet wat Teuns agteraf in Klein-Koos gestop het, wat soos 'n hanskuiken in hul huis was.

Vandag het die Lotters hom ingepalm. Daardie Margie is 'n listige entjie mens. Stien het van altyd af dwarsdeur haar gesien. Jy moet wakker wees vir Satan, het haar ma altyd gewaarsku; hy kom in die gedaante van 'n engel. Die ene vriendelikheid het sy kom flikflooi dat Stien by die tuinbouvereniging moet aansluit. Sy het sulke inte-ressante plante: die kromnekkalbassies en vadoekplant, die swart var-kiesblaarblom en donkerrooi teebos. Maar sy is nie Kotie wat haar laat verblind het nie. "Hulle kry nie my houtkarring en kalbasse vir droë rangskikkings nie!" En 'n ander ding moet hulle mooi verstaan, Teuns van Niekerk is haar man, hulle hou hul hande van hom af.

Teuns het net gelag. "Vrou, waarvan praat jy? Ek is 'n eenvoudige ambagsman, die vrou wou net hê dat ek 'n staander van krulyster vir die tentoonstelling sweis." Wie sal na hom kyk, in sy blou oorpak? En wat gaan sy so aan oor gekraakte ou breekgoed? Het sy nie genoeg van haar eie nie? "En wat Kotie betref, los haar tog met rus. Wees eerder dankbaar dit was nie 'n beroerte nie, dat sy nie verlam was en 'n las vir ander geword het nie; dat sy 'n lang lyding gespaar is." So het Teuns gesê.

Aan die een kant is dit seker so. Maar sy weet darem nie. Vir haar was dit net te skielik. So onkant wil sy nie gevang word nie. Kotie se kooi was nie eens opgemaak of die pot uitgegooi nie.

Nee, sy het tyd nodig, sy wil haar behoorlik voorberei. 'n Mens het tog 'n siel. "Al beteken dit ook 'n lang siekbed, wil ek liewer my lyding hê," sê sy plegtig teenoor Teuns.

Sy is godvresend grootgemaak en het haar ouers geëer, sy praat nie lelik nie en maak haar nie skuldig aan allerhande sondighede nie, dat haar siel nie eendag in die hel sal brand nie. Daardie ewige poel van vuur en swawel wat sy bo alles vrees.

Nogtans bly die dal van doodskaduwee vir haar 'n verskrikking. Sy wonder wat deur Kotie se gedagtes gegaan het toe haar kop begin duisel, haar bene padgee en sy inmekaarsak. Dat sy vir haar bril en tande moet keer, en dat 'n heup nie breek nie? Was daar ooit tyd vir 'n gedagte aan 'n opgetrekte rok, die aardige ou spataarbeen? Was alles verby sonder dat sy besef het dis nou die dood dié?

'n Mens verwag mos nie so iets nie. Jy dink altyd dit kan nie met jou gebeur nie, jou tyd is nog nie daar nie, jy is nie siek nie. En dan is alles plotseling verby.

Voorheen het Stien haar nie aan pyne en kwale gesteur nie. Wanneer sy en Teuns te ryk geëet het, het sy die galaanval weggedokter met als uit die tuin, of sy het die huisapteek nader gesleep. Maar nou het daar 'n ding aan haar begin knaag. Sy het nooit gekla nie, maar sy loop al lank met die ou arm en rug, en 'n pyn agter die blad wat erger geword het met die gewerskaf in Kotie se huis. En toe sy in die voorjaar haar eie solders was en mure verf, kan sy dit skielik nie meer hou nie.

"Rumatiek," sê die dokter half ongeërg. "Die hele dorp is gaar van die sinkings." Hoe anders met die ou huise deurtrek van die seeklimaat?

Toe die hoeveelste bord uit haar hand val, loop die brand al van haar skouer af tot in haar pols en sit Teuns sy voet dwars neer: Kaap toe.

Die internis na wie sy verwys is, het met sy vingers tot diep in haar oksel geboor en haar toe vir plate gestuur. Daarna is sy direk in die hospitaal opgeneem. Die kliere onder haar regterarm is uitgesny. Dis niks om onrustig oor te wees nie, die kwaad is alles verwyder, sy kan voortgaan met haar lewe, verseker die chirurg haar.

Desembermaand, die Krismismaand wanneer die hele binneland by die strand kom afpak en die dorp in 'n feestelike stemming is, vra sy dat Teuns haar in die motor laai dat hulle 'n bietjie bokant die badshuisies gaan sit en sommer net kyk hoe die jong mense in die water baljaar en die bote met vakansiegangers uitvaar.

Anders as gewoonlik wanneer sy oorval word deur navrae van mense wat 'n kamer soek, moet sy hulle dié jaar wegstuur. Sy het twee van die dokter se wit pilletjies op 'n slag nodig om deur die dag te kom. Nuwejaarsdag, toe sierwaens en trompoppies deur die strate paradeer, slaap sy feitlik om.

Sy het gedink sy droom toe Klein-Koos en Mercia voor haar bed staan. "Tannie Stien!" Van ver af, asof deur water, hoor sy hulle praat. Vingers raak aan haar wang en voorkop. Hulle ken haar mos nie só dat sy oordag slaap nie.

"Nee," beur sy orent, "ek slaap nie, ek lê sommer 'n bietjie." Teuns is met een van die skuite vol mense uit, sy het gedink sy wag tot hy terug is voordat sy koffie maak.

Mense moenie gedagtes kry nie, want dan word dit 'n storie wat vir die waarheid die dorp vol lê. Daar word alte maklik gepraat. Sy soek na haar pantoffels en slof kombuis toe om die ketel aan te skakel en koppies reg te sit. Tot haar skande moet sy erken die koekblik is leeg.

Hulle verstaan. "Ons het gehoor tannie was nie lekker nie. Hoe gaan dit nou?"

"Beter," sê sy, en haal teelepels uit. "Dit gaan aan. Die dokter wil my eers oor 'n jaar weer sien." Daar is niks om bekommerd oor te wees nie.

Dis goeie nuus. Van hulle kant wil Klein-Koos weereens dankie sê vir wat sy en Teuns al die jare vir sy weduwee-ma beteken het, tot met die dag van haar dood en die begrafnis. Hulle het 'n klein ge-skenkie gebring: 'n ligblou bedbaadjie vir haar en 'n hemp vir Teuns, ook blou.

"Tannie moet tog praat as julle hulp nodig het, my ma-hulle is net om die draai en altyd beskikbaar," bied Mercia aan. "Hulle stuur ook groete." Hulle sal 'n huis vol mense hê oor die groot dae.

"Dankie," aanvaar Stien halfhartig, "ons kom goed reg. Dis sommer slegtigheid van my."

Stilletjies snuif sy die klammigheid weg wat haar bril wil toe-wasem toe sy die twee jong mense agternakyk. Sy wil nie tranerig wees nie, maar sy sou nie omgegee het as sy vandag 'n dogter gehad het nie. Met haar hand streel sy oor die sysagte materiaal en fyn kant van die jakkie. As sy net iemand gehad het teenoor wie sy kan praat oor die dinge wat sy nie eens teenoor Teuns wil erken nie. Haar onsekerheid en angs en alleenheid. Dat sy haar rok kan oopknoop, die onderklere wegtrek en wys, die gaatjie onder die arm wat nie wil ophou sug nie, sodat sy deppers moet vou dat die vog nie op haar klere deurslaan nie.

Sy het geleer om weg te steek, in stilte te verduur. Aprilmaand toe dit tyd word vir die dankofferbasaar, bak Stien haar gebruiklike twaalf jam rolls en staan as diakenvrou haar plek vol agter die koektafel. Sy laat nie agterkom hoe geswel haar arm onder die langmourok is nie.

Saans draai sy al hoe langer in die badkamer en ruik na kanferolie as sy daar uitkom. Wanneer Teuns al lankal slaap, lig sy die laken en loer by die hals van haar nagrok in om haar borste te ondersoek: die ingetrekte tepel en die dieprooi snymerke.

Toe 'n knop, kwaai soos 'n ryp aarbei, punt maak, is die bors verwyder. Nadat die wond genees het, het sy bestraling gekry, selfs aangedring daarop. Dit was 'n fout, het sy later gedink. Die area het gevoelig en roserig gebly. Dit mag nie met water in aanraking kom nie, en die poeier wat sy van die hospitaal gekry het, maak haar nie skoon nie. Sy ruik na ou lyf en sweet. Sy stink. Sy wil nie dat Teuns naby haar kom of aan haar raak nie. Sy, wat nooit tevore haar liggaam van haar man onthou het nie, dat hy hom nie met 'n ander vrou moet besondig nie, wat saans aan die slaap geraak het met sy hande op haar borste, lê nou rug aan rug met hom. Die dik, harde weefsel is selfs vir haarself aanstootlik.

Wanneer sy bedags alleen is, maak die duiwel haar allerhande dinge wys. Wat moet van Teuns word as sy wegval? Hy is nie onbekwaam nie en kan huishou, maar hoe lank sal hy klaarkom sonder 'n vrou?

Wie kom hier ingestap om in haar goed te krap? Wie word baas daarvan? Jare lank het sy gespaar en afbetaal aan 'n eetservies, teestel, glase, ornamente en prente.

'n Blink ding kon sy nooit weerstaan nie. Dis alles weggebêre agter glas, maar word nou liefderik uitgepak, afgewas en weer teruggesit op hul plek. Die inhoud van die linnekas sorteer sy, oud en nuut apart dat Teuns nie alles voor die voet gebruik nie. Sy maak sy klere heel, druk haar gesig daarin en was haar in haar trane.

In die kombuis spuit sy vir kakkerlakke en miere, gooi meel en gort en hawermout weg waarin miet gekom het. Sy maak die oond skoon, skuur kastrolle. Op 'n dag hang sy kragteloos aan die wasbak, haal ternouernood 'n stoel.

Daar kry Margie Lotter haar. Dis asof sy gestuur is.

"Liewe mens!" skrik sy, en help Stien kamer toe en tot op die bed, en trek haar nagrok aan. Sy mik elke oggend om vir Teuns te vra as hy verbyloop werk toe. Maar het nooit besef nie.

Niemand het regtig geweet wat die toestand is nie. Stien se siekte het tot dusver nie 'n naam gehad nie. Selfs teenoor haarself wou sy dit nie erken nie. Die woord is te vreeslik om uit te spreek; 'n doodsvonnis die oomblik dat dit uitgesê is. Moeg, is die naaste wat sy daaraan gekom het: te moeg om haar arms op te lig, om wasgoed op te hang. Wanneer laas het sy haar witgoed in die bleikhok oopgetrek?

Nou is sy net neus en oë. Sy kan nie langer wegsteek nie en wil ook nie. Sy moet dit van haar hart kry. Teen Margie Lotter beken sy daardie oggend: "O, Margie, ek is so siek. Die kanker het my beet, dit maak my klaar. Dit brand, dis soos vuur. Dis erger as vuur, dis hel." Sy vergaan van die pyn.

Dis gans nie nodig dat sy so ly nie, daar is middels, desnoods morfien. Margie gryp in, met Teuns en die susters van die wyk word ge-reël dat hulle mekaar sal aflos.

Met gelatenheid gee Stien haar in hul hande oor. Asof sy geen wil meer het nie, laat sy hulle 'n stoel in die sonportaaltjie dra waar sy gedwee toekyk hoe dit in haar huis gaan. "Dankie," sê sy vir Margie wat vir haar blomme bring: kortsteelrose waarvan die dorings sorg-vuldig afgeknip is, gerangskik in 'n rondepensglaspot met blomkos in die water sodat dit langer kan hou. "Hulle ruik so lekker."

Haar eie tuintjie het heeltemal tot niet gegaan, behalwe 'n paar sonneblomme en die pers papierblommetjies wat van die begraaf-plaas af oorgewaai het. "Ek wou altyd so graag jou roostuin gesien het." Die outydse rose met die dubbele krone waarvan die geur op sekere dae tot in die onderdorp hang. Maar loop sou sy nooit tot daar nie, en Sondagmiddae wanneer Teuns 'n entjie met haar gaan ry, het hulle altyd 'n ander koers gekies.

"Een van die mooiweersdae maak ons 'n plan," belowe Margie. En nog voor die snoeityd, voordat Stien te swak was, het hulle haar in die motor gelaai sodat sy die laaste drag kon sien.

"Dit was my een groot begeerte: om daardie pienk rosie van Kotie weer te sien blom. Jy het hom mooi opgepas." Sy het Margie se hand in hare geneem en moeg teen die kussings teruggesak. "Ek wil hê jy moet die houtkarring vir jou vat."

So is die goed en kwaad toe teen mekaar uitgebaklei. Soos die seep wat Kotie altyd gekook het: die seeppot vol goor vet waarby seepsoda gevoeg is om dit te laat skei, sodat die onsuiwerheid bo dryf en die skuim afgeskep kan word, waarna dit afkoel en die spierwit stene eindelik uitgelig word.

Stien het nie beter geword nie. Sy het nie meer voor die venster gestaan om die verkeer in die straat dop te hou nie. Seedou het die ruite toegemis sodat daar niks meer van die wêreld daar buite te onderskei was nie. Dit het ook nie meer saak gemaak nie; sy het daar vrede mee gehad.

Meestal het sy opgekrul gelê op haar gesonde sy, met haar hande saamgevou onder haar wang. Die mond wat eens vol was, 'n smal, bleek strepie. Mense wat haar kom besoek het, het stil na haar gekyk en omgedraai. Dit was nie meer die ou Stien nie.

Sy is een nag in haar slaap dood; so stil het sy gegaan dat Teuns, wat langs haar gelê het, dit eers merk toe hy die oggend oor haar buk.

Deur die oop venster het die koel seelug ingestoot, en die dun gordyne het sag, soos 'n verdampte asem, geroer.

www.ingramcontent.com/pod-product-compliance
Lightning Source LLC
Chambersburg PA
CBHW020401030726
47496CB00007B/2248